徐志摩情書集

徐志摩◎著
蔡登山◎輯注

徐志摩送給胡適的照片

任教上海光華大學的徐志摩

一本沒有顏色的書

徐志摩

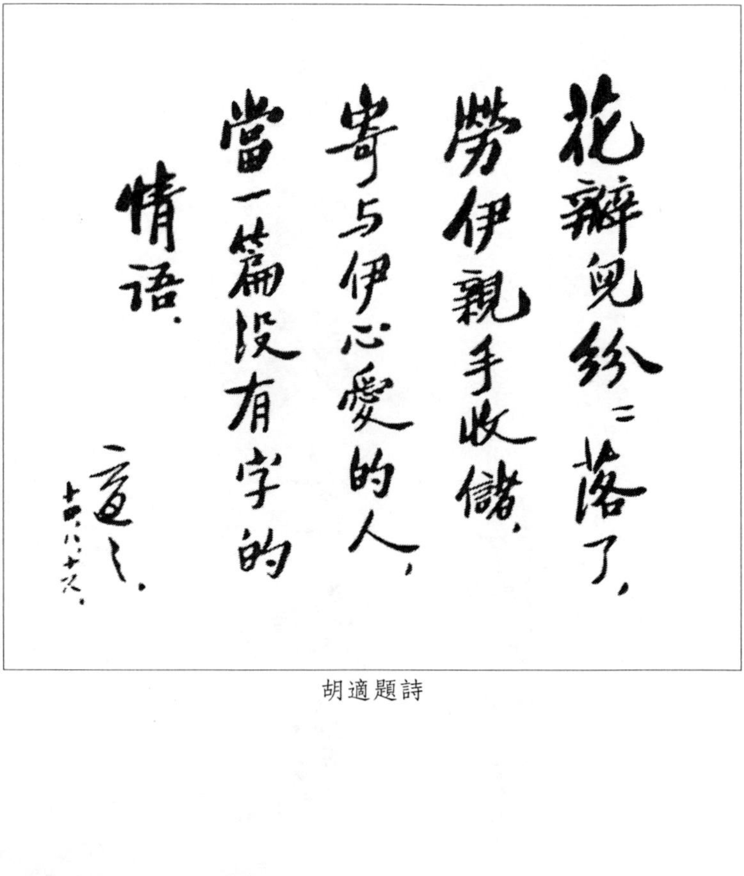

花瓣兒紛紛落了，
勞伊親手收儲，
寄與伊心愛的人，
當一篇沒有字的
情語。

適之
十六、八、十六、

胡適題詩

聞一多作畫題詩

২০শে মার্চ ১৯২৯.

印度詩聖泰戈爾作的詩

泰戈爾作畫並小詩

不是怕風吹雨打，
不是羨燭照香重，
只喜歡那折花的人，
高興和伊親近。
花瓣兒紛紛落了，
勞伊親手收存，
寄與伊心上的人，
當一封沒有字的書信。
十五年作瓶花詩寄給
小曼，後來稍修改了幾个字，
今天重寫了呈小曼
適之。

胡適作小詩

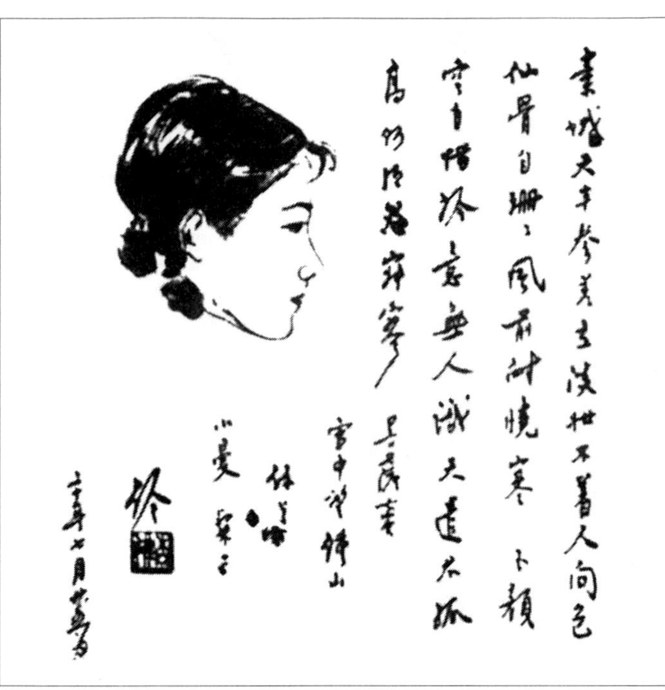

楊杏佛作畫題詩

邵洵美作畫並小詩

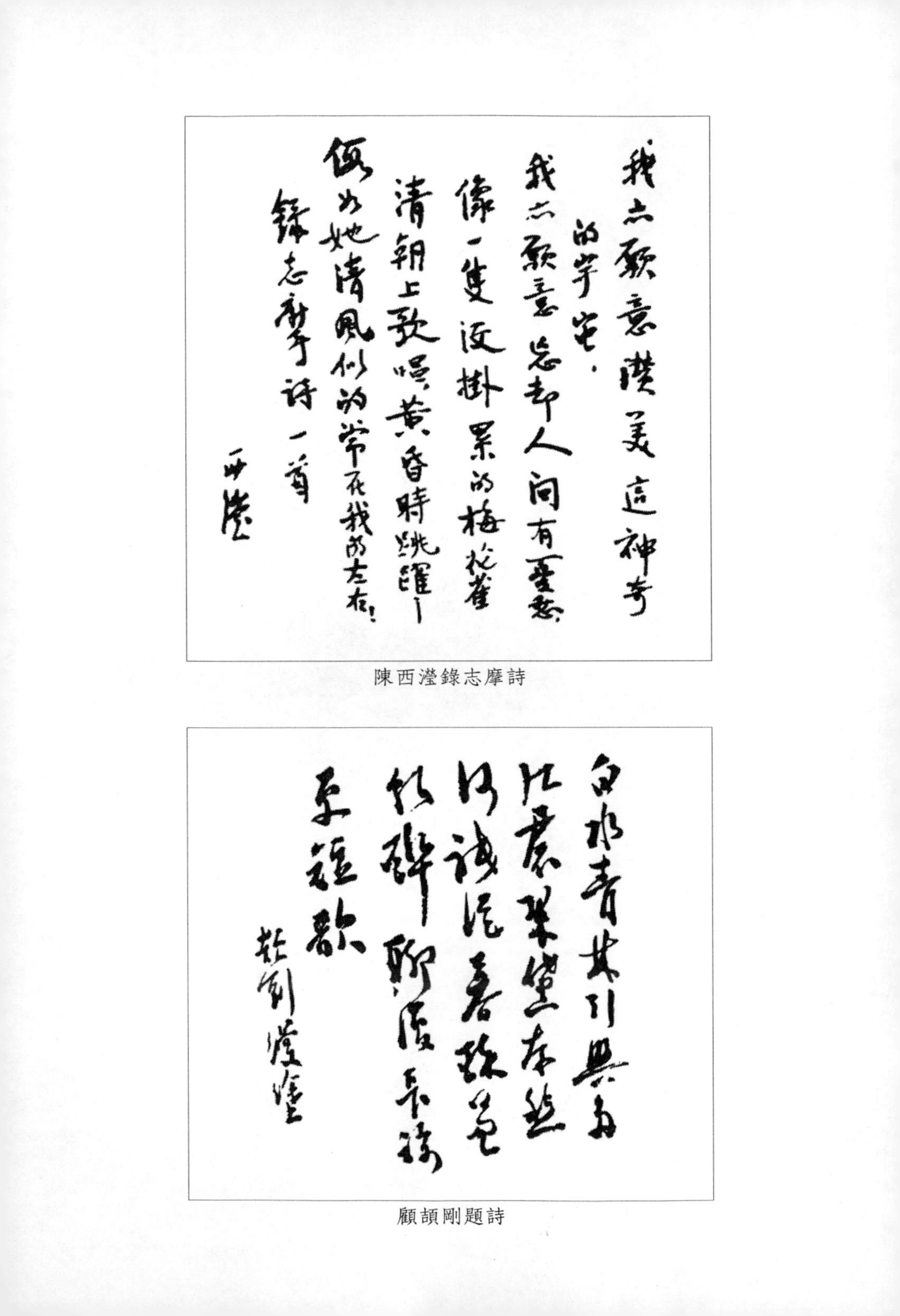

我不願意讚美這神奇
的宇宙，
我不願忘却人間有憂愁，
像一隻沒掛累的梅花雀
清朝上歌唱，黃昏時跳躍——
假如她清風似的常在我的左右！
錄志摩詩一首
西瀅

陳西瀅錄志摩詩

顧頡剛題詩

張振宇作畫

智慧無量風神绝世
是管仲姬是婉娛丝
志摩啊我羨你是多
彈七弦琴的恩睇斯
病夫

曾孟樸題詩

林風眠作畫

小扇團〻雪輕羅剪〻冰嬾
循芳砌聽蛩聲恰許一枝
紅艷傍閒庭 似涴錫脂
淡偏憐淚粉清幽姿甚意
媚宵行愁語夜風引燐誤
流螢
南柯子用清真均
咏秋海棠
平伯

俞平伯題詞

日本某名畫家所作的畫像

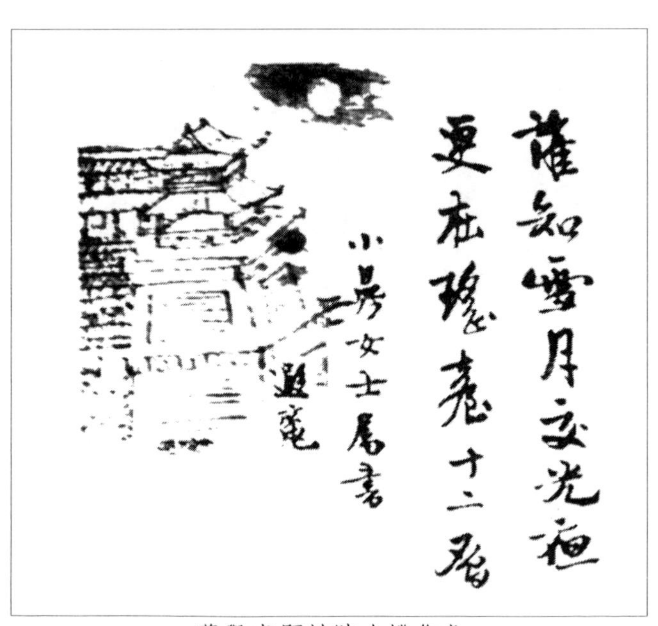

葉譽虎題詩陳小蝶作畫

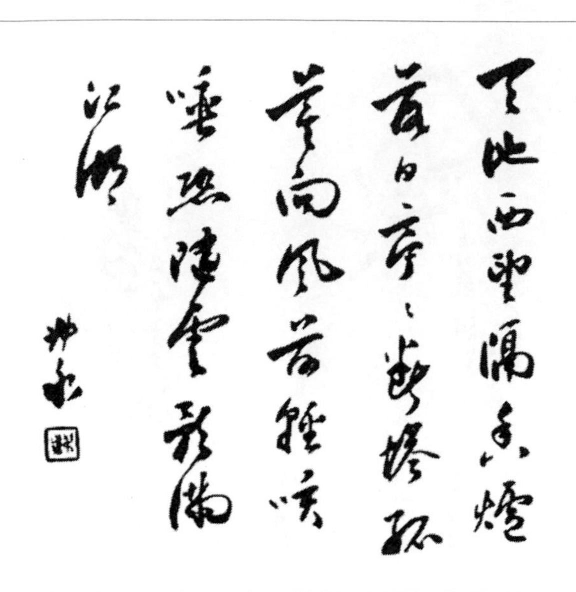

任叔永題詩

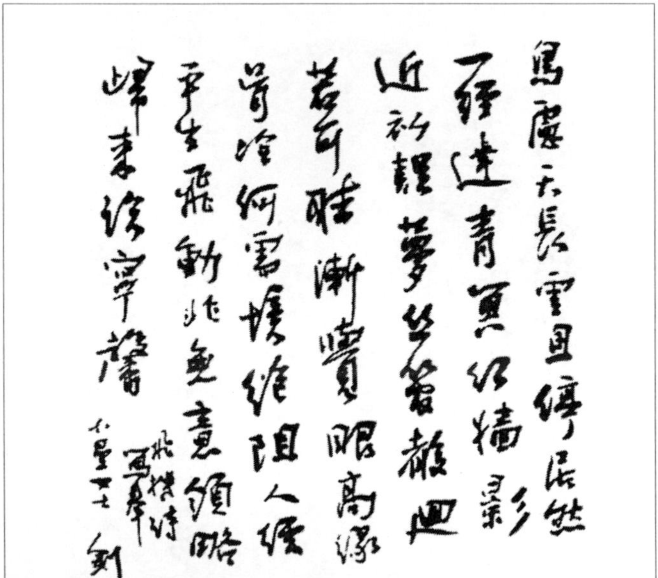

章士釗題詩

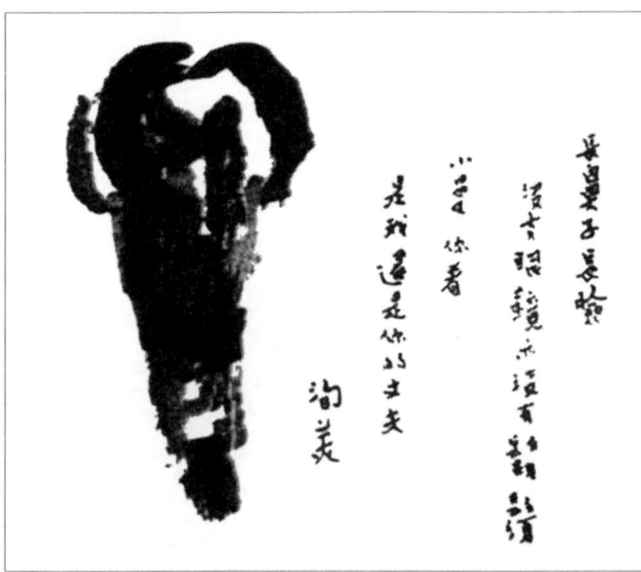

邵洵美作畫並詩

半捲湘簾半掩門碾冰為土玉為盆偷來梨蕊三分白借得梅花一縷魂月窟仙人縫縞袂秋閨怨女拭啼痕嬌羞默默同誰訴倦倚西風夜已昏

昨閱紅樓夢見黛玉詠白海棠詩其冰清之氣好似其平日之為人聞之令人神往寒夜無事錄此消閑　庚午晚冷香人記

陸小曼題詩

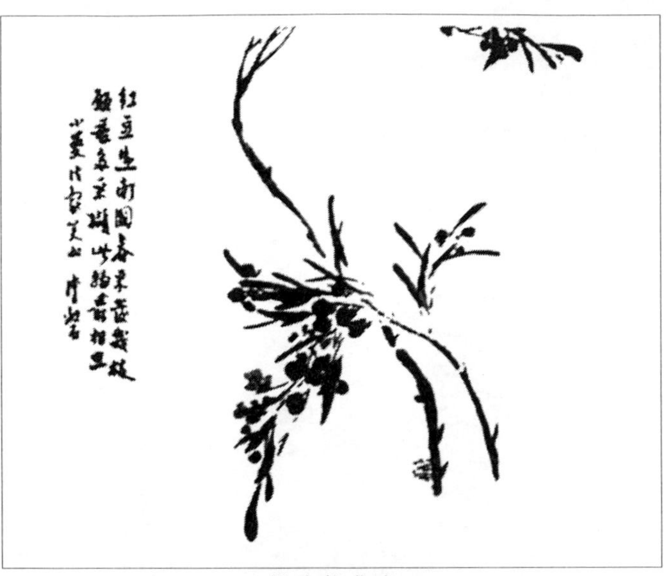

楊清磬作畫

吳經熊題詩

江小鶼作畫

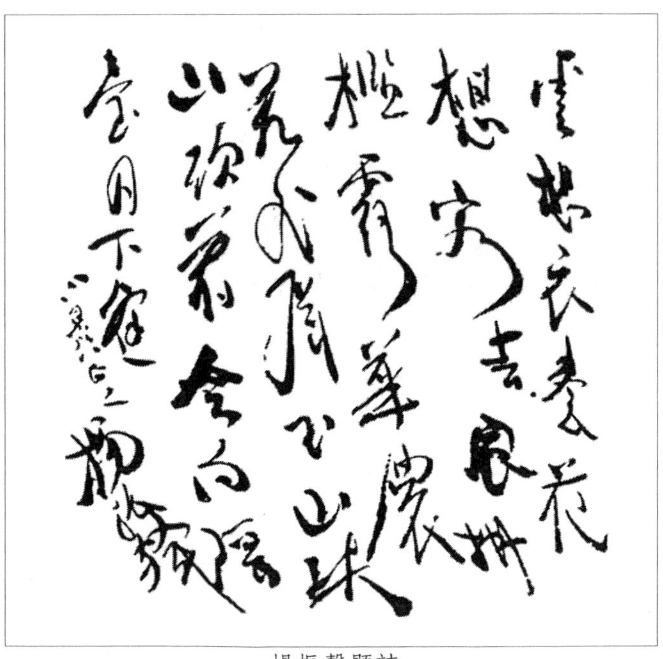

楊振聲題詩

張振宇畫像　（上）陸小曼、謝壽康（下）邵洵美、徐志摩

山圍故國周遭在
潮打空城寂寞回
淮水東邊舊時月
夜深猶過女牆來
黃狗

徐志摩用「黃狗」筆名自題詩

目　錄

最是那一低頭的溫柔〈前言〉

⊙蔡登山

徐志摩以三十六歲的英年，告別人世，揮別偶然，但他卻留與人間一卷詩，留與人間一段情。雖然他的生命是如此短暫，但他的才情卻是如此煥發，他以他的生命在寫作，他以他的青春在燃燒。雖然他曾嚮往西方的政治、經濟，甚至千里迢迢地從美國飄洋過海到英倫，要追尋一個明星——羅素，但最終他找到的是詩，是文學，是愛情。他說他到英倫之後，他的詩情突然像「山洪爆發」、「生命受了一種偉大力量的震撼，什麼半成熟的未成熟的意念都在指顧間散作繽紛的花雨」。只因爲這時他認識了後來被稱爲「一代才女」的林徽音。徽音的冰雪聰明，激發了徐志摩的詩情，她是他「生命靈感的泉源」，她的「明艷，在路過時點燃了他的空靈」。於是中國雖少了一位政治、經濟的學者，卻多了一位拜倫。

當然徽音的出現，也導致了志摩與元配夫人張幼儀的離婚。因此在他給張幼儀的信中有「眞生命必自奮鬥自求得來，眞幸福亦必自奮鬥自求得來，眞戀愛亦必自奮鬥自求得來！」只有如此才能「轉夜爲日，轉地獄爲天堂」。在給他的老師梁啓超的信中說：「我之甘冒世之不韙，竭全力以鬥者，非特免凶慘之苦痛，實求良心之安頓，求人

格之確立，求靈魂之救度耳。」於是他爲了「眞生命」、「眞幸福」、「眞戀愛」，他硬是和張幼儀離了婚，他要尋求他「靈魂的伴侶」，而「得之我幸」，「不得我命」。他是拚盡一生在尋求他心靈中理想的愛人。而這理想的愛人，曾是林徽音、凌叔華、陸小曼，甚至冰心、賽珍珠等人。

有人因此指責志摩之多情、不專一，甚至是「風流詩人」，但身爲他好友的溫源寧在〈徐志摩——一個孩子〉一文中，最能道出志摩內心的底蘊，他認爲志摩與雪萊一樣，「他愛的不是這一個女人或者那一個女人，而只是在一個女人玉貌聲音裡見出他理想美人的反映來。」他愛的是理想的美的幻象，溫源寧說：「他在許多神座之前燒香，並不是不專一，反而是他對理想美人之專一。好像一個光明的夏天的白日裡蔭影的移動，志摩也在女友中踪影靡定：可是這些蔭影是由一個太陽造成的，所以志摩的愛也僅僅爲了一件東西——他的理想美人的幻象。對於這，他永久是一個忠實的信徒，不僅在他和女子的關係是這樣，在他的作品裡，和男朋友裡，並且就是在他短短的生活中一切似乎是狂浪的舉動裡，也都是這樣。」該是最知人之論罷。

徐志摩之作品，在台灣出版的有《徐志摩詩選》、《徐志摩散文選》，甚至有《徐志摩全集》之編定（一九六九年蔣復璁、梁實秋編，傳記文學出版社）。然而鑒於愛情之於徐志摩生命之份量，加之先前我們所得見的志摩的情書之不足，因此有重編徐志摩情書集之構想。傳記文學版《徐志摩全集》是根據三〇年代上海版影印的，包括「良友」版的《秋》、《愛眉小札》和「晨光」版的《志摩日記》。而「良友」版的內容爲《愛眉小札》、《小曼日記》及十一封志摩給小曼的書信。而「晨光」版的《志摩日記》，則包括《西湖記》、《愛眉小札》、《眉軒瑣語》、《一本沒有顏色的書》、《小曼日記》等部分。因此我們早先得見志摩寫給小曼的情書，似乎只有十一封。然而事實卻非如此，據志摩的學生趙家璧先生說，其實早在一九三五年，他就協助陸小曼編好《志摩全集》十卷本一套，本來要由「良友」出版，但由於胡適的阻撓，改爲由「商務」出版，但未能即時出版，又遇抗日戰爭爆發，「商務」匆忙撤退，先到香港，再轉重慶，當時自然無法出版志摩的書。抗戰結束，「商務」遷回上海，志摩的老朋友朱經農當上總經理，小曼自己去哀求他設法把志摩文稿找回，趕快出書。由於總經理出馬，終於把文稿從香港調回，並且投下不少人力，默默地把它整理、編校完成，而且打成了紙型。他們當時準備用《志摩遺集》名義出版的。在書後還寫了一段後記：「……整理未就而八・一三之難作。敝館編審部自滬遷湘，由港徙渝，抗戰其間，幾無寧處，原稿僅獲保全，未遑編印。」下署「民國三十七年七月一日商務印書館編審部謹識」。

一九四九年後，根據當時的情況，《志摩全集》根本沒有出版的可能，於是「商務」把該書全部清樣和紙型退還給陸小曼。一九五六、五七年，因百花齊放、百家爭鳴的方針剛剛提出，北京人民文學出版社約請志摩的學生卞之琳編《徐志摩詩選》，但不久政治風向又逆轉，不僅《徐志摩詩選》計劃告吹，《志摩全集》的出版更是胎死腹中。陸小曼在悼志摩的輓聯中曾說「遺文編就答君心」，然而她卻終究帶著這個遺憾，告別人世。臨終前她遺言把這些清樣及紙型交給志摩的表妹夫陳從周保藏。文革前，深謀遠慮的陳從周，把它交給北京國立圖書館保存，得免於紅衛兵的「打、砸、搶」。一九八三年商務印書館香港分館把舊編合成五卷：計詩集一卷、散文集二卷、小說集一卷、戲劇和書信集合爲一卷。《徐志摩全集》在經過近五十年的歲月，才終於較完整地與世人見面，之後香港商務又出了四卷《徐志摩全集補編》。

而趙家璧編的《全集》中，收了志摩的書信共有一百零五封，計致陸小曼六十一封、致劉海粟十九封、致蔣慰堂（復璁）九封、致郭有守八封、致郭子雄八封。趙家璧又說：「至於被小曼丟掉的信爲數更多，這可以從志摩致小曼信中得到證明。一九二六年二月二十五日志摩從國外來信說：『我的信都寄到，〈藍信〉英文的十封，中文的一封，此外非藍信不編號的不知有多少封。除了有一天沒有寫，總算天天給我眉（案：小曼）做報告的。』西俗男女相愛，互通情書，都用特製的一種淡藍信箋，故曰〈藍信〉（Blue Letter）。當年小曼把六十一封中文信交給我時，也曾給我一包志摩寫在藍色洋紙上的英文信，就是上述〈藍信〉的一部分，約有十幾封，每封都是厚厚的一大疊。那時我沒想到就用英文付排，我的同學也是志摩學生陸之上，時正在《良友畫報》任英文翻譯，我曾請他譯成中文發表。他讀後說：『這些滿紙眞情而英文又寫得這樣優美的情書，我這支笨筆如何敢動手翻譯呢？』就這樣把原信還我。這些〈藍信〉我一直連同三、四〇年代其他作家的六、七百封書信保藏在一起。『文革』其間全部被抄，至今下落不明，實在可惜。一九三一年五月十三日志摩給小曼信中，志摩又憤憤不平地問她：『前三年我去歐美印度時，那九十多封信都到哪裡去了？那是我周遊的唯一成績。』可見現在發表的僅是一小部分，更多的書簡都被小曼無心丟棄了。」

徐志摩給陸小曼的情書，商務版《全集》共收了六十一封，再參考湖南文藝出版社之《徐志摩書信》一書，共得六十六封，該是截至目前爲止最完整的數目了。而相較於陸小曼的書信，徐志摩給林徽音的信也不在少數，尤其

在英倫期間，是以英文寫的，這在張幼儀晚年的回憶錄亦有提及。不僅書信，志摩還以英文記下日記，只可惜後來志摩以「八寶箱」寄存凌叔華處，又輾轉回到林徽音手中，徽音故去後，則石沉大海，杳如黃鶴（詳情參見筆者〈有關徐志摩、林徽音日記與情書的說明〉一文）。一九二七年二月十五日遠在費城賓夕法尼亞大學的林徽音在給胡適的信中，多處提到徐志摩。徽音出國時甚至帶著先前志摩給她的信，此時她一一翻閱，回首當年，她細審這份舊情，她說她對徐志摩似乎有了更深地理解，即由當初的「絕對的不懂他」，到現在的「眞眞透徹地明白了」。然而，過去的都過去了，她希望志摩原諒她「從前的種種不瞭解」，而她在瞭解之後，則將永遠紀念著他。曾經滄海，雖時空阻隔，人事已非，但驀然回首，還是拂不去心頭上的人影。徽音的這封信，雖非寫給徐志摩的情書，但可以看作是徽音對志摩感情的回應。當然作爲「一代才女」的徽音，是藏不住對志摩的感情的。雖然她最後已成爲梁家的媳婦，但每當她詩情湧現時，志摩就成爲她「難以忘卻的記憶」，眞想把他忘記，但卻又不斷地想起。於是她寫下了〈別丟掉〉、〈你是人間的四月天〉的詩句，千古傳唱，眞是地老天荒一寸心。

在一九二五年三月四日志摩臨行出國前給小曼信中說：「我想要你寫信給我，不是平常的寫法，我要你當作日記寫。不僅記你起居等等，並且記你的思想情感——能寄給我當然最好，就是不寄也好，留著等我回來時一起看，先生再批分數。你如期能做到我這點意思，那我就高興而且放心了。」於是小曼從一九二五年三月十一日至七月十七日的四個月零七天內，寫下二十篇日記——《小曼日記》，其實也等於二十封情書。而一九二五年八月九日到三十一日志摩在北京，九月五日到十七日志摩在上海，在這一個多月裡，志摩寫下二十六篇的日記，稱之爲《愛眉小札》。當然也可視爲情書，更是「婚前記」。而一九二六年八月至一九二七年四月，志摩在北京、上海、杭州等地，共寫下十二篇的日記，稱之爲《眉軒瑣語》，則是他們兩人的「婚後記」。因之將現已收集的六十六封情書，再加上《小曼日記》、《愛眉小札》、《眉軒瑣語》，並按時間年月重新編輯並加上注解（對原本年月日不詳或前人有誤判的地方加以注解，另信中提到的人名常以別號或英文字母稱之，今也盡量注出。另通行本有以「×××」代替挖掉的人名，今也考證出並恢復原狀，如陳潔如、蔣介石 …… 等等，當時或有顧忌。至於原信的錯別字也一併標明或更正，英文的部分也盡量譯出）。時間起迄，將從一九二五年三月三日起至一九三一年十月二十九日止（那是距離志摩飛機撞山身亡的前二十天），如此一來，大致可以看出志摩與小曼的整個感情歷程，這也是重新編定徐

志摩情書集的用意。它將不同於以往所見的徐志摩的日記與情書的殘缺與斷裂，甚至由於重新的編排，而見出它的新意。除此而外，也將僅可能地呈現徐志摩與張幼儀、林徽音、凌叔華之間的情感，不是空口說白話，要的是文獻證據。其中有的確實得之不易，例如志摩給凌叔華的六封信，是一九八二年十月十五日凌叔華在〈談徐志摩遺文——致陳從周的信〉中，提到她在一九三六年至三七年，在武漢主編《武漢文藝周刊》時，曾發表過志摩給她的一大批信。因此趙家璧先生去函給武漢大學中文系的唐達暉先生代為找尋，唐先生花了極大的時間和精力，在湖北省圖書館終於找到了刊於一九三六年的《武漢日報・現代文藝副刊》（案：凌叔華記錯了）上的「志摩遺札」六封信，是有關志摩書信的重要發現，當趙家璧寫信告知在英倫的凌叔華時，難怪凌叔華回信說：「眞是驚喜萬分，這是多年未有過的喜事。」而半個多世紀的歲月流逝了，凌叔華在重睹故人遺札時，她還不禁讚嘆：「徐志摩詩文實在寫得好，眞切而富情感，雖過數十年，仍覺新穎，很少人能達到這種地步。」（見一九八三年九月二十一日的信）該是最知心朋友的肺腑之言了。

有人說徐志摩的詩文是「濃的化不開」，這源於他情感的奔騰，用他的話是「感情是我的指南，衝動是我的風」。也因此他在給陸小曼的信說：「我有你什麼都不要

了。文章、事業、榮耀，我都不要了。詩、美術、哲學，我都想丟了。有你什麼都有了，抱住你，就比抱住整個的宇宙，還有什麼缺陷，還有什麼想的餘地？」他甚至隨口謅了幾行詩，詩這麼寫著：「我心頭平添了一塊肉，／這輩子算有了歸宿！／看白雲在天際飛，／聽雀兒在枝上啼。／忍不住感恩的熱淚，／我喊一聲天，我從此知足。／再不想望更高遠的天國！」而即使婚後小曼的墮落，甚至與翁瑞午的曖昧，志摩都無怨無悔，正如他的詩中所說的：「但我不能說你負，更不能猜你變；／我心頭只是一片柔，／你是我的！我依舊／將你緊緊的抱摟；／除非是天翻，但我不能想像那一天！」

或許是天妒英才，一九三一年十一月十九日，文采風光的徐志摩，匆匆揮別偶然，他一生最「想飛」，這次眞的飛回了那無涯無際，絕對之愛之美之自由的靈魂之鄉、詩人之國。他揮揮衣袖，不帶走一片雲彩。正如友人孫大雨的悼詞所說的：「你去了，你去了，志摩。／一天的濃霧，／掩護著你向那邊明月和星子中間，／一去不再來的茫茫的長途。」然而孩子般的志摩，或許沒有這麼悲傷，他羽化了，他向世人道了聲珍重，他說：「最是那一低頭的溫柔，／像一朵水蓮花不勝涼風的嬌羞，／道一聲珍重，道一聲珍重，／那一聲珍重裡有蜜甜的憂愁——沙揚娜拉！」

從蘇聯歸來後的徐志摩

淚痕化沈碧

給張幼儀的信

徐志摩與夫人張幼儀

給張幼儀的信（三封）

一（一九二二年三月，片段）

故轉夜爲日，轉地獄爲天堂，直指顧間事矣。……眞生命必自奮鬥自求得來，眞幸福亦必自奮鬥自求得來，眞戀愛亦必自奮鬥自求得來！彼此前途無限，……彼此有改良社會之心，彼此有造福人類之心，其先自作榜樣，勇決智斷，彼此尊重人格，自由離婚，止絕苦痛，始兆幸福，皆在此矣。

注：原刊《新月》第四卷第一期胡適〈追悼志摩〉一文內。一九二二年三月，徐志摩、張幼儀在德國離婚，此信當寫於其時，可與同年十一月八日志摩發表於《新浙江報》之詩〈笑解煩惱結〉並觀，該詩是志摩離完婚後寄給德國的幼儀的，附之於後。

二（一九二六年十月，片段）

……我們在上海一無事情，現在好了，房子總算完了工，定十月十二（陰曆）回家，從此我想隱居起來，硤石至少有蟹和紅葉，足以助詩興，更不慕人間矣！……

注：原刊《徐志摩年譜》，未署寫作日期。徐志摩一九二六年十月三日與陸小曼在北京北海公園結婚，十月十五日南下上海，可推出此信寫作時間約為一九二六年十月左右。

三（一九二六年十二月十四日）

幼儀：

爸爸來，知道你們都好，尤其是歡進步得快，欣慰得很。你們那一小家雖是新組織，聽來倒是熱鬧而且有精神，我們避難人聽了十分羨慕。

你的信收到，萬分感謝你。幼儀，媽在你那裡各事都舒適，比在家裡還好些，眞的，年內還不如晉京的好，一則路上不變，二則回來還不免時時提心吊膽。

我們不瞞你說，早想回京，只是走不動，沒有辦法，我們在上海的生活是無可說的，第一是曼同母親行後就病，直到今天還不見好，我也悶得慌，破客棧裡困守著，還有什麼生活可言。日內搬去宋春舫家，梅白格路六四三號，總可以舒泰些。

阿歡（案：指徐積鍇）的字眞有進步，他的自治力尤其可驚，我老子自愧不如也！

麗琳寄一筆桿來「鈍」我，但我還不動手，她一定罵我了！

老八（案：指幼儀的八弟—張嘉鑄）生活如何，盼通

信。此候

　　爐安

志摩　十二月十四日

附錄一

笑解煩惱結——送幼儀

一

這煩惱結，是誰扭得水尖兒難透？
這千縷萬縷煩惱結是誰家忍心機織？
這結裡多少淚痕血跡，應化沉碧！
忠孝節義——
咳，忠孝節義謝你維繫四千年史縷不絕，
卻不過把人道靈魂磨成粉屑。
黃河不潮，昆侖嘆息，
四萬萬生靈，心死神滅，中原鬼泣！
咳，忠孝節義！

二

東方曉，到底明復出。
如今這盤糊塗帳。
如何清結？

三

莫焦急，萬事在人爲，只消耐心共解煩惱結。

雖嚴密，是結，總有絲縷可覓。
莫怨手指兒瘦，眼珠兒倦，
可不是抬頭已見，快努力！

四

如何！畢竟解散，煩惱難結，煩惱苦結。
來，如今放開容顏喜笑，握手相勞；
此去清風白日，自由道風景好。
聽身後一片聲歡，爭道解散了結兒，消除了煩惱！

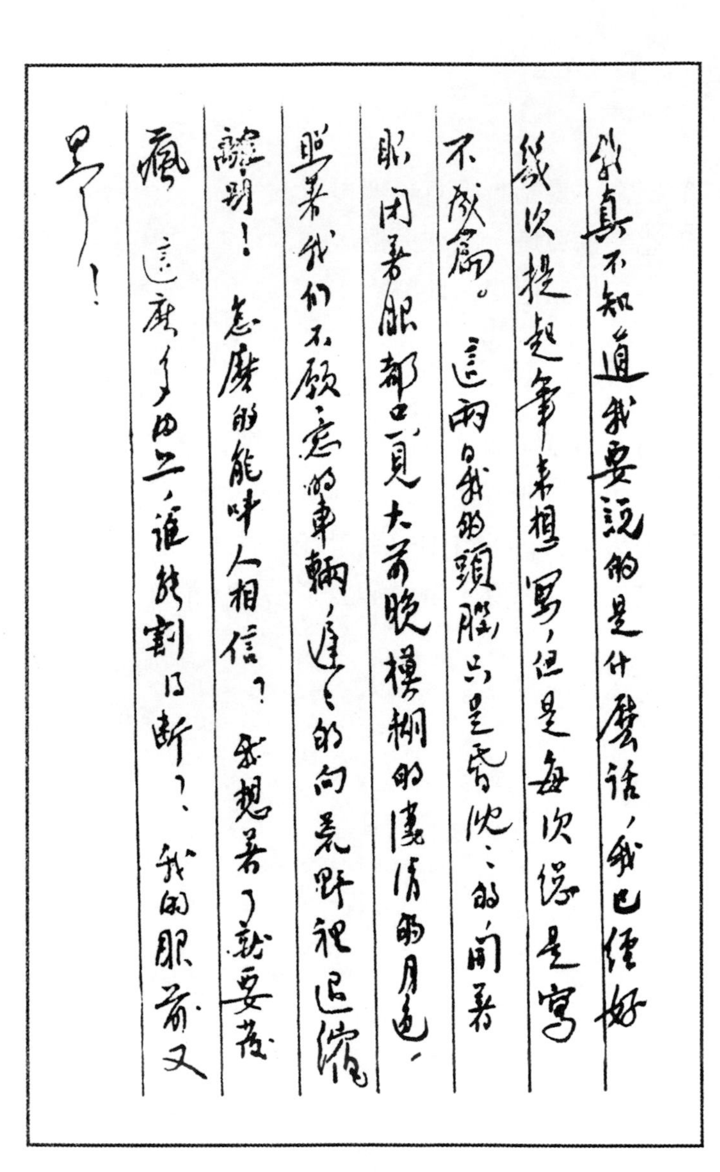
我真不知道我要說的是什麼話，我已經好幾次提起筆來想寫，但是每次總是寫不成篇。這兩日我的頭腦只是昏沉沉的，開著眼閉著眼都只見大前晚模糊的淒清的月色，照著我們不願意的車輛，遲遲的向荒野裡退縮。離別！怎麼的能叫人相信？我想著了就要發瘋，這麼多的絲，誰能割得斷？我的眼前又黑了！

徐志摩一九二四年致林徽音的零柬一頁

人間四月天

給林徽音的信

才女林徽音明艷活潑，常是人群裡的中心人物

給林徽音的信（一封）

一（一九二四年，零柬）

我眞不知道我要說的是什麼話，我已經好幾次提起筆來想寫，但是每次總是寫不成篇。這兩日我頭腦總是昏沉沉的，開著眼閉著眼卻只見大前晚模糊的月色，照著我們不願意的車輛，遲遲的向荒野裡退縮。離別！怎麼的能叫人相信？我想著了就要發瘋。這麼多的絲，誰能割得斷？我的眼前又黑了……

注：據梁錫華《徐志摩新傳》言，一九二四年五月二十三日徐志摩陪同泰戈爾西去太原，林徽音前來送行，在此時志摩似乎知道林徽音與梁思成即將赴美求學，於是在火車上匆匆提筆，意欲傳達情意。然墨瀋未乾，車已開動，零柬為泰戈爾助手恩厚之所得。

附錄一

有關徐志摩、林徽音的情書與日記的說明

⊙蔡登山

梁實秋在〈談徐志摩〉一文中，說過一些關於《徐志摩全集》難產的原因，他說：「聽說，志摩有一堆文字在林徽音手裡，又有一大堆在另外一位手裡，兩方面都拒不肯交出，因此《全集》的事延擱下來。我不知道這傳說是否正確。總之，《志摩全集》沒有印出來，凡是他的朋友都有一份責任。」志摩的學生，也是和小曼共同編全集的趙家璧說：「這裡所談的兩大堆文字資料，正是小曼屢次向我談到過的，眞相連小曼生前似乎也說不清楚。最近《胡適往來書信選》出版，提供了這方面的重要線索。原來志摩逝世後不到一個月，凌叔華有一信給胡適，提到這批日記，凌叔華把它稱爲『八寶箱』，這個詞兒，我也從小曼口中聽到過，大概志摩生前就是把這批日記如此稱呼的吧。信中說：『志摩於一九二五年去歐時，曾把他的八寶箱（文字因緣箱）交給我看管，歐洲歸，與小曼結婚，還不要拿回，因爲箱內有東西不宜小曼看的，我只好留下來，直到去上海住，仍未拿去。我去日本時，他也不要，

後來我去武昌交與之琳（案：卞之琳表示凌並沒將「文字因緣箱」交予他），才算物歸原主。……今年夏天，從文答應給他寫小說，所以把他天堂地獄的案件帶來與他看，我也聽到提過（從前他去歐時已給我看過，解說甚詳，也叫我萬一他不回來時爲他寫小說），不意人未見也就永遠不能見了。……前天聽說此箱已落徽音處，很是著急，因爲內有小曼初戀時日記二本，牽涉是非不少……有好幾人已答允把志摩信送來編印，我已去信約潘貞元抄寫一半月看看。我想如果你存的信件可以編好，同時出書好不好？這是你說的散文的新光芒，也是紀念志摩的好法子（一九三一年十二月十日）。』從這封信裡看出有兩冊小曼寫的日記原來留在凌叔華處。胡適於半個多月後另寫一信給凌叔華說：『昨始知你送在徽音處的志摩日記只有半冊，我想你一定把那一冊半留下做傳記或小說材料用了。但我細想，這個辦法不很好。……你藏有此兩冊日記，一般朋友都知道，……所以我上星期編的遺著略目，就注明你處存有兩冊日記。……今天寫這信給你，請你把那兩冊日記交給我。我把這幾冊英文日記全付打字人打成三個副本，將來我可以把一份全的留給你做傳記材料（一九三一年十二月二十八日稿）。』」

一九八三年五月七日，旅居英倫的凌叔華覆信給陳從周說：「前些日，收到趙家璧來信，並寄我看他紀念志摩

小曼的一文，內中資料提到當年他墜機死後，由胡適出面要求朋友們把志摩資料交給他的事。事實那時大家均為志摩暴卒，精神受刺激，尤其林徽音和她身邊的摯友，都有點太過興奮。我是時恰巧由武漢回北京省親避暑，聽到志摩墜機，當然十分震動悲戚。志摩與我一直情同手足，他的事，向來不瞞人，尤其對我，他的私事也如兄妹一般坦白相告。我是生長在大家庭的人，對於這種情感，也司空見慣了。為了這種種潛在情感，志摩去歐之前（即去翡冷翠前），他巴巴的提著他的稿件箱（八寶箱），內裡有『向未給第二人讀過的日記本』及散文稿件（他由歐過俄寄回原稿件等）多搭，他半開玩笑的說：『若是我有意外，叔華，你得給我寫一傳記，這些破爛交給你了！』我以後也問過他幾回，要不要把他的八寶箱拿走……他大約上海有家，沒有來取。至於志摩墜機後，由適之出面要我把志摩箱子交出，他說要為志摩整理出書紀念。我因想到箱內有小曼私人日記兩本，也有志摩英文日記二、三本，他既然說過不要隨便給人看，他信託我，所以交我代存，並且重託過我為他寫『傳記』。為了這些原因，同時我知道如我交胡適，他那邊天天有朋友去談志摩事，這些日記，恐將滋事生非了。因為小曼日記內（兩本）也常記一些是是非非，且對人名也不包含，想到這一點，我回信給胡適說，我只能把八寶箱交給他，要求他送給陸小曼。以後他真的

拿走了，但在適之日記上，仍寫志摩日記有兩本存凌叔華處。

……這冤枉足足放在我身上四、五十年，至今方發現……」志摩的兩本英文日記，據林徽音告訴陳從周說，她一直保存著（案：該指徐志摩與林徽音在英國交往的日記及情書，後來張幼儀在回憶錄中亦有提及志摩與徽音兩人通信都是用英文寫的）。林徽音過世後，陳從周曾問梁思成的續弦夫人林洙，說是遍找無著。據學者梁錫華說，林洙與梁思成結婚時，徽音的兒女們初時反對，還曾大打出手（案：子女們後來與繼母相處融洽，筆者補注）。結果這班年輕人得勝了，他們把母親的全部遺物搬走。另外，他們一向認爲數十年前那段林、徐戀情是極不體面的，接著就趁機毀掉家存的一切舊日文字。因此這些有關戀史的信函、日記，可能永遠消失了。

一九二八年四月梁思成與林徽音在歐洲
度蜜月期間參觀西方古建築

天高雲已遠

給凌叔華的信

陳西瀅與凌叔華攝於新婚後

給凌叔華的信（七封）

一

準有好幾天不和你神談了，我那拉拉扯扯半瘋半夢半夜裡梟筆頭的話，清醒時自己想起來都有點害臊，我眞怕厭煩了你，同時又私冀你不至十分的厭煩，×，告訴我，究竟厭煩了沒有？平常人聽了瘋話是要「半掩耳朵半關門」的，但我相信倒是瘋話裡有「性情之眞」，日常的話都是穿上袍褂戴上大帽的話，以爲是否？但碰巧世上最不能容許的是眞——眞話是命定淹死在喉管裡的，眞情是命定悶死在骨髓裡的——所以「率眞」變成了最不合時宜的一樣東西。誰都不願不入時，誰都不願意留著小辮子讓人笑話，結果眞與瘋變成了異名同義的字！誰要有膽不怕人罵瘋才能掏出他的眞來，誰要能聽著瘋話不變色不翻臉才有大量來容受眞。得，您這段囉哆〔嗦〕已經夠瘋。不錯，所以順著前提下來，這囉哆〔嗦〕裡便有眞，有多少咬不準就是！

……不瞞你說，近來我的感情脆弱的不成話：如其秋風秋色引起我的悲傷，秋雨簡直逼我哭。我眞怕。昨夜你們走後，我拉了巽甫老老（案：劉叔和）到我家來，談了一回，老老倦得老眼都睜不開，不久他們也走了，那時雨已是很大。……好了，朋友全走了，就剩了我！一間屋

子，無數的書。我坐了下來，心像是一塊磨光的磚頭，沒有一點花紋，重滋滋的，我的一雙手也不知怎的抱住了頭，手指擒著髮，伏在桌上發呆，好一陣子，又坐直了，沒精打采的，翻開手邊一冊書來不用心的看，含糊的念，足足念一點多鐘。還是乏味，隨手寫了一封信給朋友，灰色得厲害，還是一塊磨光的磚頭，可沒有睡意，又發了一陣呆，手又抱著了頭，……嘸！煙士披里純（案：inspiration，靈感）來了，不多，一點兒，抽一根煙再說。眼望著螺旋形往上裊的煙，……什麼，一個曠野，黑夜……一個墳，——接著來了香滿圓的白湯鯽魚……嘸！那可不對勁……魚，是的，撈魚的網……流水……時光……撈不著就該……有了，有了，下筆寫吧——

問誰？啊，這光陰的嘲弄
問誰去聲訴，
在這凍沈沈的星夜，淒風
吹著它的新墓？

「看守，你須耐心的看守
這活潑的流溪，
莫錯過，在這清波裡優游，
青臍與紅鰭！」

這無聲的私語在我的耳邊
似曾幽幽的吹嘘——
像秋霧裡的遠山，半化煙
在曉風裡卷舒。

因此我緊攬著我靈魂的繩網，
像一個守夜的漁翁，
靜靜的，注視著那無盡流的時光，
私冀有彩鱗掀湧。

如今只餘這破爛的漁網——
嘲諷我的希冀，
我喘息的恨（悵）望著不返的時光，
淚依依的憔悴！

又何沿在這黑夜裡徊徘：
黑夜似的痛楚：
一個星芒下的黑影淒迷——
留連著一個新墓。

問誰？……我不敢愴呼，怕驚擾

這墓底的清淳；
我俯身，我伸手向著它摟抱——
呵，這半潮溼的新墓！

這慘人的曠野無有邊沿，
遠處有村火星星，
叢林裡有鴟鴞在悍辯——
墳邊有傷心隻影。

這黑夜，深沈的環抱著大地，
籠罩著你與我——
你，靜淒淒的安眠在墓底；
我，在迷醉裡摩莎！

正願天光更不從東方
按時的泛濫，
讓我永久依偎著這墓旁——
在沉寂裡消幻！

但青曦已在那天邊吐露，
甦醒的林鳥
已在遠近間相應的喧呼——

又是一度清曉。

不久，這嚴冬過去，東風
又來催促青條；
便妝綴這冷落的墓墟叢，
亦不無花草飄飄。

但我愛，如今你永遠封禁
在這無情的墓下，
我更不盼天光，更無有春信——
我的是無邊的黑夜！

完了，昨天三時後才睡，你說這瘋勁夠不夠？這詩我初做成時，似乎很得意，但現在抄謄一過，換了幾處字句，又不滿意了。你以爲怎樣，只當它一首詩看，不要認它有什麼Personal的背景，本來就不定有。眞怪，我的想像總脫不了兩樣貨色，一是夢，一是墳墓，似乎不大健康，更不是吉利，我這常在黑地裡構造意境，其實是太晦色了，×，你有的是陽光似的笑容與思想，你來救度救度滿臉塗著黑炭的頑皮××吧！

注：原載一九三五年五月二十四日《武漢日報》副刊〈現代文

藝〉第十五期，標題為「志摩遺札之一」，未署寫作日期。

二

我準是讓西山的月色染傷了。這兩天我的心像是一塊石頭，硬的，不透明的，累贅的，又像是岩窟裡的一泓止水，不透光的，不波動的，沉默的。前兩天在郊外見著的景色，盡有動人的——比如靈光寺的墓園，靜肅的微馨〔柏〕的空氣裡，峙立著那幾座石亭與墓碑，院內滿是秋爽的樹蔭，院外亦滿是樹蔭的秋爽，這墓園的靜定裡，別有一種悲涼的況味，聽不著村舍的雞犬聲，聽不著宿鳥的幽呼聲，有的只是風聲，你凝神時辨認得出他那手指挑弄著的是哪一條弦索，這緊峭的是栗樹聲，那揚沙似瀟灑的是菩提樹音，那群鴉翻樹似海潮登岩似的大聲是白揚〔楊〕的狂嘯。更有那致密的細渡嚙沙磧似的是柏子的漏響——同時在這群音駢響中無邊的落葉，黃的，棕色的，深紅的，黯青的，肥如掌的，卷似髮的，細如豆的，狹如眉的，一齊乘著無形中吹息的秋風，冷冷的斜飄下地，它們重絨似的舖在半枯□草地上，遠看著像是一扃仰食的春蠶，近睇時，它們的身上都是密佈著，針繡似的，蟲牙的細孔，它們在夏秋間布施了它們的精力，如今靜靜的偃臥在這人跡稀有的墓園裡，有時風息從樹枝裡下漏，它們還

不免在它們「墓床」上微微的顫震，像是微笑，像是夢
颦，像是戰場上僵臥的英雄又被遠來的鼓角聲驚擾！那是
秋，那是眞寧靜，那是季候轉變——自然的與人生的——
的幽妙消息。××，我想你最能體會得那半染顏色，卻亦
半褪顏色的情綢〔調〕與滋味。

我當時也不分清心頭的思感，只覺得一種異樣甜美的
清靜，像風雨過後的草色與花香，在我的心靈底裡緩緩的
流出（方才初下筆時我不知道我當時曾經那樣深沉的默
察，要不然我便不能如此致密的敘述），我恨不能畫，辜
負這秋色；我恨不能樂，辜負這秋聲，我的筆太粗，我的
話大〔太〕濁，又不能恰好的傳神這深秋的情調與這淡裡
透濃的意味；但我的魂靈卻眞是醉了，我把住了這馥郁的
秋釀□巨觥，我不能不盡情的引滿，那滑洵的冽液淹進了
我的咽喉，浸入了我的肢體，醉塞了我的官覺，醉透了我
的神魂：××假如你也在那靜默的意境裡共賞那一山淡金
的菩提，在空靈中飛舞，潛聽那蟲蝕的焦葉在你腳下清脆
的碎裂！

更有前冷夜□月影；除是我決心犧牲今夜的睡，我再
不敢輕易的挑動我的意緒！爐火已漸緩，夜□從窗紗裡幽
幽滲入，我想我還是停筆的好，要不然抵拚明日的頭痛。
但同時「秋思」仍源源的湧出——內院的海棠已快赤哩，
那株柿樹亦已卸卻青裳，只剩下一、二十個濃黃的熟果依

舊高高的緊戀著赤露的枝幹，紫藤更沒有聲息，榆翁最是蒼蒼的枯禿——我內心的秋葉不久也怕要飄盡了，××，你替我編一隻喪歌罷！

志摩寄思

注：原載一九三五年五月三十一日《武漢日報》副刊〈現代文藝〉第十六期，標題為「志摩遺札之一」。

三

今天下午我成〔存〕心賴學，說頭疼（是有一點）沒去，可不要告訴我的上司，他知道了請我吃白眼，不是玩兒的。……眞是活該報應，剛從學生那裡括下一點時光來，正想從從容容寫點什麼，又教兩條〔個〕不相干的客人來打斷了，來人也眞不知趣，一坐下就生根，隨你打哈欠伸懶腰表示態度，他們還你一個滿不得知！這一來就花了我三個鐘頭！我眼瞟著我剛開端的東西，要說的話盡管在心坎裡小鹿似的撞著，這眞是說不出的苦呢。他們聽說這石虎胡同七號是出名的凶宅，就替我著急，直問我怕不怕，我的幽默來了，我說不一定，白天碰著的人太可怕了，小可膽子也嚇出了頭，見鬼六不算回事了！

×，你說你生成不配做大屋子的小姐，聽著人事就想掩耳朵，風聲、鳥鬧（也許瘋話）倒反而合適：這也是一種說不出口的苦惱。我們長在外作客的，有時也想家（小孩就想媽媽的臂膀做軟枕……）但等到回了家，要我說老實話時，我就想告假——那世界與我們的太沒有親屬關係了。就說我頂親愛的媽罷，她說話就是畫圓圈兒，開頭歸根怨爸爸這般高，那般矮，再來就是本家長別家短，回頭又是爸爸——媽媽的話，你當然不能不耐心聽，並且有時也眞有意味的見解，我媽她的比喻與「古老話」就不少，有時頂鮮艷的：但你的心裡總是私下盼望她那談天的（該作談「人」）的輪廓稍爲放寬一些。這還是消極一方面：你自己想開口說你自己的話時那才眞苦痛；在她自聽來你的全是外國話，不直叫你瘋還是替你留點〔面〕子哪！眞是奇怪，結果你本來的話匣子也就發潮不靈了。所以比如去年這個時候，我在家裡被他們硬拉住了不放走，我只得懇請到山腳下鬼窩廬裡單獨過日子去。那一個來月，倒是頂有出息，自己也還享受，看羊吃草，看狗打架，看雨天露濛裡的塔影，坐在「仙人石」上看月亮，到廟前聽夜鴞與夜僧合奏的妙樂，再不然就去戲台裡下寄宿的要飯大仙談天——什麼都是有趣，只要不接近人，尤其是體面的。

說起這一時山廬山才眞美哪，滿山的紅葉、白雲、外加雪景，冰冷的明星夜（那眞激人），各種的鳥聲，也許還有福分聽著野朋友的吼聲……×，我想著了眞神往，至少我小部分的靈魂還留在五老峰下、栖賢橋邊（我的當然

純粹是自然的，不是浪漫的眷戀）。那邊靠近三疊洞，有一家寒碧樓是一個貴同鄉，我忘了誰的藏書處，有相當不俗的客時，主人也許下榻，假如我們能到那邊去過幾時生活——只要多帶詩箋畫紙清茶香煙（對不住，這是一樣的必需品），丟開整個的紅塵不管不問，豈不是神仙都不免要妒羨！

今年的夏天過的不十分如意，一半是為了金瓜，他那哭哭啼啼的，你也不好意思不憐著點兒不是？但這一憐你就得管，一管，你自個兒就毀。我可不抱怨，那種的韻事也是難得的。不過那終究是你朋友的事，就我自己說，我還不大對得住廬山，我還得重去還願，但這是要肩背上長翅膀的才敢說大話，×，您背上有翅膀沒有：有就成，要是沒，還得耐一下東短西長！說也怪，我的話匣子，對你是開定的了，管您有興致聽沒有，我從沒有說話像對你這樣流利，我不信口才會長進這麼快，這準是×教給我的，多謝你。我給旁人信也會寫得頂長的，但總不自然，筆下不順，心裡也不自由，不是怕形容詞太粗，就提防那話引人多心，這一來說話或寫信就不是純粹的快樂，對你不同，我不怕你，因為你懂得，你懂得因為你目力能穿過字面，這一來我的舌頭就享受了真的解放，我有著那一點點小機靈就從心坎裡一直灌進血脈，從肺管輪到指尖，從指尖到筆尖，滴在白紙上就是黑字，頂自然，也頂自由，這

眞是幸福。

寫家信就最難，比寫考卷還不易，你提著筆隔（幾時總得寫）眞不知寫什麼好——除了問媽病或是問爸要錢！（下略）

注：原載一九三五年八月九日《武漢日報》副刊〈現代文藝〉第二十六期，標題為「志摩遺札」。

四

今天整天沒有出門，長袍都沒有上身，回京後第一次「修道」，正寫這裡你的信來了，前半封叫我點頭暗說善哉善哉，下半封叫我開著口盡笑自語著捉掏〔掐〕捉掏〔掐〕！××，你眞是個妙人，眞傻，妙得傻，傻得妙——眞淘氣，你偏愛這怪字，傻，多難寫，又像粽子的粽字，它那一個鋼×〔叉〕（×）四顆黑豆，眞叫人寫得手酸心煩！你想法子改一個好否？要不然我們就想法子簡筆，再要不然，我寧可去學了注音字母來注音，這鋼×黑豆八字胡子小果橙兒放在一堆的頑意兒實在有些難辦！好呀，你低著頭兒，「鋼×黑豆八字胡子果橙兒連在一起」（我寧可這樣來順手）的笑，誰知道你在那裡捉掏〔掐〕出壞主意哪！什麼棗子呀、蘋果呀、金瓜呀、關刀呀、鐵錘呀、圓球呀、板斧呀全到門了，全上台了，眞有你的，

啊！你倒眞會尋樂，我說得定你不僅坐在桌上吃喝時候忍不住笑，就是你單個兒坐在馬車裡、睡在被窩裡、早上梳洗的時候、聽先生講書的時候——一想著那一大堆水果鮮果兵器武器（而且你準想著）你就掌不住笑，我現在拿起你末了那張信頁放在耳朵邊聽時都好像還聽你那格支格支的「八字胡子」等等的笑哪！北京人說「損」。大姑兒你這才損哪！我想我以後一定得禁止你畫畫了，眞是，信上寫著就叫人夠受，你要是有興致時，提起管夫人來把什麼金瓜臉馬臉（對呀，你還忘了張彭春哪！）青龍偃月刀臉等等全給畫了出來，再回頭廣告諷刺畫滑稽寫眞的展覽會可不是頑兒！眞得想法子來制度你才好。你知道現在世界上最達觀最開通不過我們的蕭伯納。他是超人至人。但是他有一次也眞生了氣，他悶了好幾天哪，爲的是有一個與尊駕有同等天才的Max Beerbom開了他一個小頑笑——他畫一個蕭伯納，頭支著地板，腳頂著天花板，胡子披一個瀟灑出群，誰看了都認識是「蕭」，誰看了都得捧著肚子笑，蕭先生自己看見了可眞不樂意，他沒有笑——那畫實在太妙了，所以你看你這搗亂正是政府派說的危險分子，以後碰著你得特別小心才是，要不然就上你當，讓你一個人直樂——我們賣瓜果的準吃大虧！

眞淘氣的孩子，你看，累得我囉嗦了老半天沒有說成一句話。本來我動手寫信時老實說，是想對你發洩一點本天的悶氣，太陽也沒出來，風像是哭，樹上葉子也完了，幾根光光的枝杈兒在半空裡擎著，像是老太太沒有牙齒關不住風似的，這看了叫人悶氣。我大聲的念了兩遍雪萊的西風歌，正合時，那歌眞是太好了，我幾時有機會伴著你念好嗎？（下略）

五

今天又是奇悶；聽了劉寶全以後，與蔣××（案：指蔣復璁）回家來談天，隨口瞎談，輕易又耗完半天的日影，王××（案：指王受慶）也來了，念了幾篇詩，一同到春華樓吃飯，又到正昌去想吃冰淇淋，沒了！只得啜一杯咖啡解嘲，斜躺在舒服的沙發上，一雙半多少不免厭世觀的朋友又接著談，咖啡裡的點綴是鮮牛骼〔酪〕，談天裡的點綴是長吁與短嘆，回頭鋪子要上門了，把我們攆了出來，冷清清的街道，冷冰冰的星光，我們是茫茫無所之，還是看朋友去。朋友又不在家，在他空屋子裡歇了一會兒，把他桌上的水果香煙吃一個精光，再出來到王××寓處，呆呆的坐了一陣子，心裡的悶一秒一秒的增加了——不成，還是回老家做詩或是寫信或是「打坐」吧。慚愧。居然塗成了十六行的怪調，給你笑一笑或是皺一皺眉罷。

為要尋一顆明星

我騎著一匹拐腿的瞎馬，

　　向著黑夜裡加鞭；——

　　向著黑夜裡加鞭，

我騎著一匹拐腿的瞎馬！

我衝入這黑綿綿的荒野，

　　為要尋一顆明星；——

　　為要尋一顆明星，

我衝入這黑連連的荒野。

累壞了，累壞了我胯下的牲口，

　　那明星還不出現；——

　　那明星還不出現，

累壞了，累壞了馬鞍上的身手。

這回天上透出了，水晶似的光明，

　　黑夜裡倒著一隻牲口，

　　荒野裡躺著一具屍首，——

這回天上透出了水晶似的光明！

十一月二十三日夜十時

六

不想你竟是這樣純粹的慈善心腸，你肯答應常做我的「通信員」。用你恬靜的諧趣或幽默來溫潤我居處的枯索，我唯有泥首！我單怕我是個粗心人，說話不瞻前顧後的，容易不提防的得罪人；我又是個感情的人，有時碰著了悵觸，難保不盡情的吐洩，更不計算對方承受者的消化力如何！我的壞脾氣多得很，一時也說不盡。同時我卻要對你說一句老實話。××，你既然是這樣的誠懇，眞摯而有俠性。我是一個悶著的人，你也許懂得我的意思。我一輩子只是想找一個理想的「通信員」，我曾經寫過日記，任性的泛濫著的來與外逼的情感。但每次都不能持久。人是社會性的動物，除是超人，那就是不近人情的，誰都不能把掙扎著的靈性悶死在硬性的軀殼裡。日記是一種無聊的極思（我所謂日記當然不是無顏色的起居注）。最滿意最理想的出路是有一個眞能體會、眞能容忍，而且眞能融化的朋友。那朋友可是眞不易得。單純的同情還容易，要能容忍而且融化卻是難。與朋友通信或說話，比較少拘束，但衝突的機會也多，男子就缺乏那自然的承受性。但普通女子更糟，因爲她們的知識與理性超不出她們的習慣性與防禦性，她們天生高尚與優秀的靈性永遠鑽不透那捍〔桿〕毛筆的筆尖兒。理性不透徹的時候，誤會的機會就多，比如一塊凹形的玻璃，什麼東西映著就失了眞像。我所以始

終是悶著的。我不定敢說我的心靈比一般的靈動些，但有時心靈活動的時候，你自己知道這裡面多少有眞理的種子，你就不忍讓它悶死在裡面，但除非你有相當的發洩的機會與引誘時，你就不很會有「用力去拉」的決心。雖則華茨華士用小貓來諷喩詩人：他說小貓好玩，東跳西竄的玩著樹上的落葉，她玩她的，並不願管旁邊有沒有人拍手叫好，所以藝術家的工作也只是活力內迫的結果，他們不應當計較有皮〔沒〕有人賞識。但這是理論。華老兒自身就少不了他妹妹挑〔桃〕綠水（案：指英國湖畔派詩人華茨華士的妹妹Doroyth Wardsworth）的靈感與同情。我寫了一大堆，我自己也忘了我說的是什麼！總之我是最感激不過，最歡喜不過你這樣溫和的厚意，我只怕我自己沒出息，消受不得你爲我消費的時光與心力！

注：以上三封原載一九三五年十月四日《武漢日報》副刊〈現代文藝〉第三十四期，標題為「志摩遺札」，信前分標有㈠、㈡、㈢。

而信中不冠姓氏的那些「××」，不是代表「叔華」，就是志摩自稱。所有這些「×」與「××」都是凌叔華在發表時故弄的玄虛，其意是怕別人知道她和志摩的一份獨特情誼。而「下略」的地方也是她所省略的。學者梁錫華指出從年月可見，徐志摩寫這些親暱到近乎情書的私柬給凌叔華，是在失落了林徽音而尚未認識小曼的那段日子，也是志摩在感情上最空虛、最傷痛、最需要填補的時候。而妍慧多才的凌叔華就近在眼前而又屬雲英未嫁，所以徐志摩動情並向試圖用情，是自然不過的。

七

我不能不信人生的底質是善不是惡，是美不是醜，是愛不是恨；這也許是我理想的自騙，但即明知是自騙，這騙也得騙，除是到了真不容自騙的時候。要不然我喘著氣為什麼？

注：此係徐志摩給凌叔華的片斷，見一九九〇年《新文學史料》第二期唐達暉〈凌叔華·現代文藝·志摩遺札〉。

附錄一

談徐志摩遺文——致陳從周的信

⊙凌叔華

《新文學史料》一九八一年第四期（總第十三期）為紀念詩人徐志摩逝世五十周年，出了專輯。趙家璧先生的〈回憶徐志摩和《志摩全集》〉一文中談到徐在生前交給凌叔華的那箱遺稿事。最近凌叔華女士從倫敦寫了一封長信給我，把此事談得很清楚，可以補充趙文所述，是弄清這件事及其他的最好第一手資料，有必要將它公之於世，為研究徐志摩的重要史料。昨日從山東歸，留濟南時與陸小曼侄同覓黨家莊開山志摩遇難之白馬山不得，因取石已夷為平地，而停屍小之廟亦早拆毀，黯然者久之。抵家接此函。另外還有從紐約徐家寄來的志摩與前夫人張幼儀子積鍇夫婦合照。情緒屢屢難平，挑燈寫了這段小記，擱筆淒然。

一九八二年十月二十九日陳從周記

從周先生：

前幾日方收到余同希世兄給我的一冊《徐志摩年譜》，十分感激你的厚意，居然記得送我一冊。

我匆匆的讀了一遍覺得志摩忽然又活了。這情形已是三、四十年前的了！說到志摩，我至今仍覺得我知道他的個性及身世比許多朋友更多一點，因爲在他死的前兩年，在他去歐找泰戈爾那年，他誠懇的把一支〔隻〕小提箱提來交我保管，他半開玩笑的說：你得給我寫一傳，若是不能回來的話（他說是意外），這箱裡倒有你所需的證件（日記文稿等等）。他的生活與戀史一切早已不厭其煩的講與不少朋友知道了，他和林徽音、陸小曼等等戀愛也一點不隱藏的坦白的告訴我多次了，本來在他的噩信傳來，我還想到如何找一、二個值得爲他寫傳的朋友，把這個擔子託付了，也算了掉我對志摩的心思（那時他雖與小曼結婚，住到上海去，但他從不來取箱子！）不意在他飛行喪生的後幾日，在胡適家有一些他的朋友，鬧著要求把他的箱子取出來公開，我說可以交給小曼保管，但胡幫著林徽音一群人要求我交出來（大約是林和他的友人怕志摩戀愛日記公開了，對他不便，故格外逼胡適向我要求交出來），我說我應交小曼，但胡適說不必。他們人多勢眾，我沒法拒絕，只好原封交與胡適。可惜裡面不少稿子及日記，世人沒見過面的，都埋沒或遺失了。我後來回去武

大，辦《武漢文藝周刊》，只好把志摩寫與我的信（多半論文藝的）七、八十封信，每期登載一、二封（那是很美的散文），可惜戰爭一來，《武漢文藝》便銷滅掉。後來我們逃到四川住了三年，也無法把稿子帶去。至今以爲憾事。《武漢文藝周刊》是附屬於《武漢日報》的。不知你們有無辦法可以找到一九三六至一九三七《武漢文藝周刊》的日報？事隔多年，想來不會有辦法了吧？至於志摩同我的感情，眞是如同手足之親，而我對文藝的心得，大半都是由他的培植。小曼知道很清楚。可惜小曼也被友人忽視了，她有的錯處，是一般青年女人常犯的，但大家對她，多不原諒。想到小曼，我在一九七二年到上海想看看她，說她在藝專教畫生活，但不能見外人（現在她已去世多時了）。我聽了也甚安慰，因爲我勸她學畫，並帶她去拜陳半丁爲師。否則在文革時她不能生活。（從周案：小曼死於一九六五年四月三日。）

我到西方快三十年了，文藝寫作未離崗位，對往日朋友說來，還不慚愧改了行。孫大雨現尚在滬否？在日本佔上海時，他和鄭振鐸到旅館來看我，教給我一些行路難方策，我逃出敵人陷阱，如見面乞代致意，專頌

文祺

凌叔華上一九八二年十月十五日

再者我手上還保留志摩第一本詩集（是連史紙印的）上面題字「獻給爸爸」也是他請我代題的！（從周案：是《志摩的詩》。）

補注：信中所提《武漢文藝》當為《現代文藝》，創刊於一九三五年二月十五日，終刊於一九三六年十二月二十九日，共出九十五期。因之凌叔華晚年回憶中，時間上有誤。據唐達暉文，《現代文藝》屬於周刊，逢周五（或有延期或提前）在《武漢日報》第三張或第四張刊出。起初每期篇幅佔報紙四開版面的半版，次年逐漸擴大到四分之三版。又凌叔華信中提到志摩給她的信有七、八十封，但目前所得只有七封，與七、八十封相去甚遠，或有可能是凌叔華誤記，但估計應不止七封。至於其他的信或如同「八寶箱」之命運，或已毀於文革中了。

徐志摩在北大任教，與陸小曼兩地相思
（邱權提供）

情深無怨尤

給陸小曼的信

一九二六年十月三日徐志摩與陸小曼
在北平北海公園結婚

給陸小曼的信 I

（一九二五年三月三日至六月二十五日一至一二封）

一（一九二五年三月三日）

小曼：

這實在是太慘了，怎叫我愛你的不難受？假如你這番深沉的冤屈，有人寫成了小說故事，一定可使千百個同情的讀者滴淚。何況今天我處在這最尷尬最難堪的地位，怎禁得不咬牙切齒的恨，肝腸迸裂的痛心呢？眞的太慘了。我的乖！你前生做的是什麼孽，今生要你來受這樣慘酷的報應。無端折斷一枝花，尙且是殘忍的行爲，何況這生生的糟蹋一個最美最純潔最可愛的靈魂？眞是太難了。你的四圍全是銅牆鐵壁，你便有翅膀也難飛。咳，眼看著一隻潔白美麗的稚羊，讓那滿面橫肉的屠夫擎著利刀向著她刀刀見血的蹂躪謀殺，——旁邊站著不少的看客。那羊主人也許在內，不但不動憐惜，反而稱贊屠夫的手段，好像他們都掛著饞涎想分嘗美味的羊羔哪。咳！這簡直的不能想。實有的與想像的悲慘的故事我也聞見過不少。但我愛，你現在所身受的卻是誰都不曾想到過，更有誰有膽量來寫？我勸你早些看哈代那本《Jude the Obscure》（《無名的裘德》）吧。那書裡的女子Sue，你一定很可同情她。哈

代寫的結果叫人不忍卒讀。但你得明白作者的意思。將來有機會，我對你細講。咳！我眞不知道你申冤的日子在哪一天！實在是沒有一個人能明白你，不明白也算了，一班人還來絕對的冤你。阿呸！狗屁的禮教、狗屁的家庭、狗屁的社會，去你們的。青天裡白白的出太陽；這群人血管的水全是冰涼的！我現在可以放懷的對你說：我腔子裡一天還有熱血，你就一天有我的同情與幫助。我大膽的承受你的愛，珍重你的愛，永保你的愛。我如其憑愛的恩惠，還能從我性靈裡放射出一絲一縷的光亮，這光亮全是你的。你盡量用吧！假如你能在我的人格思想裡發現有些須的滋養與溫暖；這也全是你的，你盡量使吧！最初我聽見人家誣蔑你的時候，我就熱烈的對他們宣言，我說：你們聽著，先前我不認識她，我沒有權利替她說話；現在我認識了她，我絕對的替她辯護。我敢說如其女人的心曾經有過純潔的，她的就是一個。Her heart is as pure and unsoiled as any women's heart can be; and her soul as noble。（譯：她的心同其他女子的心一樣純潔無瑕；她的靈魂也同其他女子的靈魂一樣高尚。）

現在更進一層了，你聽著這分別。先前我自己彷彿站得高些，我的眼是往下望的。那時我憐你惜你疼你的感情是斜著下來到你身上的；漸漸的我覺得我的看法不對，我不應得站得比你高些，我只能平看著你。我站在你的正對

面，我的淚絲的光芒與你的淚絲的光芒針對著、交換著。你的靈性漸漸的化入了我的，我也與你一樣的覺悟了，一個新來的影響在我的人格中四布的貫徹。——現在我連平視都不敢了。我從你的苦惱與悲慘的情感裡憬悟了你的高潔的靈魂的眞際。這是上帝神光的反映，我自己不由的低降了下去。現在我只能仰著頭獻給你我有限的眞情與眞愛，聲明我的驚訝與贊美。不錯，勇敢、膽量，怕什麼？前途當然是有光亮的，沒有也得叫它有一個。靈魂有時可以到最黑暗的地獄裡去遊行，但一點神靈的光亮卻永遠在靈魂本身的中心點著。——況且你不是確信你已經找著了你的眞歸宿、眞想望，實現了你的夢？來讓這偉大的靈魂的結合毀滅一切的阻礙，創造一切的價値，往前走吧！再也不必遲疑！

你要告訴我什麼？盡量的告訴我。像一條河流似的，盡量把它的積聚交給無邊的大海。像一朵高爽的葵花，對著和暖的陽光，一瓣瓣的展露她的祕密。你要我的安慰，你當然有我的安慰，只要我有，我能給你，要什麼有什麼。我只要你做到你自己說的一句話——“Fight on”（置身搏鬥中）。即使運命叫你在得到最後勝利之前碰著了不可躲避的死，我的愛！那時你就死。因爲死就是成功，就是勝利。一切有我在，一切有愛在。同時你努力的方向得自己認清，再不容絲毫的含糊，讓步犧牲是有的，但什麼

事都有個限度，有個止境。你這樣一朵稀有的奇葩，絕不是爲一對庸俗的父母，爲一個庸懦兼殘忍的丈夫犧牲來的。你對上帝負有責任；你對自己負有責任；尤其你對你新發現的愛負有責任。你以往的犧牲已經足夠了，你再不能輕易糟蹋一分半分的黃金光陰。人間的關係是相對的，盡職也有個道理。靈魂是要救度的，肉體也不能永久讓人家侮辱蹂躪；因爲就是肉體也含有靈性的。總之一句話：時候已經到了，你得——Assert your own Personality（譯：維護你自己的人格）。你的心腸太軟，這是你一輩子吃虧的原因。但以後可再不能過分的含糊了。因爲靈與肉實在是不能絕對分家的。要不然Nora（娜拉）何必一定得拋棄她的家，永別她的兒女，重新投入渺茫的世界裡去？她爲的就是她自己的人格與性靈的尊嚴。侮辱與蹂躪是不應得容許的。且不忙，慢慢的來。不必悲觀，不必厭世，只要你抱定主意往前走，絕不會走過頭，前面有人等著你，以後的信你得好好的收藏起來，將來或許有用。——在你申冤出氣時的將來，但暫時絕不可洩漏。切切！

摩　一九二五年三月三日

注：《愛眉小札》，將此信注為「三月三日志摩臨行出國前寫給小曼女士的第一封信」，此時志摩與小曼戀愛的事在北京鬧得滿城風雨，志摩不得不決定去歐洲旅行，避避風頭。

二（一九二五年三月四日）

小龍：

你知道我這次想出去也不是十二分心願的。假定老翁（案：指泰戈爾）的信早六個星期來時，我一定絕無顧戀的想法走了完事。但我的胸坎間不幸也有一個心，這個脆弱的心又不幸容易受傷，這回的傷不瞞你說；又是受定的了，所以我即使走也不免咬一咬牙齒忍著些心痛的。這還是關於我自己的話：你一方面我委實有些不放心；不是別的，單怕你有限的勇氣敵不過環境的壓迫力；結果你竟許多少不免明知故犯，該走一百里路也只能走滿三、四十里：這是可慮的。龍呀！你不知道我怎樣深刻的期望你勇猛的上進，怎樣的相信你確有能力發展潛在的天賦，怎樣的私下禱祝有那一天叫這淺薄的惡俗的勢利的「一般人」開著眼驚訝，閉著眼慚愧，——等到那一天實現時，那不僅你的勝利，也是我的榮耀哩！聰明的小曼，千萬爭這口氣才是！我常在身旁，自然多少於你有些幫助；但暫時分別也有絕大的好處。我人去了，我的思想還是在著，只要你能容受我的思想。我還回去是補足我自己的教育，我一定加倍的努力吸收可能的滋養；我可以答應你，我絕不枉費我的光陰與金錢。同時我當然也期望你加倍的勤奮，認清應走的方向，做一番認眞的工夫試試。我們總要隔了半年再見時，彼此無愧才好！你的情形固然不同，但你如其眞有深徹的覺悟時，你的生活習慣自然會得改變，我信F

也能多少幫助你。我並不願意做你的專制皇帝，落後叫你害怕討厭，但我眞想相當的「督飭」著你，如其你過分頑皮時，我是要打的呀！有一件事不知你能否做到，如能，倒是件有益而且有趣的事。我想要你寫信給我，不是平常的寫法，我要你當作日記寫。不僅記你的起居等等，並且記你的思想情感——能寄給我當然最好，就是不寄也好，留著等我回來時一總看，先生再批分數。你如其能做到我這點意思，那我就高興而且放心了。同時我當然有信給你，不能怎樣的密，因爲我在旅行時怕不能多寫，但我答應選我一路感到的一部分眞純思想給你，總叫你得到了我的消息，至少暫時可以不感覺寂寞。好不好，曼？關於遊歷方面我已經答應做《現代評論》的特約通訊員，大概我人到眼到的事物多少總有報告，使我這裡的朋友都能分沾我經驗的利益。

頂要緊是你得拉緊你自己，別讓不健康的引誘搖動你，別讓消極的意念過分壓迫你。你要知道我們一輩子果然能眞相知眞了解，我們的犧牲與苦惱與努力，也就不算是枉費的了！

注：因此信而陸小曼開始寫《小曼日記》，從一九二五年三月十一日起至七月十一日止，可參照日期讀，將可看出他們兩人的《兩地書》。

三（一九二五年三月十日）

龍龍：

我的腸腸寸寸的斷了。今晚再不好好的給你一封信，再不把我的心給你看，我就不配愛你，就不配受你的愛。我的小龍呀，這實在是太難受了。我現在不願別的，只願我伴著你一同吃苦。——你方才心頭一陣陣的絞痛，我在旁邊只是咬緊牙關閉著眼替你熬著。龍呀，讓你血液裡的討命鬼來找著我吧，叫我眼看你這樣生生的受罪，我什麼意念都變了灰了！你吃現鮮鮮的苦是眞的，叫我怨誰去？離別當然是你今晚縱酒的大原因，我先前只怪我自己不留意，害你吃成這樣。但轉想你的苦，分明不全是酒醉的苦，假如今晚你不喝酒，我到了相當的時刻，得硬著頭皮對你說再會，那時你就會舒服了嗎？再回頭受逼迫的時候，就會比醉酒的病苦強嗎？咳！你自己說的對，頂好是醉死了完事，不死也得醉，醉了多少可以自由發洩，不比死悶在心窩裡好嗎？所以我一想到你橫豎是吃苦，我的心就硬了。我只恨你不該留這許多人一起喝，這一人多就糟；要是單是你與我對喝，那時要醉就同醉，要死也死在我們熱烈情焰上；醉也是一體，死也是一體；要哭讓眼淚和成一起，要心跳讓你我的胸膛貼緊在一起；這不是在極苦裡實現了我們想望的極樂，從醉的大門走進了大解脫的境界；只要我們的魂靈合成了一體，這不就滿足了我們最

高的想望？啊我的龍，這時候你睡熟了沒有？你的呼吸調勻了沒有？你的靈魂暫時平安了沒有？你知不知道你的愛正在含著兩眼熱淚，在這深夜裡和你說話，想你，疼你，安慰你，愛你？我好恨呀，這一層層的隔膜，眞的全是隔膜，這彷彿是你淹在水裡掙扎著要命，他們卻擲下瓦片石塊來，算是救度你！我好恨呀，這酒的力量還不夠大，方才我站在旁邊，我是完全準備了的，我知道我的龍兒的心坎兒只嚷著：「我冷呀，我要他的熱胸膛偎著我；我的痛呀，我要我的他摟著我；我倦呀，我要在他的手臂內得到我最想望的安息與舒服！」——但是實際上只能在旁邊站著看，我稍微的一幫助，就受人干涉；意思說：「不勞費心，這不關你的事，請你早去休息吧，她不用你管。」哼，你不用我管！我這難受，你大約也有些覺著吧。方才你接連了叫著：「我不是醉，只是難受，只是心裡苦。」你那話一聲聲像是鋼鐵錐子刺著我的心；憤、慨、恨、急的各種情緒就像潮水似的湧上了胸頭。那時我就覺得什麼都不怕，勇氣像天一般的高，只要你一句話出口，什麼事我都幹！爲你，我拋棄了一切，只是本分爲你，我還顧得什麼性命與名譽？——眞的，假如你方才說出了一半句著邊際著顏色的話，此刻你我的命運早已變定了方向都難說哩！你多美呀，我醉後的小龍！你那慘白的顏色與靜定的眉目，使我想像起你最後解脫時的形容，使我覺著一種逼

迫贊美與崇拜的激震，使我覺著一種美滿的和諧。——龍，我的至愛，將來你永訣塵俗的俄頃，不能沒有我在你的最近的邊旁；你最後的呼吸一定得明白報告這世間你的心是誰的，你的愛是誰的，你的靈魂是誰的。龍呀，你應當知道我是怎樣的愛你；你佔有我的愛、我的靈、我的肉、我的「整個兒」。永遠在我愛的身旁旋轉著，永久的纏繞著。眞的，龍龍！你已經激動了我的癡情，我說出來你不要怕，我有時眞想拉你一同情死去，去到絕對死的寂滅裡去實現完全的愛，去到普通的黑暗裡去尋求唯一的光明。——咳！今晚要是你有一杯毒藥在近旁。此時你我竟許早已在極樂世界了。說也怪，我眞的不沾戀這形式的生命；我只求一個同伴，有了同伴我就情願欣欣的瞑目。龍龍，你不是已經答應做我永久的同伴了嗎？我再不能放鬆你，我的心肝，你是我的，你是我這一輩子唯一的成就，你是我的生命，我的詩，你完全是我的，一個個細胞都是我的。——你要說半個不字叫天雷打死我完事！我在十幾個鐘頭內就走了，丟開你走了，你怨我忍心不是？我也自認我這回不得不硬一硬心腸，你也明白我這回去是我精神的與知識的「撒拿吐瑾」，我受益就是你受益。我此去得加倍的用心，你在這時期內也得加倍的奮鬥。我信你的勇氣，這回就是你試驗，實證你勇氣的機會。我人雖走，我的心不離開你；要知道在我與你的中間有的是無形的精神

線，彼此的悲歡喜怒此後是會相通的，你信不信？（身無彩鳳雙飛翼，心有靈犀一點通。）

我再也不必囑咐，你已經有了努力的方向，我預知你一定成功。你這回衝鋒上去，死了也是成功。有我在這裡，阿龍，放大膽子，上前去吧！彼此不要辜負了，再會！

摩　三月十日早三時

我不願意替你規定生活，但我要你注意繮子一次拉緊了是鬆不得的，你得咬緊牙齒暫時對一切的遊戲娛樂應酬說一聲再會，你甘〔干〕脆的得謝絕一切的朋友，你得澈〔徹〕底的刻苦，你不能縱容你的Whims（譯：想入非非），再不能管閑事，管閑事空惹一身騷；也再不能發脾氣。

記住，只要你耐得住半年，只要你決意等我，回來時一定使你滿意歡喜，這都是可能的；天下沒有不可能的事——只要你有信心，有勇氣，腔子裡有熱血，靈魂裡有眞愛。龍呀？我的孤注就押在你的身上了！

再如失望，我的生機也該滅絕了。

最後一句話：只有S是唯一有益的眞朋友。

三月十日早

四（一九二五年三月十一日）

方才無數美麗的雅致的信箋都叫你們搶了去，害我一片紙都找不著，此刻過西北時寫一個字條給丁在君（案：丁文江）是撕下一張報紙角來寫的，你看這多窘；幸虧這位先生是丁老夫子的同事，說來也是熟人，承他作成，翻了滿箱子替我尋出這幾張紙來，要不然我到奉天前只好擱筆，筆倒有，左邊小口袋裡就是一排三支。

方才那百子響（案：指鞭炮聲）放得惱人，害得我這鐵心漢也覺著又〔有〕了些心酸，你們送客的有吊〔掉〕眼淚的沒有？（啊啊臭美！）小曼，我只見你雙手掩著耳朵，滿面的驚慌，驚了就不悲，所以我推想你也沒掉眼淚。但在滿月夜分別，咳！我孤孤單單的一揮手，你們全站著看我走，也不伸手來拉一拉，樣兒也不裝裝，眞可氣。我想送我的裡面，至少有一半是巴不得我走的，還有一半是「你走也好，走吧」。車出了站，我獨自的晃著腦袋，看天看夜，稍微有些難受，小停也就好了。

我倒想起去年五月間那晚我離京向西時的情景（案：一九二四年五月二十日志摩陪泰戈爾從北京西去太原，林徽音前來送行），那時更淒愴些，簡直的悲，我站在車尾巴上，大半個黃澄澄的月亮在南角上升起，車輪閣的閣的響著，W還大聲的叫「徐志摩哭了」（不確）；但我那時雖則不曾失聲，眼淚可是有的。怪不得我，你知道我那時怎

樣的心理，彷彿一個在俄國吃了大敗仗往後退的拿破崙，天茫茫，地茫茫，心更茫茫，叫我不掉眼淚怎麼著？但今夜可不同，上次是向西，向西是追落日，你碰破了腦袋都追不著，今晚是向東，向東是迎朝日，只要你認定方向，伸著手膀迎上去，遲早一輪旭紅的朝日會得湧入你的懷中的。這一有希望，心頭就痛快，暫時的小悱惻也就上口有味。半酸不甜的。生滋滋的像是啃大鮮果，有味！

娘那裡眞得替我磕腦袋道歉，我不但存心去恭恭敬敬的辭行，我還預備了一番話要對她說哪，誰知道下午六神無主的把她忘了，難怪令尊大人相信我是荒唐，這還不夠荒唐嗎？你替我告罪去，我眞不應該，你有什麼神通，小曼，可以替我「包荒」？

天津已經過了（以上是昨晚寫的，寫至此，倦不可支，閉目就睡，睡醒便坐著發呆的想，再隔一、兩點鐘就過奉天了）。韓所長現在車上，眞巧，這一路有他同行，不怕了。方才我想打電話，我的確打了，你沒有接著嗎？往窗外望，左邊黃澄澄的土直到天邊，右邊黃澄澄的地直到天邊；這半天，天色也不清明，叫人看著生悶。方才遙望錦州城那座塔，有些像西湖上那座雷峰，像那倒坍了的雷峰，這又增添了我無限的惆悵。但我這獨自的吁嗟，有誰聽著來？

你今天上我的屋子裡去過沒有？希望沈先生已經把我

的東西收拾起來，一切零星小件可以塞在那兩個手提箱裡，沒有鑰匙，貼上張封條也好，存在社裡樓上我想夠妥當了。還有我的書頂好也想法子點一點。你知道我怎樣的愛書，我最恨叫人隨便拖散，除了一、兩個我許隨便拿的（你自己一個）之外，一概不許借出，這你得告訴沈先生。至少得過一個多月才能盼望看你的信，這還不是刑罰？你快寫了寄吧，別忘Via Siberia（譯：取道西伯利亞），要不是一信就得走兩個月。

志摩　星二奉天

五（一九二五年三月十二日）

叫我寫什麼呢？咳！今天一早到哈，上半天忙著換錢，現在一個人坐著，吃過兩塊糖，口裡怪膩煩的，心裡——不很好過；國境不曾出，已經是舉目無親的了，再下去益發淒慘。趕快寫信吧！乾悶著也不是道理。但是寫什麼呢？寫感情是寫不完的，還是寫事情的好。

日記大綱：

星一　松樹胡同七號分贓。車站送行，百子響，小曼掩耳朵。

星二　睡至十二時正。飯車裡碰見老韓。夜十二時到奉天。住日本旅館。

星三　早大雪，繽紛至美。獨坐洋車，進城閑逛。三時與韓同行去長春。車上賭紙牌，輸錢，頭痛。看兩邊雪景，一輪紅日。夜十時換上俄國車。吃美味檸檬茶。睡，著小涼，出涕。

星四　早到哈，韓侍從甚盛。去懋業銀行。予猶太鬼換錢。買糖，——吃飯，——寫信。

韓事未了，須遲一星期，我決先走。今晚獨去滿洲里，後日即入西伯利亞了。這回是命定，不得同伴，也好，可以省唾液，少談天。多想，多寫，多讀。眞倦，才在沙發上入夢，白天又沉西，距車行還有六個鐘頭，叫我幹什麼去？

說話一不通，原來機靈人，也變成了木鬆鬆。我本來就機靈，這來在俄國眞像呆徒了。今早上撞進一家糖果鋪去，一位賣糖的姑娘，黃頭髮，白圍裙，來得標致，我曉風裡進來本有些凍嘴，見了她爽性楞住了，楞了半天，不得要領，她都笑了。

不長鬍子眞吃虧，問我哪兒來的，我說北京大學，誰都拿我當學生看。今天早上在一家錢鋪子裡，一群猶太人圍著我問話，當然只當我是個小孩，後來一見我護照上填著「大學教授」，他們一齊吃驚，改容相待，你說不有趣嗎？我愛！這兒尖屁股的小馬車，頂好要一個戴大皮帽的大俄鬼子趕，這滿街亂跳，什麼時候都可以翻車，看了眞

有意思，坐著更好玩。中午我闖進一家俄國飯店去，一大群塗脂抹粉的俄國女人全抬起頭來看我；嚇得我直往外退，出門逃走！我從來不看女人的鞋帽，今天居然看了半天，有一頂紅的眞俏皮。

尋書鋪，不得，我只好寄一本糖書去，糖可眞壞，留著那本書吧。這信遲四天可以到京，此後就遠了，好好的自己保重吧！小曼，我的心神搖搖的彷彿不曾離京，今晚可以見你們似的，再會吧！

摩　三月十二日

六（一九二五年三月十四日）

小曼：

昨夜過滿洲里，有馮定一招呼，他也認識你的。難關總算過了，但一路來還是小心翼翼的只怕「紅先生」們打進門來麻煩，多謝天，到現在爲止，一切平安順利。今天下午三時到赤塔，也有朋友來招呼，這國際通車眞不壞，我運氣格外好，獨自一間大屋子，舒服極了。我閉著眼想，假如我有一天與「她」度蜜月，就這西伯利亞也不壞；天冷算什麼？心窩裡熱就夠了！路上飲食可有些麻煩，昨夜到今天下午簡直沒有東西吃，我這茶桶沒有茶灌頂難過，昨夜眞餓，翻箱子也翻不出吃的來，就只陳博生送我的那罐福建肉鬆伺候著我，但那乾束束的，也沒法子

吃。想起倒有些怨你青果也不曾給我買幾個；上床睡時沒得睡衣換，又得怨你那幾天你出了神，一點也不中用了。但是我絕不怪你，你知道，我隨便這麼說就是了。

同車有一個意大利人極有趣，很談得上。他的鬍子比你頭髮多得多，他吃煙的時候我老怕他著火，德國人有好幾個，蠢的多，中國人有兩個（學生），不相干。英美法人一個都沒有。再過六天，就到莫斯科，我還想到彼得堡去玩哪！這回眞可惜了，早知道西伯利亞這樣容易走，我理清一個提包，把小曼裝在裡面帶走不好嗎？不說笑話，我走了以後你這幾天的生活怎樣的過法？我時刻都惦記著你，你趕快寫信寄英國吧，要是我人到英國沒有你的信，那我可眞要怨了。你幾時搬回家去，既然決定搬，早搬爲是，房子收拾整齊些，好定心讀書做事。這幾天身體怎樣？散拿吐瑾一定得不間斷的吃，記著我的話！心跳還來否？什麼細小事情都願意你告訴我，能定心的寫幾篇小說，不管好壞，我一定有獎。你見著的是哪幾個人，戲看否？早上什麼時候起來，都得告訴我。我想給《晨報》寫通信，老是提心不起，火車裡寫東西眞不容易，家信也懶得寫，可否懇你的情，常常爲我轉告我的客中情形，寫信寄浙江硤石徐申如先生。說起我臨行忘了一本金冬心梅花冊，他的梅花眞美，不信我畫幾朵你看。

摩　三月十四日

七（一九二五年三月十八日）

小曼：

好幾天沒信寄你，但我這幾天眞是想家的厲害；每晚（白天也是的）一閉上眼就回北京，什麼奇怪的花樣都會在夢裡變出來。曼，這西伯利亞的充軍，眞有些兒苦，我又暈車，看書不舒服，寫東西更煩，車上空氣又壞，東西也難吃，這眞是何苦來！同車的人不是帶著家眷走，便是回家去的。他們在車上多過一天便離家近一天，就這我傻瓜甘心拋去愛和熱鬧的北京，到這荒涼的境界裡來叫苦！再隔一個星期到柏林，又得對付張幼儀，我口雖硬，心頭可是不免發膩。小曼你懂得不是？這一來，柏林又變了一個無趣味的難關；所以總要到意大利等著老頭（案：指泰戈爾）以後，我才能鼓起遊興來玩；但這單身的玩，興趣終是有限的。我要是一年前出來，我的心裡就不同；那時倒是破釜沉舟的決絕，不比這一次身心兩處，夢魂都不得安穩。但是曼，你們放心，我絕不頹喪，更不追悔；這次歐遊的教育是不可少的。稍微吃點子苦算什麼？那還不是應該的。你知道我並沒有多麼不可搖動的大天才，我這兩年的文字生涯差不多是逼出來的。要不是私下裡吃苦，命途上顚仆，誰知道我靈魂裡有沒有音樂？安樂是害人的，像我最近在北京的生活是不可以爲常的；假如我新月社的生活繼續下去，要不了兩年，徐志摩不墮落也墮落了。我

的筆尖上再也沒有光芒，我的心上再沒有新鮮的跳動，那我就完了——「泯然眾人矣」！到那時候我一定自慚形穢，再也不敢謬託誰的知己，竟許在政治場中鬼混，塗上滿面的窰煤。——咳！那才叫做出醜哩！要知道墮落也要有天才，許多人連墮落都不夠資格，我自信我夠，所以更危險，因此我力自振撥，這回出來清一清頭腦，補足了我自己的教育再說。——愛我的，期望我成才的，都好像是我恩主，又像債主，我眞的又感激又怕他們！小曼，你也得盡你的力量幫助我望清明的天空上騰，謹防我一滑足陷入泥混的深潭，從此不得救度。

小曼，你知道我絕對不慕榮華，不羨名利，——我只求對得起我自己。將來我回國後的生活，的確是問題，照我自己理想，簡直想丟開北京。你不知道我多麼愛山林的清閑？前年我在家鄉山中，去年在廬山時，我的性靈是天天新鮮，天天活動的。創作是一種無上的快樂，何況這自然而然像山溪似的流著。——我只要一天出產一首短詩，我就滿意；所以我很想望歐洲回去後，到西湖山裡（離家近些）去住幾時；但須有一個條件：至少得有一個人陪著我。前年□□（案：指胡適）在煙霞洞養病，有他的表妹（案：指曹珮聲）與他作伴，我說他們是神仙似的生活；我當時很羨慕他們。這種的生活——在山林清幽處與一如意友人共處——是我理想的幸福，也是培養保全一個詩人性

靈的必要生活。你說是否？

小曼！朋友像子美他們，固然他們也很愛我器重我，但他們卻不了解我，——他們期望我做一點事業，譬如要我辦報等等。但他們哪能知道我靈魂的想望，我眞的志願，他們永遠端詳不到的。男朋友裡眞期望我的，怕只有張彭春一個，女友裡叔華（案：指凌叔華）是我一個同志。但我現在只想望「她」能做我的伴侶，給我安慰，給我快樂；除了「她」這茫茫大地上我更向誰要去？

這類話暫且不提，我來講些路上的情形給你聽聽：——我上一封信上不是說在這國際車上我獨佔一大間臥室，舒服極了不是？好，樂極生悲，昨晚就來了報應！昨夜到一個大站，那地名不知有多長，我怎麼也念不上來。未到以前就有人來警告我說：前站有兩個客人上車，你的佔有權滿期了。我就起了恐慌，去問那和善的老車役。他張著口對我笑笑說：「不錯，有兩個客人要到你房裡，而且是兩位老太太！」（此地是男女同房的，不管是誰！）我說你不要開玩笑；他說：「那你看著，要是老太太還算是你的幸氣，在這樣荒涼的地方，哪裡有好客人來。」過了一程，車到了站。我下去散步回來，果然！房間裡有了新來的行李，一隻帆布提箱，兩個鋪蓋，一隻篋籃裝食物的。我看這情形不對，就問間壁房裡人，來了些什麼客人。間壁一位肥美的德國太太，回答我：「來人不是好對

付的，徐先生這回怕你要吃苦了！」不像是好對付的。唉！來了兩位：一矮，一高；矮的青臉，高的黑臉；青的穿黑，黑的穿青；一個像老母鴨，一個像貓頭鷹；衣襟上都帶著列寧小照的徽章，分明是紅黨裡的將軍！我馬上陪笑臉湊上去說話，不成；高的那位只會三句英語，青臉的那位一字不提。說了半天，不得要領。再過一歇，他們在飯廳裡，我回房來，老車役進來鋪床。他就笑著問我：「那兩位老太太好不好！」我恨恨的說：「別打趣了！我眞著急不知道來人是什麼路道！」正說時，他掀起一個墊子，露出兩柄明晃晃上足子彈的手槍，他就拿在手裡頭，笑著說：「你看，他們就是這個路道！」

今天早上醒來，恭喜，我的頭還是好好的在我脖子上安著！小曼，你要看了他們兩位好漢的尊容，準嚇得你心跳，渾身抖擻！

俄國的東西貴死了，可恨！車裡飯壞的不成話，貴的更不成話。一杯可可五毛錢像泥水，還得看西崽大爺們的嘴臉！地方是眞冷，絕不是人住的！一路風景可眞美，我想專寫一封晨報通信，講西伯利亞。

小曼，現在我這裡下午六時，北京約在八時半，你許正在吃飯。同誰？講些什麼？爲什麼我聽不見？咳！我恨不得——不寫了，一心只想到狄更生那裡看信去！

志摩　三月十八日Omsk西

八（一九二五年三月二十六日）

小曼：

柏林第一晚。一時半。方才送C女士（案：指張幼儀）回去，可憐不幸的母親，三歲的小孩子只剩了一撮冷灰（案：指徐志摩與張幼儀所生的第二個孩子彼得），一周前死的（案：患腹膜炎死於柏林）。她今天掛著兩行眼淚等我，好不淒慘；只要早一周到，還可見著可愛的小臉兒，一面也不得見，這是哪裡說起？他人緣到〔倒〕有，前天有八十人送他的殯，說也奇怪，凡是見過他的，不論是中國人德國人，都愛極了他，他死了街坊都出眼淚，沒一個不說的不曾見過那樣聰明可愛的孩子。曼，你也沒福，否則你也一定樂意看見這樣一個孩兒的——他的相片明後天寄去，你為我珍藏著吧。眞可憐，爲他病也不知有幾十晚不曾瞌眼，瘦得什麼似的，她到這時還不能相信，昏昏的只似在夢中過活。小孩兒的保姆比她悲傷更切。她是一個四十左右的老姑娘，先前愛上了一個人，不得回音，足足的癡等了這六、七年，好容易得著了寶貝，容受他母性的愛；她整天的在他身上用心盡力，每晚每早要爲他禱告，如今兩手空空的，兩眼汪汪的，連禱告都無從開口，因爲上帝待她太慘酷了。我今天趕來哭他，半是傷心，半是慘目，也算是天罰我了。

唉！家裡有電報去，堂上知道了更不知怎樣的悲慘，

急切又沒有相當人去安慰他們，眞是可憐！曼！你爲我寫封信去吧，好嗎？聽說泰戈爾也在南方病著，我趕快得去，回頭老人又有什麼長短，我這回到歐洲來，豈不是老小兩空！而且我深怕這兆頭不好呢。

C可是一個有志氣有膽量的女子，她這兩年來進步不少，獨立的步子已經站得穩，思想確有通道，這是朋友的好處，老K（案：指金岳霖）的力量最大，不亞於我自己的。她現在眞是「什麼都不怕」，將來準備丟幾個炸彈，驚驚中國鼠膽的社會，你們看著吧！

柏林還是舊柏林，但貴賤差得太遠了，先前花四毛現在得花六元、八元，你信不信？

小曼，對你不起，收到這樣一封悲慘乏味的信，但是我知道你一定生氣我補這句話，因爲你是最柔情不過的，我掉眼淚的地方你也免不了掉，我悶氣的時候你也不免悶氣，是不是？

今晚與C看茶花女的樂劇解悶，悶卻並不解。明兒有好戲看。那是蕭伯納的Jean Dare（案：聖女貞德），柏林的咖啡（叫Macca）眞好，Peach Melba（蜜桃麵包）也不壞，就是太貴。

今年江南的春梅都看不到，你多寄些給我才是！

志摩　三月二十六日

九（一九二五年四月十日）

小曼：

我一個人在倫敦瞎逛，現在在「采花樓」一個人喝烏龍茶，等吃飯，再隔一點鐘去看John Barrymore的Hamlet（案：約翰巴里摩主演的《哈姆雷特》），這次到英國來就爲看戲。你好一時不得我的信，我怕你有些著急，我也不知怎的總是懶得動筆；雖則我沒有一天不想把那天的經驗整個兒告訴你。說也奇怪，我還是每晚做夢回北京，十次裡有九次見著你，每次的情景總不同。難道眞的像張幼儀他們挖苦我說：我只到歐洲來了一雙腿，「心」不用說，連腸胃都不曾帶來（因爲我胃口不好）？你們那裡有誰做夢，會見了我的魂沒有？我也願意知道。我到現在還不曾接到中國來的單〔半〕個字；狄更生不在康橋，他那裡不知有我的信沒有，怕掉了，我眞著急。我想別人也許沒有信，小曼你總該有；可是到哪一天才可以得到你信，我自己都不知道！我這次來，一路上墳送葬，惘惘極了。我有一天想立刻買船票到印度去，還了願心完事；又想立刻回頭趕回中國，也許有機會與我的愛一同到山林深處過夏去，強如在歐洲做流氓。其實到今天爲止，我還是沒有想要流到哪裡去。感情是我的指南，衝動是我的風！還是「今日不知明日事」的辦法。可是印度我總得去，老頭在不在我都得去，這比菩薩面前許下的願心還要緊。照我現

在的主意是不遲六月初動身到印度，八九月間可回國，那就快樂了不是？

我前晚到倫敦的，這裡大半朋友全不在，春假旅行去了。只見著那美術家Roger Fry（案：英國藝術家傅來義），翻中國詩的Arthur Waley（案：指英國漢學家魏雷）。昨晚我住在他那裡，今晚又得做流氓了。今天看完了戲，明早就回巴黎，張女士等著要跟我上意大利玩去。我們打算去玩威尼斯，再去佛洛倫斯與羅馬；她只有兩星期就得回柏林去上學，我一個人還得往南，想到Sicily（西西里島）去洗澡，再回頭。我這一時，一點心的平安都沒有，煩極了。通信一封也不曾著筆，詩半行也沒有。——如其有什麼可提的成績，也許就只晚上的夢；那倒不少，並且多的是花樣；要是有法子記下來時，早已成書了！這回旅行太糟了，本來的打算多如意，多美，泰戈爾一跑，我就沒了落兒；我倒不怨他，我怨的是他的書記那恩厚之小鬼，一面催我出來，一面讓老頭回去，也不給我個消息，害我白跑一趟。同時他倒舒服；你知道他本來是個不名一文的光棍，現在可大抖了。他做了Mrs. Willard Straight（案：美國富孀威拉德太太）的老爺。她是全世界最富女人的一個，在美國頂有名的；這小鬼不是平地一聲雷，腦袋上都裝了金了！我有電報給他，已經三、四天，也不得回電；想是在蜜月裡蜜昏了，那管得我在這兒空宕！

小曼：你近來怎樣？身體怎樣？你的心跳病我最怕，你知道你每日一發病，我的心好像也掉了下去似的。近來發不發，我盼望不再來了。你的心緒怎樣？這話其實不必問，不問我也猜著。眞是要命，這距離不是假的，一封信來回至少得四十天。我問話也沒有用，還不如到夢裡去問吧！

說起現在無線電的應用，眞是可驚，我在倫敦可以聽到北京飯店禮拜天下午的音樂，或是舊金山市政廳裡的演說，你說奇不奇？現在德國差不多每家都裝了聽音機，就是有限制（每天有報什麼時候聽什麼）。並且自己不能發電，將來我想不久，無線電話有了普遍的設備，距離與空間就不成問題了，比如我在倫敦，就可以要北京電話，與你直接談天，你說多wonderful（妙）！

在曼殊斐兒墳前寫的那張信片，到了沒有？我想另做一首詩。但是你可知道她的丈夫已經再娶了，也是一個有錢的女人。那雖則沒有什麼，曼殊斐兒也不會見怪，但我總覺得有些尷尬，我的東道都輸了！你那篇Something Childish（稚筆之作）改好了沒有？近來做些什麼事？英國寒傖得很，沒有東西寄給你；到了意大利再買好玩的寄你，你乖乖的等著吧！

志摩　四月十日晚倫敦

一〇（一九二五年五月二十六日）

小曼：

適之的回電來後，又是四、五天了；我早晚憂巴巴的只是盼著信，偏偏信影子都不見，難道你從四月十三寫信以後，就沒有力量提筆？適之的信是二十三日，正是你進協和的第二天。他說等「明天醫生報告病情，再給我寫信。」只要他或你自己上月內寄出信，此時也該到了，眞悶煞人！回電當然是一個安慰，否則我這幾天那有安靜日子過？電文只說：「一切平安」，至少你沒有危險了是可以斷定的。但你的病情究竟怎樣，進院後醫治見效否？此時已否出院？已能照常行動否？我都急於要知道；但急偏不得知道，這多別扭！

小曼，這回苦了你，我知道，我想你病中一定格外的想念我，你哭了沒有？我想一定有的；因爲我在這裡只要上床去，一時睡不著，就叫曼；曼不答應我，就有些心酸；何況你在病中呢？早知你有這場病，我就不該離京，我老是怕你病倒，但同時總希望你可以逃過；誰知你還是一樣吃苦，爲什麼你不等著我在你身邊的時候生病？這話問得沒理我知道；我也不定會得伺候病人，但是我眞想倘如有機會伴著你養病，就是樂趣，你枕頭歪了，我可以給你理正；你要水喝，我可以拿給你；你不厭煩，我念書給你聽；你睡著了，我輕輕的掩上了門；有人送花來，我你

裝進瓶子去；現在我沒福享受這種想像中的逸趣。將來或許我病倒了，你來伴我也是一樣的。你此番病中有誰伺候著你？娘總常常在你身邊，但她也得管家，朋友中適之大約總常來的，歆海（案指：張歆海）也不會缺席的。慰慈（案：張慰慈）不在，夢綠來否？翊唐呢？叔華兩月來沒有信，不知何故，她來看你否？你病中感念一定很多，但不寫下也就忘了。近來不說功課，不說日記，連信都沒有，可見你病得真乏了。你最後倚病勉強寫的那兩封信，字跡潦草，看出你腕勁一些也沒有，真可憐！曼呀，我那時真著急，簡直怕你死；你可不能死，你答應為我活著；你現在又多了一個仇敵——病，那也得你用意志力來奮鬥的。你究竟年輕，你的傷損容易養得過來的。千萬不要過於傷感，病中面色是總不好看的，那也沒法；你就少照鏡子，等精神回來的時候，自己再看自己不遲。你現在雖則瘦，還是可以回復你的豐腴的，只要生活根本的改樣。我月初連著寄的長信，應該連續的到了。但你回信不知要到什麼時候才來，想著真急。適之談，娘疑心我的信激成你的病的，所以常在那裡查問我。我寄中街的信不會丟，不會漏嗎？我一時急，所以才得適之電，請他告你，特別關照，盼望我寄你的信只有你見，再沒有第二人看；不是看不得，是不願意叫人家隨便講閒話是真的。但你這回真的堅決了，我上封信要你跟適之來歐，你仔細想過沒有？這

是你一生的一個大關鍵，俗話說的快刀斬亂絲，再痛快不過的。我不願意你再有躊躇，上帝幫助能自助的人，只要你站起來，就有人在你前面領路。適之眞是「解人」，要不是他，豈不是你我在兩地乾著急，叫天天不應的多苦！現在有他做你的「紅娘」，你也夠榮耀，放心燒你的夜香吧！我眞盼望你們師生倆一共〔同〕到歐洲來，我一定請你們喝香檳接風。有好消息時，最好來電Amexegs Firenze（翡冷翠）就可以到。慰慈尙在瑞士，月初或到翡倫翠來，我們許同遊歐洲，再報告你，盼望你早已健全，我永遠在你的身旁，我的曼！

摩　五月二十六日

適之替我問候不另

——（一九二五年六月二十五日）

我唯一的愛龍，你眞得救我了！我這幾天的日子也不知怎樣過的，一半是癡子，一半是瘋子，整天昏昏的，惘惘的，只想著我愛你，你知道嗎？早上夢醒來，套上眼鏡，衣服也不換就到樓下去看信——照例是失望，那就好比幾百斤的石子壓上了心去，一陣子悲痛，趕快回頭躲進了被窩，抱住了枕頭叫著我愛的名字，心頭火熱的渾身冰冷的，眼淚就冒了出來，這一天的希冀又沒了。說不出的難受，恨不得睡著從此不醒，做夢到〔倒〕可以自由些。

龍呀，你好嗎？為什麼我這心驚肉跳的一息也忘不了你，總覺得有什麼事不曾做妥當或是你那裡有什麼事似的。龍呀，我想死你了，你再不救我，誰來救我？為什麼你信寄得這樣稀，筆這樣懶？我知道你在家忙不過來，家裡人煩著你，朋友們煩著你，等得清靜的時候，你自己也倦了；但是你要知道你那裡日子過得容易，我這孤鬼在這裡，把一個心懸在那裡收不回來，平均一個月盼不到一封信，你說能不能怪我抱怨？龍呀，時候到了，這是我們，你與我，自己顧全自己的時候，再沒有工夫去敷衍人了。現在時候到了，你我應當再也不怕得罪人——哼，別說得罪人，到必要時天地都得搗爛它哪！

龍呀，你好嗎？為什麼我心裡老是這怔怔的？我想你親自給我一個電報，也不曾想著——我倒知道你又做了好幾身時式的裙子！你不能忘我，愛，你忘了我，我的天地都昏黑了。你一定罵我不該這樣說話，我也知道，但你得原諒我，因為我其實是急慌了（昨晚寫的墨水乾了所以停的）。

Z走後我簡直是「行屍走肉」，有時到賽因河邊去看水，有時到清涼的墓園裡默想。這裡的中國人，除了老K都不是我的朋友，偏偏老K整天做工，夜裡又得早睡，因此也不易見著他。昨晚去聽了一個Opera（歌劇）叫Tristan et Isolde（譯：特里斯丹和伊索德）。音樂，唱都

好，我聽著渾身只發冷勁，第三幕Tristan快死的時候，Iso從海灣裡轉出來拚了命來找她的情人，穿一身淺藍帶長袖的羅衫——我只當是我自己的小龍，趕著我不曾脫氣的時候，來摟抱我的軀殼與靈魂——那一陣子寒冰刺骨似的冷，我眞的變了戲裡的Tristan了！

那本戲是最出名的「情死」劇Love Death，Tristan與Isolde因爲不能在這世界上實現愛，他們就死，到死裡去實現更絕對的愛，偉大極了，猖狂極了，眞是「驚天動地」的概念，「驚心動魄」的音樂。龍，下回你來，我一定伴你專看這戲，現在先寄給你本子，不長，你可以先看一邊〔遍〕。你看懂這戲的意義，你就懂得戀愛最高，最超脫，最神聖的境界；幾時我再與你細談。

龍兒，你究竟認眞看了我的信沒有？爲什麼回信還不來？你要是懂得我，信我，那你絕不能再讓你自己多過一半天糊塗的日子；我並不敢逼迫你做這樣，做那樣，但如果你我間的戀情是眞的，那它一定有力量，有力量打破一切的阻礙；即使得度〔渡〕過死的海，你我的靈魂也得結合在一起——愛給我們勇，能勇就是成功，要大拋棄才有大收成，大犧牲的決心是進愛境唯一的通道。我們有時候不能因循，不能躲懶，不能姑息，不能縱容「婦人之仁」。現在時候到了，龍呀，我如果往虎穴裡走（爲你），你能跟著來嗎？

我心思雜亂極了，筆頭上也說不清，反正你懂就好了，話本來是多餘的。

你決定的日子就是我們理想成功的日子——我等著你的信號，你給W看了我給你的信沒有？我想從後爲是，尤是這最後的幾封信，我們當然不能少他的幫忙，但也得謹愼，他們的態度你何不講給我聽聽。

照我的預算在三個月內（至多）你應該與我一起在巴黎！

你的心他　六月二十五日

一二（一九二五年六月二十六日）

居然被我急出了你的一封信來，我最甜的龍兒！再要不來，我的心跳病也快成功了，讓我先來數一數你的信：⑴四月十九，你發病那天一張附著隨後來的；⑵五月五號（郵章）；⑶五月十九至二十一（今天才到，你又忘了西伯利亞話）；⑷五月二十五英文的。

我發的信只恨我沒有計數，論封數比你來的多好幾倍。在翡倫翠四月上半月至少有十封多是寄中街的；以後，適之來信以後，就由他郵局住址轉信，到如今全是的。到巴黎後，至少已寄五、六封，盼望都按期寄到。

昨天才寄信的，但今天一看了你的來信，胸中又湧起了一海的思感，一時哪說得清。第一，我怨我盡幾封信不

該怨你少寫信，說的話難免有些怨氣，我知道你不會怪我的。但我一想起我的曼已是滿身的病，滿心的病，我這不盡責的□□□，溜在海外，不分你的病，不分你的痛，倒反來怨你筆懶。——咳，我這一想起你，我唯一的寶貝，我滿身的骨肉就全化成了水一般的柔情，向著你那裡流去。我眞恨不得剖開我的胸膛，把我愛放在我心頭熱血最暖處窩著，再不讓你遭受些微風霜的侵暴，再不讓你受些微塵埃的沾染。曼呀，我抱著你，親著你，你覺得嗎？

我在翡倫翠知道你病，我急得什麼似的；幸虧適之來了回電，才稍爲放心了些。但你的病情的底細，直到今天看了你五月十九至二十一日的信才知道清楚。眞苦了你，我的乖！眞苦了你。但是你放心，我這次雖然不曾盡我的心，因爲不在你的身旁，眼看那特權叫旁人享受了去；但是你放心，我愛！我將來有法子補我缺憾。你與我生命合成了一體以後，日子還長著哩，你可以相信我一定充分酬報你的。不得你信我急，看你信又不由我不心痛。可憐你心跳著，手抖著，眼淚咽著，還得給我寫信；哪一個字裡，哪一句裡，我不看出我曼曼的影子。你的愛，隔著萬里路的靈犀一點，簡直是我的命水，全世界所有的寶貝買不到這一點子不朽的精誠。——我今天要是死了，我是要把你愛我的愛帶了墳裡去。做鬼也以自傲了！你用不著再來叮囑，我信你完全的愛，我信你比如我信我的父母，信

我自己，信天上的太陽；豈止你早已成我靈魂的一部，我的影子裡有你的影子，我的聲音裡有你的聲音，我的心裡有你的心；魚不能沒有水，人不能沒有養〔氧〕氣；我不能沒有你的愛。

曼，你連著要我回去。你知道我不在你的身旁，我簡直是如坐針氈，哪有什麼樂趣？你知道我一天要咬幾回牙，頓幾回腳，恨不端〔踹〕破了地皮，滾入了你的交抱；但我還不走，有我躊躇的理由。

曼，我上幾封信已經說得很親切，現在不妨再說過明白。你來信最使我難受的是你多少不免絕望的口氣。你身在那鬼世界的中心，也難怪你偶爾的氣餒。我也不妨告訴你，這時候我想起你還是與他同住，同床共枕，我這心痛，心血都迸了出來似的！

曼，這在無形中是一把殺我的刀，你忍心嗎？你說老太太的「面子」。咳！老太太的面子——我不知道要殺滅多少性靈，流多少的人血，為要保全她的面子？不，不！我不能再忍。曼，你得替我——你的愛，與你自己，我的愛，——想一想哪！不，不；這是什麼時代，我們再不能讓社會拿我們血肉去祭迷信！Oh! come, love! assert your passion, let our love conquer; we can't suffer any longer such degradation and humiliation。（譯：來，我的愛！快宣告你的決定，讓我們的愛情獲勝；我們不能總是受委屈，蒙羞辱。）

退步讓步，也得有個止境；來！我的愛，我們手裡有刀，斬斷了這把亂絲才說話。——要不然，我們怎對得起給我們靈魂的上帝！是的，曼，我已經決定了，跳入油鍋，上火焰山，我也得把我愛你潔淨的靈魂與潔淨的身子拉出來。我不敢說，我有力量救你，救你就是救我自己，力量是在愛裡；再不容遲疑，愛，動手吧！

我再〔在〕這幾天內決定我的行期，我本想等你來電後再走，現在看事情急不及待，我許就來了。但同時我們得謹慎，萬分的謹慎，我們再不能替鬼臉的社會造笑話。有勇還得有智，我的計劃已經有了。

注：志摩從胡適電報中得知小曼病重兼程趕回國，從《小曼日記》七月十七日中說：「摩！唯一的希望是盼你能在二星期中飛到，你我做一個最後的永訣。」推知志摩當在七月底回國。

小曼日記

（一九二五年三月十一日至七月十一日計二十篇）

一（一九二五年三月十一日）

一個月之前我就動了寫日記的心，因爲聽得「先生」們講各國大文豪寫日記的趣事，我心裡就決定寫一本玩玩。可是我不記氣候，不寫每日身體的動作，我只把我每天的內心感想，不敢向人說的，不能對人講的，借著一支筆和幾張紙來留一點痕跡。不過想了許久老沒有實行，一直到昨天摩叫我當信一樣的寫，將我心裡所想的，不要遺漏一字的都寫了去，我才決心如此的做了，等摩回來時再給他當信看。這一下我倒有了生路了，本來我心裡的痛苦同愁一向逼悶在心裡的，有時候眞逼得難受，說又沒有地方去說；以後可好了，我眞感謝你，借你的力量我可以一洩我的冤恨，鬆一鬆我的胸襟了。以後我想寫甚麼就可以寫甚麼，反正寫出來也不礙事，不給別人看就是了。

本來人的思想往往會一忽兒就跑去的，想過就完，我可要留住了它，不論甚麼事想著就寫，只要認定一個「眞」字，以前的一切我都感覺到假，爲甚麼一個人先要以假對人呢？大約爲的是有許多眞的話說出來反要受人的譏笑，招人的批評，所以嚇得一般人都迎著假的往前走，結果眞

純的思想反讓假的給趕走了。我若再不遇著摩，我自問也要變成那樣的，自從我認識了你的眞，摩，我自己羞愧死了，從此我也要走上「眞」的路了。希望你能幫助我，志摩。

昨天摩出國，我本不想去車站送他，可是又不能不去，在人群中又不能流露出十分難受的樣子，還只是笑嘻嘻的談話，彷彿滿不在意似的。在許多人目光之下，又不能容我們單獨的講幾句話，這時候我又感覺到假的可惡，爲甚麼要顧慮這許多，爲甚麼不能要說甚麼就說甚麼呢？我幾次想離開眾人，過去說幾句眞話，可是說也慚愧，平時的決心和勇氣，不知都往那裡跑了，只會淚汪汪的看著他，連話都說不出口來。自己急得罵我自己，再不過去說話，車可要開了；那時我卻盼望他能過來帶我走出眾人眼光之下，說幾句最後的話，誰知他也是一樣的沒有勇氣。一雙淚汪汪的眼睛只對著我發怔，我明知道他要安慰我，要我知道他爲甚麼才棄我遠去，他有許多許多的眞話，眞的意思，都讓社會的假給碰回去了，便只好大家用假話來敷衍。那時他還走過來握我的手。我也只能苦笑著對他說「一路順風」。我低頭不敢向他看，也不敢向別人看，一直到車開，我還看見他站在車頭上向我們送手吻（我知道一定是給我一個人的）。我直著眼看，又見他的人影一點一點糊塗起來，我眼前好像有層東西隔著，邊邊的連人影都

不見了，心裡也說不出是甚麼味兒，好像一點知覺都沒有了似的，一直等到耳邊有人對我說：「不要看了，車走遠了。」我才像夢醒似的回頭看見人家多在向著我笑，我才很無味的回頭就走。走進車子才知道我身旁還有一個人坐著。他（案：指王賡）冷冷對我說，「爲甚麼你眼睛紅了？哭麼？」咳！他明知我心裡有說不出的難受，還要假意兒問我，嘔我；我知道他樂了，走了我的知己，他還不樂？

回家走進了屋子，四面都露出一種冷清的靜，好像連鐘都不走了似的，一切都無聲無嗅了。我坐到書桌上，看見他給我的信、東西、日記，我拿在手裡發怔，也不敢去看，也不想開口，只是呆坐著也不知道自己要做點甚麼才好。在這靜默空氣裡我反覺得很有趣起來，我希望永遠不要有人打斷我的靜，讓我永遠這樣的靜坐下去。

昨天家裡在廣濟寺做佛事，全家都去的，我當然是不能少的了，可是這幾天我心裡正在說不出的難過，還要我去酬應那些親友們，叫我怎能忍受？沒有法子，得一個機會，我一個人躲到後邊大院裡去清靜一下。走進入院看見一片如白晝的月光，照得欄杆、花、木、石桌，樣樣清清楚楚，靜悄悄的一個人都沒，可愛極了。那一片的靜，眞使人能忘卻了一切的一切，我那時也不覺得怕了。一個人走過石橋在欄杆上坐著，耳邊一陣陣送過別院的經聲、鐘

聲、禪聲，那一種音調眞淒涼極了。我到那個時光，幾天要流不敢流的眼淚便像潮水般的湧了出來，我哭了半天也不知是哭的甚麼，心裡也如同一把亂麻，無從說起。

今天早晨他去天津了。我上了三個鐘頭的課，先生給我許多功課，我預備好好的做起來。不過這幾天從摩走後，這世界好像又換了一個似的，我到東也不見他那可愛的笑容，到西也不聽見他那柔美的聲音，一天到晚再也沒有一個人來安慰我，眞覺得做人無味極了，爲甚麼一切事情都不能遂心適意呢？隨處隨地都有網包圍著似的，使得手腳都伸不開，眞苦極了。想起摩來更覺惆悵，現在不知道已經走到甚麼地方了，也許已過哈爾濱了吧。昨晚廟裡回來就睡下，閉著眼細細回想在廟後大院子裡得著的那一忽兒清柔，連回味都是甜的。像我現在過的這種日子，精神上、肉體上，同時的受著說不出的苦，不要說不能得著別人一點安慰與憐惜，就是單要求人家能明白我，了解我，已是不容易的了！

今天足足的忙了一天，早晨做了一篇法文，出去買了畫具，飯後陳先生來教了半天，說我一定能進步得快，倒也有趣。晚飯時三伯母等來請我去吃飯，M.L.也來相約，我都回絕她們了，因爲我只想一個人靜靜的坐坐，況且我還要給摩寫信。在燈下不知不覺的就寫了九張紙。還是不能盡意，薄薄的幾張能寫得上多少字呢？

臨睡時又看了幾張摩的日記，不覺又難受了半天。可嘆我自小就是心高氣傲，想享受別的女人不容易享受得到的一切，而結果現在反成了一個一切都不如人的人。其實我不羨富貴，也不慕榮華，我只要一個安樂的家庭，如心的伴侶，誰知連這一點要求都不能得到，只落得終日裡孤單的，有話都沒有人能講，每天只是強自歡笑的在人群裡混。又因我不願意叫人家知道我現在是不快樂、不如意，所以我裝著是個快樂的人，我明知道這種辦法是不長久的，等到一旦力盡心疲，要再裝假也沒有力氣了，人家不是一樣會看出來的麼？

所幸現在已有幾個知己朋友們知道我、明白我，最知我者當然是摩！他知道我，他簡直能眞正了解我，我也明白他，我也認識他是一個純潔天眞的人，他給我的那一片純潔的眞，使我不能不還給他一個整個圓滿的永沒有給過別人的愛的。

二（一九二五年三月十四日）

昨天忙了一天，起身就叫娘來趕了去，叫我陪她去醫院，可是幾件事一做，就晚了來不及去了。吃了飯回家寫了一封信給摩，下午S.就來談話，兩人不知不覺說到晚上十一點才走，大家有相見恨晚的感想，痛快得很。

三（一九二五年三月十七日）

可恨昨天才寫得有趣的時候，他忽然的回來了。我本想一個人舒舒服服的過幾晚清閑的晚上的，借著筆發洩發洩心裡的愁悶，誰知又不能如願。W.C.都來過，也無非是大家瞎談一陣閑話，一無可記的，倒是前天S.的幾句話，引起我無限的悵惘。我現在正好比在黑夜裡的舟行大海，四面空闊無邊，前途又是茫茫的不知何日才能達到目的地・也許天空起了雲霧，吹起狂風降下雷雨將船打碎沉沒海底永無出頭之日；也許就能在黑霧中走出個光明的月亮，送給黑沉沉的大海一片雪白的光亮，照出了到達目的地去的方向。所以看起來一切還須命運來幫忙，人的力量是很有限的。S.說當初他們都不大認識我的，以爲不是同她們一類的，現在才知道我，咳，也難怪！我是一個沒有學問的很淺薄的女子，本來我同摩相交自知相去太遠，但是看他那的癡心相向，而又受到了初戀的痛苦，我便怎樣也不能再使他失望了。摩，你放心，我永不會叫你失望就是，不管有多少荊棘的路，我一定走向前去找尋我們的幸福，你放心就是！

S.走後，我倒床就哭，自己也不知道何處來的那許多眼淚，我想也許是這一個禮拜實在過得太慢了，太淒慘了，以後的日子不知怎樣才能度過呢？昨天接著摩給娘的信，看得我肝腸寸斷了，那片眞誠的心意感動了我，不怕

連日車上受的勞頓，在深夜裡還趕著寫信，不是十二分的愛我怎能如此？摩，我眞感謝你。在給我的信中雖然沒有多講，可是我都懂得的，愛！你那一個字一個背影我都明白的，我知道你一字一淚，也太費苦心了，其實你多寫也不妨。我昨晚得一夢，早知你要來信，所以我早預備好了，不會叫他看見的。我近日常夢見你，摩，夢見你給我許多梅花，又香又紅、又甜，醒來後一切都沒有了，可是那時我還閉著眼不敢動（怕嚇走了甜蜜的夢境），來回的想——想起我們在月下清談的那幾天是多有趣呀！現在呢？遠在千里外叫亦不聽見；要是我們能不受環境的壓迫，攜手同遊歐美，度我們的理想的日子，夠多美呢！到今天我有些後悔不該不聽你的話了。

剛才念信時心裡一陣陣的酸，眞苦了你了，我的愛，我害了你，使你一個人冷清清的過那孤獨旅行的苦，我早知道沒有人照顧你是不行的，你看是不是又招涼了？我眞不放心，不知道有甚麼法子可以使得你自己會當心一點冷暖才好，你要知道你在千里外生病，叫我怎能不急得發暈？

今天是禮拜，我偏有不能辭的應酬，非去不可，但是我的心直想得一個機會來靜靜的多寫幾張日記，多寫幾行信，那有餘情來做無謂的應酬？難怪我一晚上鬧了幾個笑話，現在自己想想都是可樂的，「心無二用」這句話眞透

極了，一個人只要有了事情，隨便做甚麼事都要錯亂的。

S.說，男女的愛一旦成熟結為夫婦，就會慢慢的變成怨偶的，夫妻間沒有眞愛可言，倒是朋友的愛較能長久。這話我認為對極了，我覺得我們現在精神上的愛情是不會變的，我也希望我們永遠做一個精神上的好朋友，摩，不知你願否？我現在才知道夫妻間沒有眞愛情而還須日夜相纏，身體上受那種苦刑是只能苦在心，而不能為外人道的。我今天寫得很舒服，明天恐怕沒有機會了，因為早晨須讀書，飯後隨娘去醫院，下午又要到妹妹家去，晚上又是那法國人請客，許多不能不去做的事情又要纏著一整天，眞是苦極了。

四（一九二五年三月十九日）

你瞧！一下就連著三天不能親近我的日記。十六那天本想去妹妹家的，誰知是三太太的生日，又是不能不去。在她家碰見了寄媽，被她取笑得我淚往裡滾，摩！我害了你了，我是不怕，好在叫人家說慣了，罵我的人、冤枉我的人也不知有多少，我反正不與人爭辯，不過我不願意連你也為我受罵，咳！我眞恨，恨天也不憐我，你我已無緣，又何必使我們相見，且相見又在這個時候，一無辦法的時候？在這情況之下眞用得著那句「恨不相逢未嫁時」的詩了。現在叫我進退兩難，丟去你不忍心，接受你又辦

不到，怎不叫人活活的恨死！難道這也是所謂天數嗎？

今天是S.請吃飯，有W.H.等幾個人清談，倒使我精神一暢呢！回家就接著你的哈爾濱寄來的一首詩，咳！眞苦了你了。我知道你是那樣的淒冷，那樣的想念我，而又不能在筆下將一片癡情寄給我，連說話都不能明說，反不如我倒可以將胸中的思念一字一句都寄給你，讓你看了舒服，同時我也會感覺著安慰。因此我就想到你不能說的苦，慢慢的肚子一定要漲破的。不過你等著吧，一有辦法你就可以盡量的發洩你的愛的，我一定要尋一個通信的地址。今晚我無意中說了一句，這個禮拜爲甚麼過的這樣慢，W.他們都笑起來，我叫他們笑得臉紅耳熱，越發的難過了。因爲我本來就不好過，叫他們再一取笑，我眞要哭出來了；還是S.看我可憐救了我的。

五（一九二五年三月二十二日）

昨天才寫完一信，T.來了，談了半天。他倒是個很好的朋友，他說他那天在車站看見我的臉嚇一跳，蒼白得好像死去一般，他知道我那時的心一定難過到極點了。他還說外邊謠言極多，有人說我要離婚，又有人說摩一定不是眞愛我，若是眞愛絕不肯丟我遠去的。眞可笑，外頭人不知道爲甚麼都跟我有緣似的，無論男女都愛將我當一個談話的好材料，沒有可說也得想法造點出來說，眞奇怪了。

T.說現在是個很好脫離的機會，可是娘呢？咳，我的娘呀！你可害苦了我啦，我一生幸福恐怕要爲你犧牲了！

摩，爲你我還是拚命幹一下的好，我要往前走，不管前面有幾多的荊棘，我一定直著脖子走，非到筋疲力盡我絕不回頭的。因爲你是眞正的認識了我，你不但認識我表面，你還認清了我的內心，我本來老是自恨爲甚麼沒有人認識我，爲甚麼人家全拿我當一個只會玩只會穿的女子。可是我雖恨，我並不怪人家，本來人們只看外表，誰又能眞生一雙妙眼來看透人的內心呢？受著的評論都是自己去換得來的，在這個黑暗的世界有幾個是肯拿眞性靈透露出來的？像我自己，還不是一樣成天埋沒了本性以假對人的麼？只有你，摩！第一個人從一切的假言假笑中看透我的眞心，認識我的苦痛，叫我怎能不從此收起以往的假而眞正的給你一片眞呢！我自從認識了你，我就有改變生活的決心，爲你我一定認眞的做人了。

因爲昨晚一宵苦思，今晨又覺滿身痠痛，不過我快樂，我得著了一個全靜的夜。本來我就最愛清靜的夜，靜悄悄只有我一個人，只有滴達的鐘聲做我的良伴，讓我愛做甚麼就做甚麼，不論坐著、睡著、看書，都是安靜的，再無聊時耽著想想，做不到的事情、得不著的快樂，只要能閉著眼像電影似的一幕幕在眼前飛過也是快樂的，至少也能得著片刻的安慰。昨晚我想你，想你現在一定已經看

得見西伯利亞的白雪了，不過你眼前雖有不容易看得到的美景，可是你身旁沒有了陪伴你的我，你一定也同我現在一般的感覺著寂寞，一般心內叫著痛苦的吧！我從前常聽人言生離死別是人生最難忍受的事情，我老是笑著說人癡情，誰知今天輪到了我身上，才知道人家的話不是虛的，全是從痛苦中得來的實言。我今天才身受著這種說不出叫不明的痛苦，生離已經夠受的了，死別的味兒想必更不堪設想吧。

回家陪娘去看病。在車中我又探了探她的口氣，我說照這樣的日子再往下過，我怕我的身體上要擔受不起了。她倒反說我自尋煩惱、自找痛苦，好好的日子不過，一天到晚只是去模仿外國小說上的行爲，講愛情，說甚麼精神上痛苦不痛苦，那些無味的話有甚麼道理。本來她在四十多年前就生出來了，我才生了二十多年，二十年內的變化與進步是不可計算的，我們的思想當然不能符合了。她們看來夫榮子貴是女子的莫大幸福，個人的喜、樂、哀、怒是不成問題的，所以也難怪她不能明瞭我的苦楚。本來人在幼年時灌進腦子裡的知識與教育是永不會遷移的，何況是這種封建思想與禮教觀念更不容易使她忘記。所以從前多少女子，爲了怕人罵，怕人背後批評，甘願自己犧牲自己的快樂與身體，怨死閨中，要不然就是終身得了不死不活的病，呻吟到死。這一類的可憐女子，我敢說十個裡面

有九個是自己明知故犯的，她們可憐，至死還不明白是甚麼害了她們。摩！我今天很運氣能夠遇著你，在我不認識你以前，我的思想、我的觀念，也同她們一樣，我也是一樣的沒有勇氣，一樣的預備就此糊裡糊塗的一天天往下過，不問甚麼快樂甚麼痛苦，就此埋沒了本性過它一輩子完事的；自從見著你，我才像烏雲裡見了青天，我才知道自埋自身是不應該的，做人爲甚麼不轟轟烈烈的做一番呢？我願意從此跟你往高處飛，往明處走，永遠再不自暴自棄了。

六（一九二五年三月二十八日）

一連又是幾天不能親近你了，摩！這日子眞有點過不下去了，一天到晚只是忙些無味的酬應，你的信息又聽不到，你的信也不來，算來你上工了也有十幾天了，也該有信來了，爲甚天天拿進來的信，我老也見不著你的呢？難道說你眞的預備從此不來信了麼？也許朋友們的勸慰是有理的。

你應該離開我去海外洗一洗腦子，也許可以洗去我這污濁的黑影，使你永遠忘記你曾經認識過我。我的投進你的生命中也許是於你不利，也許竟可破壞你的終身的幸福的，我自己也明白，也看得很清，而且我們的愛是不能讓社會明瞭，是不能叫人們原諒的。所以我不該盼你有信

來，臨行時你我不是約好不通信、不來往，大家試一試能不能彼此相忘的麼？在嘴裡說的時候，我的心裡早就起了反對（不知你心裡如何？）口裡不管怎樣的硬，心裡照樣還是軟綿綿的；那一忽兒的口邊硬在半小時內早就跑遠了，因此不等到家我就變了主意，我信你也許同我一樣，不過今天不知怎樣有點信不過你了，難道現在你眞想實行那句話了麼？難道你才離開我就變了方向了麼？你若能眞的從此不理我倒又是一件事了。本來我昨天就想退出了，大概你在第三封信內可以看見我的意思了，你還是去走那比較容易一點的舊路吧，那一條路你本來已經開闢得快成形了，爲甚麼又半路中斷去呢？前面又不是絕對沒有希望，你不妨再去走走看，也許可以得到圓滿的結果，我這邊還是滿地的荊棘，就是我二人合力的工作也不知幾時才可以達到目的地呢？其中的情形還要你自己再三想想才好。

我很願意你能得著你最初的戀愛，我願意你快樂，因爲你的快樂就和我的一樣。我的愛你，並不一定要你回答我，只要你能得到安慰，我心就安慰了。我還是能照樣的愛你，並不一定要你知道的。是的；摩！我心裡亂極了，這時候我眼裡已經沒有了我自己，我心裡只有你的影子、你的身體，我不要想自身的安慰，我只想你能因爲愛我而得到一些安慰，那我看著也是樂的。

七（一九二五年三月二十九日）

前天寫得好好的，他又回來了。本來這幾天因爲他在天津，所以我才得過著幾天清閑的日子，在家裡一個人坐著看看書、寫寫字，再不然想你時就同你筆上談談，雖然只是我一個人自寫自意，得不著一點回音，可是我覺得反比同一個不懂的人談話有趣得多。現在完了，我再也不能得到安慰了。所以昨天我就出去了一整天，吃飯、看戲，反正只要有一個去處，便能將青天快快的變成黑天。怪的倒是你爲甚麼還沒有信來？你沒有信來我就更坐立不安了；我的心每天只是無理由的跳，好好的跟人家說著話的時候，我也會一陣陣的臉紅心跳，自己也不知道是爲了甚麼，這樣下去，我怕要得心臟病了。

八（一九二五年四月十二日）

好，這一下有幾天沒有親近你了，吾愛，現在我又可以痛痛快快的來寫了。前些日因爲接不著你的信，他又在家，我心裡又煩，就又忘了你的話，每天只是在熱鬧場中去消磨時候，不是東家打牌就是出外跳舞，有時精神萎頓下來也不管，搖一搖頭再往前走，心裡恨不得從此消滅自身，眼前又一陣陣的糊塗起來，你的話、你的勸告也又在耳邊打轉身了。有時娘看我有得些出了神似的就逼著我去看醫生，碰著那位克利老先生又說得我的病非常的沉重，

心臟同神經都有了十分的病。因此父母爲我又是日夜不安，尤其是伯伯每天跟著我像念經似的勸叫我不能再如此自暴自棄，看了老年人著急的情形，我便只能答應吃藥，可笑！藥能治我的病麼？再多吃一點也是沒有用的，心裡的病醫得好麼？一邊吃藥，一邊還是照樣的往外跑，結果身體還是敵不過，沒有幾天就眞正病倒在床上了。這一來也就不得不安靜下來，藥也不能不吃了。還好，在這個時候我得著了你的安慰，一連就來了四封信，他又出了遠門，這兩樣就醫好了我一半的病，這時候我不病也要求病了；因爲借了病的名字我好一個人靜靜的睡在床上看信呀！摩！你的信看得我不知道蒙了被哭了幾次，你寫得太好了，太感動了我，今天我才知道世界上的男人並不都是像我所想像那樣的，世界上還有你這樣純粹的人呢，你爲甚麼會這樣的不同的呢？

摩！我現在又後悔叫你走了，我爲甚麼那樣的沒有勇氣，爲甚麼要顧著別人的閑話而叫你去一個人在冰天雪地裡過那孤單的旅行生活呢？這只能怪我自己太沒有勇氣，現在我恨不能丟去一切飛到你的身畔來陪你。我知道你的苦，摩，眼前再有美景也不會享受的了。咳，我的心簡直痛得連話都說不出來了，這樣的日子等不到你回來就要完的。這幾天接不著你的信已經夠害得我病倒，所以只盼你來信可以稍得安心，誰知來了信卻又更加上幾倍的難受。

這一忽幾百支筆也寫不出我心頭的亂，甚麼味兒自己也說不出，只覺著心往上鑽，好像要從喉管裡跳出來似的，床上再也睡不住了，不管滿身熱得多厲害，我也再按止不住了，在這深夜裡再不借筆來自己安慰自己，我簡直要發瘋了。摩你再不要告訴我你受了寒的話吧，你不病已經夠我牽掛的了，你若是再一病那我是死定了。我早知道你是不會自己管自己的，所以臨行時我是怎樣叮嚀你的，叫你千萬多穿衣服，不要在車上和衣睡著，你看，走了不久就著冷了。你不知道西伯利亞時候夠多冷，雖然車裡有熱氣，你只要想薄薄的一層玻璃那能擋得住成年不見化的厚雪的寒氣。你爲甚麼又坐著睡著呢？這不是活活急死我麼？受了一點寒還算運氣，若是變了大病怎麼辦。我又不能飛去，所以只能你自己保重啊。

你也不要怨了，一切一切都是命，我現在看得明白極了，強求是無用，還是忍著氣，耐著心等命運的安排吧。也許有那麼一天等天老爺一看見了我們在人間掙扎的苦況、哀憐的叫聲，也許能叫動他的憐恤心給我們相當的安慰，到那時我們才可以吐一口氣了！現在縱然是苦死也是沒有用的，有誰來同情你？有那一個能憐恤你？還不如自認了吧，人要強命爭氣是沒有用的，只要看我們現在一隔就是幾千里，誰叫誰都叫不著，想也是妄然。一個在海外惆悵，一個在閨中呻吟，你看！這不是命運麼？這難道不

是老天的安排？還不是祂在冥冥中使開祂那蒲扇般的大手硬生生的撕開我們麼？柔弱的我們，那能有半點的倔強？不管心裡有多少冤屈，事實是會有力量使你服服貼貼的違背著自己的心來做的。這次你問心是否願意離著我遠走的？我知道不是！誰都能知道你是勉強的，不過你看，你不是分明去了麼？我爲甚麼不留你？爲甚麼甘心的讓你聽從了人家的話而走呢？爲甚麼我們二人沒有決心來挽回一切？我心裡分明口口聲聲的叫你不要走，可是你還不是照樣的走了！你明白不？天意如此，就是你有多大的力量也挽回不轉的。所以我一到愁悶得無法自解的時候，就只好拿這個理由來自騙了。現在我一個人靜悄悄的獨坐在書桌前，耳邊只聽見街上一聲、兩聲的打更聲，院子裡靜得連風吹樹葉的聲音都沒有，甚麼都睡了，爲甚麼我放著軟綿綿的床不去睡？別人都一個個正濃濃的做著不同的夢，我一個人倒肯冷清清的呆坐著呢？爲誰？怨誰？摩，只怕只有你明白吧！我現在一切怨、恨、哀、痛，都不放在心裡，我只是放心不下你，我閉著眼好像看見你一個人和衣耽在車廂裡，手裡拿了一本書，可是我敢說你是一句也沒有看進去，皺著眉閉著眼的苦想，車聲風聲大得也分不出你我，窗外是黑得一樣也看不出，車裡雖有暗暗的一支小燈，可也照不出甚麼來。在這樣慘淡的情形下，叫你一個人去受，叫我那能不想著就要發瘋？摩！我害了你，事到

如今我也明知沒有辦法的了，只好勸你忍著些吧，你快不要獨自惆悵，你快不要讓眼前風光飛過，你還是安心多做點詩多寫點文章吧，想我是免不了的。我也知道，在我們現在所處的地位，彼此想要強制著不想是不可能的，我自己這些日子何嘗不是想得你神魂顛倒。雖然每天有意去尋事做，想減去想你的成份，結果反做些遭人取笑的舉動，使人家更容易看得出我的心有別思，只要將我比你，我就知道你現在的情形是怎樣了。別的話也不用說了，摩，忍著吧！我們現在是眾人的俘虜了，快別亂動，一動就要招人家說笑的。反正我這一面由我盡力來謀自由，一等機會來了我自會跳出來，只要你耐心等著不要有二心就是。

我今天提筆的時候是滿心雲霧，包圍得我連光亮都不見了，現在寫到這裡，眼前倒像又有了希望，心底裡的彩霞比我台前的燈光還亮，滿屋子也好像充滿了熱氣使人遍體舒適。摩！快不用惆悵，不必悲傷，我們還不至於無望呢！等著吧！我現在要去尋夢了，我知道夢裡也許更能尋著暫時的安慰，在夢裡你一定沒有去海外，還在我身邊低聲的叮嚀，在頰旁細語溫存。是的，人生本來是夢，在這個夢裡我既然見不著你，我又為甚麼不到那個夢裡去尋你呢？這一個夢裡做事都有些礙手阻腳的，說話的人太多了，到了那一個夢裡，我相信我你一定能自由做我們所要做的事，絕沒有旁人來毀謗，再沒有父母來干涉了！摩，

要是我們能在那一個夢裡尋得著我們的樂土，眞能夠做我們理想的伴侶，永遠的不分離，不也是一樣的麼？我們何不就永遠住在那裡呢？咳！不要把這種廢話再說下去了，天不等我，已經快亮了，要是有人看見我這樣的呆坐著寫到天明，不又要被人大驚小怪麼？不寫了，說了許多廢話有甚麼用處呢？你還是你，還是遠在天邊，我還是我，一個人坐在房裡，我看還是早早的去睡吧！

九（一九二五年四月十五日）

病一好就成天往外跑，也不知那兒來的許多事情，躲也躲不遠，藏也沒有地方藏，每像囚犯似的被人監視著，非去不可，也不管你心裡是甚麼味兒。更加一個娘，到處都要我陪著去；做女兒的這一點責任又好像無可迴避，只得成天拿一個身體去酬應她們，不過心裡的難過是沒有人可以知道的了。害得我一連幾天不能來親近你，我的愛，這種日子也眞虧我受得了！今天又和母親大鬧，我就問她「一個人做人，還是自己做呢？還是爲著別人做的！」我覺得一個人只要自己對得住自己就成了，管別人的話是管不了許多的。許許多人你順了這個做，那個也許不滿意，聽了那一個的話又違背了這一個，結果是永遠不會全討好的。爲了要博取人家一句贊美的話而犧牲了自己的幸福，我看這種人多得很呢；我不願再去把自己犧牲了，我還是

管了我自己的好，摩，你說對麼？

眞的，今天還有一件事使我難受到極點：今天我同娘爭論了半天，她就說：「我忘了告訴你一件事，你先慢慢的走我還有話呢。」說著她就從床前抽屜裡拿出一封信往我面前一擲，我一看，原來是你的筆跡。我倒呆了半天，不知你寫的甚麼，心裡不由得就跳蕩起來了，我拿著一口氣往下看，看得我心裡的淚珠遮住了我的視線，一個字一個字都像被濃霧裹著似的，再也看不下去了。

摩！我的愛，你用心太苦了，你爲我太想得周密了，你那一片清脆得像稚兒的眞誠的呼喚聲，打動了我這污濁的心胸，使我立刻覺得我自身的庸俗。你的信中那一句話不是從心立裡回轉幾遍才說出來的，那一字不是隱念著我的？你爲我，咳！你爲我太苦了，摩！你以爲你婉轉勸導一定能打動她的心，多少給我們一條路走走，那知道你明珠似的話好似跌入了沒底的深海，一點光輝都不讓你發，你可憐的求告又何嘗打得動她滑石一般硬的心呢！一切不是都白費了麼？到這種情況之下你叫我不想死還去想甚麼呢？不死也要瘋了，我再不能掙扎下去了，我想非去西山靜兩天不可。只能暫時放下了你再講，我也不管他們許不許，站起來就走，好在這不是跟人跑，同去的都是長輩親友，他們再也說不出別樣新鮮話了。只是一件，你要有幾天接不到我的信呢。

一〇（一九二五年四月十八日）

那天寫著寫著他就回來了，一連幾天亂得一點空閑也沒有，本想跑到西山養病，誰知又改了期，下星期一定去得成了。事情是一天比一天複雜，他又有到上海去做事的消息，這次來進行的，若是事情辦成，我又不知道要發配到何處呢？摩！看起來我是凶多吉少。怎辦？我的身體又成天叫他們纏著，每次接著你的信，雖然片刻的安慰是有的，不過看著你一個人在那裡呻吟痛苦，更使我心碎。我以前見著人家寫心碎這兩個字，我老以為是說得過分；一個人心若是碎了人不是也要死了麼？誰知道天下的成句是無有不從經驗中得來的，我現在眞的會覺著心碎了。一到心裡沉悶得無法解說時，我就會感得心內一陣陣的痛，痛得好似心在那兒一塊一塊撕下來，還同時覺得往下墜，那一種味兒我敢說世界上沒有幾個人能感覺得到。摩！我也可算得不冤枉了，甚麼味兒我都嘗著過了，所謂人生，我也明白了。要是沒有你，我早就可以一死了之。

這兩天我連娘的面都不敢見了，暫且躲過兩天再說，我只想寫信叫你回來，寫了幾次都沒有勇氣寄。其實你走了也不過一個多月，好像有幾年似的，而且心裡老有一種感想，好像今生再見不著你了。這是一種壞印象，我知道。我心裡總是一陣陣的怕，怕甚麼我也不知道，只覺著我身邊自從沒有了你就好似沒有了靈魂一樣。我只怕沒有

了你的鞭策，我要隨著環境往下流，沒有自拔的勇氣，又怕懦弱的我容易受人家的支配。眼前一切亂得像一蓬亂髮，不知從何理起，就是我的心也亂得坐臥不寧，我知道一定又要有不幸的事情發生了，他又成天的在家，我連寫日記的工夫都沒有了。

一一（一九二五年四月二十日）

昨天在酒筵前聽到說你的小兒子死了。聽了嚇一跳，不幸的事甚麼老接連著纏擾到我們身上來？爲甚麼別人的消息到比我快，你因何信中一字不提！不知你們見著最後的一面沒有？我知道你很喜歡這個小的孩子，這一下又要害你難受幾天。但願你自己保重，摩！我這幾日大不好，寫信也不敢告訴你，怕你爲我擔憂，看起來我的身體要支撐不住了，每天只是無故的一陣陣心跳，自你走後我常無端的就耳熱心跳。起頭我還以爲是想著你才有這現象，現在不好了，每天要來幾回了。恐怕大病就在這眼前了，若不是立刻離開這環境，也許一、兩天內就要倒下來。

一二（一九二五年四月二十四日）

現在我要暫時與你告別，我的愛！我決定去大覺寺休養兩禮拜了，在那兒一定沒有機會寫的，雖然我是不忍片刻離開你的，可是要是不走又要生出事來了，只好等你回

來再細細的講給你聽吧！現在我拿你暫時鎖起來！愛！讓你獨自悶在一方小屋子裡受些孤單？好不？你知道！要是不將你鎖起，一定有賊來偷你！一定要有人來偷看你！我怕你給別人看了去，又怕偷了去，只好請你受點悶氣，不要怨我，恨我！

一三（一九二五年五月十一日）

這一回去得眞不冤，說不盡的好，等我一件件的來告訴你。我們這幾天雖然沒有親近，可是沒有一天我不想你的，在山中每天晚上想寫，只可恨沒有將你帶去，其實帶去也不妨，她們都是老早上了床，只有我一個睡不著呆坐著，若是帶了你去不是我可以照樣每天親近你嗎？我的日記呀，今天我拿起你來心裡不知有多少歡喜，恨不能將我要說的話像機器似的倒出來，急的我反不知從那裡說起了。

那天我們一群人到了西山腳下改坐轎子上大覺寺，一連十幾個轎子一條蛇似的遊著上去，山路很難走，坐在轎上滾來滾去像坐在海船上遇著大風一樣的搖擺，我是生平第一次坐，差一點拿我滾了出來。走了三里多路快到寺前，只見一片片的白山，白得好像才下過雪一般。山石樹木一樣都看不清，從山腳一直到山頂滿都是白。我心裡奇怪極了，這分明是暖和的春天，身上還穿著夾衣，微風一

陣陣吹著入夏的暖氣，爲甚麼眼前會有雪山湧出呢？打不破這個疑團，我只的回頭問那抬轎的轎夫，「噲！你們這兒山上的雪，怎麼到現在還不化呢？」那轎夫跑得面頭流著汗，聽了我的話他們也像好奇似的一面擦汗一面問我「大姑娘；您說甚麼？今天的冬天比那年都熱，山上壓根兒就沒有下過雪，您那兒看見有雪呀？」他們一邊說著便四下裡去亂尋，臉上都現出了驚奇的樣子。那時我眞急了，不由的就叫著說：「你們看那邊滿山雪白的不是雪是甚麼？」我話還沒有說完，他們倒都狂笑起來了。「眞是城裡姑娘不出門！連杏花兒都不認識，倒說是雪，您想五六月裡那兒來的雪呢？」甚麼？杏花兒！我簡直叫他們給笑呆了。顧不得他們笑，我只樂得恨不能跳出轎子一口氣跑上山去看一個明白。天下眞有這種奇景麼？樂極了也忘記我的身子是坐在轎子裡呢，伸長脖子直往前看，急得抬轎的人叫起來了，「姑娘：快不要動呀，轎子要翻了！」一連幾晃，幾乎把我拋入小澗去。這一下子才嚇回了我的魂，只好老老實實的坐著再也不敢動亂了。

上山也沒有路，大家只是一腳腳的從這塊石頭跳到那一塊石頭上，不要說轎夫不敢斜一斜眼睛，就是我們坐的人都連氣也不敢喘，兩支手使勁拉著轎槓兒，兩只眼死頂著轎夫的兩隻腳，只怕他們一失腳滑下山澗去。那時候大家只顧著自己性命的出入，眼前不易得的美景連斜都不去

斜一眼了。

走過一個石山頂才到了平地，一條又小又彎的路帶著我們走進大覺寺的山腳下。兩旁全是杏樹林，一直到山頂，除了一條羊腸小路只容得一個人行走以外，簡直滿都是樹。這時候正是五月裡杏花盛開的時候，所以遠看去簡直像是一座雪山，走近來才看出一朵朵的花，墜得樹枝都看不出了。

我們在樹蔭裡慢慢的往上走，鼻子裡微風吹來陣陣的花香，別有一種說不出的甜味。摩，我再也想不到人間還有這樣美的地方，恐怕神仙住的地方也不過如此了。我那時樂得連路都不會走了，左一轉右一轉，四圍不見別的，只是花。回頭看見跟在後面的人，慢慢在那兒往上走，好像都在夢裡似的，我自己也覺得我已經不是一個人了。這樣的所在簡直不配我們這樣的濁物來，你看那一片雪白的花，白得一塵不染，那有半點人間的污氣？我一口氣跑上了山頂，站上一塊最高的石峰，定一定神往下一看，呀，摩！你知道我看見了甚麼？咳，只恨我這支筆沒有力量，來描寫那時我眼底所見的奇景！眞美！從上往下斜著下去只看見一片白，對面山坡上照過的斜陽，更使它無限的鮮麗。那時我恨不能將我的全身滾下去，到花間去打一個滾，可是又恐怕我壓壞了粉嫩的花瓣兒。在山腳下又看見一片碧綠的草，幾間茅屋，三、兩聲狗吠聲，一個田家的

景象，滿都現在我的眼前，蕩漾著無限的溫柔。這一忽兒我忘記了自己，丟掉了一切的煩惱，喘著一口大氣，拚命的想將那鮮甜味兒吸進我的身體，洗去我五臟內的濁氣，重新變一個人，我願意丟棄一切，永遠躲在這個地方，不要再去塵世間見人。眞的，摩，那時我連你都忘了，一個人呆在那兒，不是他們叫我還不醒呢！。

一天的勞乏，到了晚上，大家都睡得正濃，我因爲想著你不能安睡，窗外的明月又在紗窗上映著逗我，便一個就走到了院子裡去，只見一片白色，照得梧桐樹的葉子在地下來回的飄動。這時候我也不怕朝露裡受寒，也不管夜風吹得身上發抖，一直跑出了廟門，一群小雀兒讓我嚇得一起就向林子裡飛，我睜開眼睛一看，原來廟前就是一大片杏樹林子。這時候我鼻子裡聞著一陣芳香，不像玫瑰，不像白蘭，只薰得我好像酒醉一般。慢慢的我不覺耽了下來，一條腿軟得站都站不住了。暈沉沉的耳邊送過來清嚦嚦的夜鶯聲，好似唱著歌，在嘲笑我孤單的形影；醉人的花香，輕含著鮮潔的清氣，又一陣陣的送進我的鼻管。忽隱忽現的月華，在雲隙裡探出頭來從雪白的花瓣裡偷看著我，也好像笑我爲甚麼不帶著愛人來。這惱人的春色，更引起我想你的眞摯，逗得我陣陣心酸，不由得就睡在蔓草上閉著眼輕輕的叫著你的名字（你聽見沒有？）我似夢非夢的睡了也不知有多久，心裡只是想著你——忽然

好像聽得你那活潑的笑聲，像珠子似的在我耳邊滾「曼，我來，」又覺得你那偉大的手，緊握著我的手往嘴邊送，又好像你那頑皮的笑臉，偷偷的偎到我的頰邊搶了一個吻去。這一下我嚇得連氣都不敢喘，難道你眞回來了麼？急急的睜眼一看，那有你半點影子？身旁一無所有，再低頭一看，原來才發見我自己的右手不知道在甚麼時候握住了我的左手，身上多了幾朵落花，花瓣兒飄在我的頰邊好似你來偷吻似的。眞可笑！迷夢的幻影竟當了眞！自己便不覺無味得很，站起來，只好把花枝兒洩氣，用力一拉，花瓣兒紛紛落地，打得我一身；林內的宿鳥以爲起了狂風，一聲叫就往四外裡亂飛。一個美麗的寧靜的月夜叫我一陣無味的惱怒給破壞了。我心裡也再不要看眼前的美景，一邊走一邊想著你，爲甚麼不留下你，爲甚麼讓你走。

一四（一九二五年六月十四日）

回來了不過三天，氣倒又受了一肚子。你的信我都見著了，不要說你過的是甚麼日子，我又何嘗是過的人的日子？兩個人在兩地受罪，爲的是甚麼？想起來眞惱人，這次山中去了幾天，更受著無限的傷感，在城裡每天沉醉在遊戲場中，戲園裡，同跳舞場裡，倒還能暫時忘記自己，隨著歌聲舞影去附和；這次在清靜的山中讓自己的情景一薰，反激起我心頭的悲恨，更引動我念你的深切。我知道

你也是一般的痛苦，我想信你一個人也是獨樂不了，這何苦！摩！你還是回來吧。

事情看起來又要變化了，這幾天他又走了，聽說這次上海事情若是成功，就要將家搬去，我現在只是每天在祝禱著不要如了他們的願，不知道天能可憐我們不？在山中我探了一探親友們的口氣，還好！她們大半都同情於我的，卻叫我做事情不要顧前顧後，要做就做，前後一顧倒將膽子給嚇小了，這話是不錯的，不過別人只會說，要是犯到自己身上，也是一樣的沒有主意。現在我倒不想別的，只想躲開這城市。

這一番山中的生活更打動了我的心，摩！我想到萬不得已時我們還是躲到山裡去吧！我這次看見好幾處美麗的莊園，都是化二、三千塊錢買一座杏花山，滿都是杏花，每年結的杏子，賣到城裡就可以度日，山腳下造幾間平屋，竹籬柴門，再種下幾樣四季吃的素菜，每天在陽光裡栽栽花種種草，再不然養幾個鳥玩玩，這樣的日子比做仙人都美。

這次我們坐著轎出去玩的時候，走過好幾處這樣的人家，有的還請我吃飯呢，他們也不完全是鄉下人，雖然他們不肯告訴我們名姓，我們也看得出是那些隱居的人；若是將他們的背景一看，也難說不是跟我們一樣的。我眞羨慕他們，我眼看他們誠實的笑臉，同那些不欺人的言語，

使我更感覺到自己的渺小。摩！我看世間純潔的心，只有山中還有一、兩顆？

我知道局面又要有轉變，但不知轉出怎樣的面目來。爲了心神的不安定，我更是坐立不安，不知道做甚麼才好，要想打電報去叫你回來，卻又不敢，不叫又沒有主意。摩！這日子眞不如死去！我也曾同朋友們商量過，他們勸我要做就不可失去這個機會，不如痛痛快快的告訴了他們，求他們的同意，等他們不答應時，我們再想對付的辦法；若是再低頭跟他們走，那就再沒有出頭日子了。摩！這時候我眞沒有主意了，這個問題一天到晚的在我腦中轉，也決不定一個辦法。你又不在，一封信來回就要幾十天；不要說幾十天，就是幾天都說不定出甚麼變化呢！睡也睡不著；白天又要去應酬，所以精神覺得乏極，你看！大病快來了。

一五（一九二五年六月十九日）

這幾日無日不是浸在愁雲中，看情形是一天不對一天了，我們家裡除了爸爸之外，其餘都是喜氣沖沖，尤其是娘，臉上都飾了金，成天的笑。

看起來我以後的日子是沒有法子過的了，在這個圈子裡是沒有我的位置的，就是有也坐不住的。摩！你還不回來，我怕你沒有機會再見我了，我的心臟都要裂了，我實

在沒有法子自己安慰自己，也沒有勇氣去同她們爭言語的短長了。今天和他大鬧了一回，回進房裡倒在床上就哭，摩！我爲甚麼要受人的奚落！叫人家看著倒像我做了愧心事似的！這種日子我再也忍受不下了。

一六（一九二五年六月二十一日）

好！這一下快一個月沒有寫了。昨天才回來的，摩，你一定也急死了，這許久沒有接著我的信。自從同他鬧過我就氣病了，一件不如意，件件不如意，不然還許不至於病倒，實在是可氣的事太多了，心裡收藏不下便只好爆發。那天鬧過的第三天又爲了人家無緣無故的把意外的事情鬧到我頭上來，我當場就在飯店裡病倒，暈迷得人事不知，也不知甚麼時候他們把我抬了回來，等我張開眼，已經睡在自己的床上了。我只覺得心跳得好像要跳出喉管，身體又熱得好像浸在火裡一般，眼前只看見許多人圍在床邊叫我不要急，已經去請醫生了。到了三點多鐘B才將醫生打仗似的從床上拉了起來，立刻就打了兩針，吃了一點藥。這個老外國克利醫生本是最喜歡我的，見我病了他更是盡心的看；坐在床邊拉著我的手數脈跳的數目，屋子裡的人卻是滿面愁容連大氣都不敢出，我看大家的樣子，也明白我的病不輕。等了二十幾分鐘我心跳還不停，氣更喘得透不過來，話也一句說不出，只見著W，B同醫生輕輕

的走出外邊唧唧的細語，也不知道說些甚麼，一忽兒W輕輕的走到床邊在我耳旁細聲的話，「要不要打電報叫摩回來？」我雖然神志有些昏迷，可是這句話我聽得分外清楚的。我知道病一定是十分凶險，心裡倒也慌起來了，「是不是我要死了？」他看我發急的樣子，又怕我害怕，心立刻和緩著臉笑迷迷的說：「不是，病是不要緊，我怕你想他所以問你一聲。」我心裡雖是十二分願意你立刻飛回我的身旁，可是懦弱的我又不敢直接的說出口來，只好含著一包熱淚對他輕輕的搖了一搖頭。

醫生看我心跳不停也只好等到天亮將我送進醫院，打血管針，照X光，用了種種法子才將我心跳止住。這一下就連著跳了一日一夜，跳得我睡在床上軟得連手都抬不起來；到了第三天我才知道W已經瞞著我同你打了電報，不見你的回電，我還不知道呢！

自從接著你的電報我就急得要命，自己又沒有力氣寫信，看你又急得那樣子，又怕你不顧一切的跑了回來；只好求W給你去信將病情騙過，安了你的心再說。頭幾天我只是心裡害怕，他們又不肯對我實說，我只怕就此見不著你，想叫你回來，一算日子又怕等你到，我病已經好了，反叫人笑話。到第四天，醫生坐在床上同我說許多安慰的話，他說，你若是再胡思亂想不將心放開，心跳不能停，再接連的跳一日一夜就要沒有命了；醫生再有天大的能力

也挽不回來了。天下的事全憑人力去謀的，你若先失卻了性命，你就自己先失敗。聽了他這一篇話我才眞正的丟開一切，甚麼也不想；只是靜靜的休養，一個人住了一間很清靜的病房，白天有W同B等來陪我說笑，晚上睡得很早，一個星期後才見往好裡走。

在院裡除了想你外，別的都很好；這次病中多虧W同B的好意，你回來必須好好的謝他們呢！這時候我又回到了自己家裡。他是早就在我病的第二天動身赴滬了，官要緊，我的病是本來無所謂的。走了倒好，使我一心一意的靜養，我總算過著二十天清閑日子，不過一個人靜悄悄的睡在床上更是想你不完。你的信雖然給我不少的安慰，可也更加我的惆悵。現在出了院問題就來了，今天還是初次動筆，不能多寫，明後天才說吧。

一七（一九二五年六月二十六日）

今天又接著你的電報！眞是要命的！我知道你從此不會安心的了，其實你也不必多憂，我已經好多了，回家後只跳了五天，時間並不長，不久一定要復原的。眞急死我了，路又遠，信的來回又日子長；打電報又貴，你叫我怎樣安慰你呢？看著你乾著急我心裡也是難過，想要叫你回來又怕人笑，雖然半年的期限已經過了一半，以後的三個月恐怕更要比以前的難過。目前我是一切都拿病來推，娘

那裡也不敢多去，更不敢多講，見面只是說我身體上種種的病，所以她們還沒有開口叫我南去呢，這暫時的躲避是沒有用的；我自己也很明白，不過想來想去也想不出個良善的法子來對付，眞是過了一天算一天，你我的前程眞不知是怎樣一個了局呢！

一八（一九二五年六月二十八日）

因爲沒有氣力所以耽在床上看完一本《The Painted Veil》（譯：塗漆的面罩）看得我心酸萬分；雖然我知道我也許不會像書裡的女人那樣慘的。書中的主角是爲了愛，從千辛萬苦中奮鬥，才達到了目的；可是歡聚了沒有多少日子，男的就死了，留下她孤單單的跟著老父苦度殘年。摩！你想人間眞有那樣殘忍的事麼？我不知道爲甚麼要爲古人擔憂，平空哭了半天，哭得我至今心裡還是一陣陣的隱隱作痛呢！想起你更叫我發抖，但願不幸的事不要尋到我們頭上來，不能讓我預先知道，你我若是有不幸的事臨頭，還不如現在大家一死了事的好。

我正在傷心的時候又接到你三封信，看了使我哭笑不能，摩，我知道你是沒有一分鐘不在那兒需要我，我也知道你隨時隨地的在那兒叫著我的名字，愛！你知道我的身體雖然遠在此地，我的靈魂還不是成天環繞在你的身旁；你一舉一動我雖不能親眼看見，可是我的內心是甚麼都感

得到的。

今天在外邊吃飯，同桌的人無意（也許有意）說了一句話，使我好像一下從十八層樓上跌了下來。原來他有一個朋友新從巴黎回來，看見你成天在那裡跳舞，並且還有一個胖女人同住。不管是眞是假，在我聽得的時候怎能不吃驚！況且在座的朋友們，都是知道你我交情很深，說著話的時候當然都對我發笑，好像笑我爲甚麼不識人！那時我雖然裝著很快樂的樣子，混在裡面有說有笑，其實我心裡的痛苦眞好比刀刺還厲害；恨不能立刻飛去看看眞假。

雖然我敢相信你不會那樣做，不過人家也是親眼看見的，這種話豈能隨便亂說呢？這一下眞叫我冷了半截，我還希望甚麼？我還等甚麼？我還有甚麼出頭的日子？你看你寫的那一封封信，不是滿含至誠的愛？那一封不是千斛的相思？那一字，那一語不感動得我熱淚直流，百般的愧恨？現在我才明白一切都是幻影，一切都是假的，咳，我不要說了，我不忍說了，我心已碎，萬事完了，一切完了。

一九（一九二五年七月十六日）

爲了一時的氣憤平空丟了好些日子，也無心於此了。其實今天回過來一想，你一定不會如此的；雖然心裡恨你，可是沒有用，照樣日夜的想你。前天實在忍受不住

了，打了一個電報叫你回來，發出了電報又後悔，反正心裡左也不是右也不是，白日雖跟著他們遊玩，一到夜靜，甚麼都又回到腦子裡來了。

今天我的動筆是與你告別了，摩！你知道事情出了大變化，這變化本來是在我預料中的，我也早知道要這樣結果的，我自問我的力量是太薄弱，沒有勇氣，所以只好希望你回來幫助我，或許能挽回一切。

你知道前天我還沒有起床就叫家裡來的人拉了回去；進門就看見一家人團團圍坐在一個屋子裡，好像議論甚麼國家大事似的。有的還正拿著一封信來回的看，有的聚在一起細聲的談論。看了這樣嚴重的情形，倒嚇我一跳。以爲又是你來了甚麼信，使得他們紛紛議論呢。見我進去，娘就在母舅手裡搶過信來擲在我身上，一邊還說，「你自己去看吧！倒是怎麼辦？快決定！」我拿起來一看才知道是他來的信。一封愛的美敦書，下令叫娘即刻送我到南方去，這次再不肯就永遠不要我去了。口吻非常嚴厲，好像長官給下屬的命令一般，好大的口氣。我一邊看一邊心裡打算怎樣對付；雖然我四面都像是滿佈著埋伏，不容我有絲毫的反響，可是我心裡始終不願意就此屈服，所以我看完了信，便冷冷的說：「我道甚麼大事！原來是這一點小事！這有甚麼爲難之處呢？我願意去就去，我不願去難道能搶我去麼？」娘聽了這話立刻變了色說：「那有這樣容

易，嫁雞隨雞，嫁狗隨狗，這是古話；不去算甚麼？」我那時也無心同她們爭論，我只是心裡算著你回來的日子，要是你接著電報就走，再有二十天也可以到了，無論如何這幾天的工夫總可以設法遲延的，只是眼前先要拖得下才成。

所以當時我決定不鬧，老是敷衍她們，誰知她們更比我聰明，我心裡的意思她們好似看得見一般，簡直連這一點都不允許你；非逼著我答應在這一個星期中動身不可，這一來可眞惱恨了我，連氣帶急，將我的毛病給請了回來。當時心跳得就暈了過去，到靈魂兒轉回來時，一屋子的人都已靜悄悄的不敢再爭著講話了。

我回到家中，甚麼都不想要了，我覺得眼前一切都完了，希望也沒有了，我這裡又是處於這種環境之下，你那裡，要是別人帶來的消息是眞的話，我不是更沒有所望了麼？看起來我是一定要叫她們逼走的，也許連最後的一面都要見不著你，我還求甚麼？

不過我明天還要去同她們做一個最後的爭論，就是要我走，也非容我見著你永訣了再走不可。咳，摩，這時候你能飛來多好！你叫我一個人怎辦？說又沒有地方去說，只有W處能相商，不過他又是主張決裂的、強霸的。我又有點不敢。天呀！你難道不能給我一點辦法麼？我難道連這點幸福都不能享受麼？

二〇（一九二五年七月十七日）

昨晚苦思一宵，今晨決定去爭鬧，無論甚麼來都不怕，非達到目的不可，誰知道結果還是一樣，現在又只剩我一個人大敗而回。這一回是眞絕望定了，我的力量也窮了。

我走去的時候是勇氣百倍，預備拿性命來拚的，所以進內就對她們說，要是她們一定要逼我去的話，我立刻就死，反正去也是死，不過也許可以慢點；那何不痛快點現在就死了呢？這話她們聽了一點也不怕，也不屈服，她們反說：「好的，要死大家一同死！」好，這一下倒使我無以下台。眞死，更沒有見你的機會，不死就要受罪，不過我心裡是痛苦到萬分，既然講不明白，我就站起來想走了。她們見我眞下了決心倒又叫了我回去；改用軟的法子來騙我，種種的解說，結果是二老對我雙淚俱流的苦苦哀求。咳！可憐的她們！在她們眼光下離婚是家庭中最羞慚的事，兒女做了這種事，父母就沒有臉見人了，母親說只要我允許再給他一個機會，要是這次前去他再待我不好，再無理取鬧，自有她們出面與我離，絕不食言，不過這次無論如何再聽她們一次。直說得太陽落了山，眼淚濕了幾條手帕，我才眞叫她們給軟化了。父母到底是生養我的，又是上了年紀；生了我這樣的女兒已經不能隨她們心，不能順她們的志願，豈能再害她們爲我而死呢？所以我細細

的一想，還是犧牲了自己吧！我們反正年輕，只要你我始終相愛，不怕將來沒有機會。只是太苦了，話是容易講的，只怕實行起來不知要痛苦到如何程度呢？我又是一身的病，有希望的日子也許還能多活幾年，要是像現在的歲月，只怕過不了幾個月就要萎頹下來了。

摩！我今天與你永訣了，我開始寫這本日記的時候本預備從暗室走到光明，憂愁裡變出歡樂，一直的往前走，永遠的寫下去，將來若是到了你我的天下時，我們還可以合寫你我的快樂，到頭髮白了拿出來看，當故事講，多美滿的理想！現在完了，一切全完了，我的前程又叫烏雲蓋住了，黑暗暗的又不見一點星光。

摩！唯一的希望是盼你能在二星期中飛到，你我做一個最後的永訣。以前的一切，一個短時間的快樂，只好算是一場春夢、一個幻影，沒有留下一點痕跡，可以使人們紀念的，只能閉著眼想想，就是我唯一的安慰了。從此我不知道要變成甚麼呢？也許我自己暗殺了自己的靈魂，讓軀體隨著環境去轉，甚麼來都可以忍受，也許到不得已時我就丟開一切，一個人跑入深山。甚麼都不要看見，也不要想，同沒有靈性的樹木山石去為伍，跟不會說話的鳥獸去做伴侶，忘卻我自己是一個人，忘卻世間有人生，忘卻一切的一切。

摩！我的愛！到今天我還說甚麼？我現在反覺得是天

害了我，爲甚麼天公造出了你又造出了我？爲甚麼又使我們認識而不能使我們結合？爲甚麼你平白的來踏進我的生命圈裡？爲甚麼你提醒了我？爲甚麼你教會了我愛！愛，這個字本來是我不認識的，我是模糊的，我不知道愛也不知道苦，現在愛也明白了，苦也嘗夠了；再回到模糊的路上去倒是不可能了，你叫我怎辦？

我這時候的心眞是碎的一片片的往下落呢？落一片痛一陣，痛得我連筆都快拿不住了，我好怨！我怨命，我不怨別人。自從有了知覺我沒有得到過片刻的快樂，這幾年來一直是憂憂悶悶的過日子，只有自從你我相識後，你教會了我甚麼叫愛情，從那愛裡我才享受了片刻的快樂——一種又甜又酸的味道，說不出的安慰！可惜現在連那片刻的幸福都也沒福再享受了。好了，一切不談了，我今後也不再寫甚麼日記，也不再提筆了。

現在還有一線的希望！就是盼你回來再見一面，我要拿我幾個月來所藏著的話全盤的倒了出來，再加一顆滿含著愛的鮮紅的心，送給你讓你安心，我只要一個沒有靈魂的身體讓環境去踐踏，讓命運去支配好了。

你我的一個情緣，只好到此爲止了，此後我的行止你也不要問，也不要打聽。你只要記住那隨著別人走的是一個沒有靈魂的人。我的靈魂還是跟著你的，你也不要灰心，不要罵我無情，你只來回的拿我的處境想一想，你就

一定會同情我的，你也一定可以想像我現在的心頭的苦也許更比你重三分呢！

要是我們來不及見面的話，你也不要怨我，我不想忍心走，也不是我要走，我只是已經將身體許給了父母！我一切都犧牲了，我留給你的是這本破書，雖然寫得不像話，可是字字是從我熱血裡滾出來的，句句是從心底裡轉了幾轉才流出來的，尤其是最後這兩天！那一字，那一句不是用熱淚寫的？幾次的寫得我連字都看不清，連筆都拿不動，只是伏在桌上喘。我心裡的話也不用多說，我也不願意多說，我一直是個硬漢，甚麼來都不怕，我平時最不愛哭，最恨流淚，可是現在一切都忍受不住了。

摩，我要停筆了，我不能再寫下去了；雖然我恨不得永遠的寫下去，因爲我一拿筆就好像有你在邊兒上似的，永遠的寫就好像永遠與你相近一般，可是現在連這唯一的安慰都要離開我了。此後「安慰」二字是永遠不再會跑上我的身了，我只有極力的加速往前跑；走最近的路——最快的路——往老家走吧，覺得我一個人要毀滅自己是極容易辦得到的。我本來早存此念的；一直到見著你才放棄。現在又回到從前一般的境地去了。

此後我希望你不要再留戀於我，你是個有希望的人，你的前途比我光明得多，快不要因我而毀壞你的前途，我是沒有甚麼可惜的，像我這樣的人，世間不知要多少，你

快不要傷心，我走了，暫時與你告別，只要有緣也許將來會有重見天日的一天，只是現在我是無力問聞。我只能忍痛的走——走到天涯地角去了。不過——你不要難受，只要記住，走的不是我，我還是日夜的在你心邊呢！我祇走一個人，一顆熱騰騰的心還留在此地等——等著你回來將它帶去啊！

徐志摩與陸小曼

愛眉小札

（一九二五年八月九日至九月十七日計二十六篇）

一（一九二五年八月九日）

「幸福還不是不可能的」，這是我最近的發現。

今天早上的時刻，過得甜極了。只要你；有你我就忘卻一切，我什麼都不想什麼都不要了，因爲我什麼都有了。與你在一起沒有第三人時，我最樂。坐著談也好，走道也好，上街買東西也好。廠甸我何嘗沒有去過，但那有今天那樣的甜法；愛是甘草，這苦的世界有了它就好上口了。眉，你眞玲瓏，你眞活潑，你眞像一條小龍。

我愛你樸素，不愛你奢華。你穿上一件藍布袍，你的眉目間就有一種特異的光彩，我看了心裡就覺著不可名狀的歡喜。樸素是眞的高貴。你穿戴齊整的時候當然是好看，但那好看是尋常的，人人都認得的，素服時的眉，有我獨到的領略。

「玩人喪德，玩物喪志」，這話確有道理。

我恨的是庸凡、平常、瑣細，俗；我愛個性的表現。

我的胸膛並不大，決計裝不下整個或是甚至部分的宇宙。我的心河也不夠深，常常有露底的憂愁。我即使小有才，決計不是天生的，我信是勉強來的；所以每回我寫什

麼多少總是難產，我唯一的靠傍是雯那間的靈通。我不能沒有心的平安，眉，只有你能給我心的平安。在你完全的蜜甜的高貴的愛裡，我享受無上的心與靈的平安。

凡事開不得頭，開了頭便有重複，甚至成習慣的傾向。在戀中人也得提防小漏縫兒，小縫兒會變大窟窿，那就糟了。我見過兩相愛的人因爲小事情誤會鬥口，結果只有損失，沒有利益。我們家鄉俗諺：「一天相罵十八頭，夜夜睡在一橫頭」，意思說是好夫妻也免不了吵。我可不信，我信合理的生活，動機是愛，知識是南鍼；愛的生活也不能純粹靠感情，彼的此了解是不可少的。愛是幫助了解的力，了解是愛的成熟，最高的了解是靈魂的化合，那是愛的圓滿功德。

沒有一個靈性不是深奧的，要懂得眞認識一個靈性，是一輩子的工作。這工夫愈下愈有味，像逛山似的，唯恐進得不深。

眉，你今天說想到鄉間去過活，我聽了頂歡喜，可是你得準備吃苦。總有一天我引你到一個地方，使你完全轉變你的思想與生活的習慣。你這孩子其實太嬌養慣了！我今天想起丹農雪鳥的「死的勝利」的結局；但中國人，那配！眉，你我從今起對愛的生活負有做到它十全的義務。我們應得努力。眉，你怕死嗎？眉，你怕活嗎？活比死難得多！眉，老實說，你的生活一天不改變，我一天不得放

心。但北京就是阻礙你新生命的一個大原因，因此我不免發愁。我從前的束縛是完全靠理性解開的，我不信你的就不能用同樣的方法。萬事只要自己決心；決心與成功間的是最短的距離。

往往一個人最不願意聽的話，是他最應得聽的話。

二（一九二五年八月十日）

我六時就醒了，一醒就想你來電話，現在九時半了，難道你還不曾起身，我等急了。

我有一個心，我有一個頭，我心動的時候，頭也是動的。我眞應得謝天，我在這一輩子裡，本來自問已是陳死人，竟然還能嘗著生活的甜味，曾經享受過最完全、最奢侈的時辰，我從此是一個富人，再沒有抱怨的口實，我已經知足。這時候，天坍了下來，地陷了下去，霹靂種在我的身上，我再也不怕死、不愁死，我滿心只是感謝。即使眉你有一天（恕我這不可能的設想）心換了樣，停止了愛我，那時我的心就像蓮蓬似的栽滿了窟窿，我所有的熱血都從這些窟窿裡流走——即使有那樣悲慘的一天，我想我還是不敢怨的，因爲你我的心曾經一度靈通，那是不可滅的。

上帝的意思到處是明顯的，他的發落永遠是平正的；我們永遠不能批評，不能抱怨。

三（一九二五年八月十一日）

這過的是什麼日子！我這心上壓得多重呀！眉，我的眉，怎麼好呢！霎那間有千百件事在方寸間起伏，是憂，是慮，是瞻前，是顧後，這筆上那能寫出？眉，我怕，我眞怕世界與我們是不能並立的，不是我們把他們打毀成全我們的話，就是他們打毀我們，逼迫我們的死。眉，我悲極了，我胸口隱隱的生痛，我雙眼盈盈的熱淚，我就要你，我此時要你，我偏不能有你，喔，這難受——戀愛是痛苦，是的眉，再也沒有疑義。眉，我恨不得立刻與你死去，因爲只有死可以給我們想望的清靜，相互的永遠佔有。眉，我來獻全盤的愛給你，一團火熱的眞情，整個兒給你，我也盼望你也一樣拿整個，完全的愛還我。

世上並不是沒有愛，但大多是不純粹的，有漏洞的，那就不值錢，平常、淺薄。我們是有志氣的，絕不能放鬆一屑屑，我們得來一個直純的榜樣。眉，這戀愛是大事情，是難事情，是關生死超生死的事情——如其要到眞的境界，那才是神聖，那才是不可侵犯。有同情的朋友是難得的，我們現有少數的朋友，就思想見解論，在中國是第一流。他們如「先生」，如水王，如金——都是眞愛你我，看重你我，期望你我的。他們要看我們做到一般人做不到的事，實現一般人夢想的境界。他們，我敢說，相信你我有這天賦，有這能力；他們的期望是最難得的，但同

時你我負著的責任，那不是玩兒。對己、對友、對社會、對天，我們有奮鬥到底，做到十全的責任！眉，你知道我這來心事重極了，晚上睡不著不說，睡著了就來怖夢，種種的顧慮整天像刀光似的在心頭亂刺，眉，你又是在這樣的環境裡嵌著，連自由談天的機會都沒有，咳，這眞是那裡說起！眉，我每晚睡在床上尋思時，我彷彿覺著髮根裡的血液一滴滴的消耗，在憂鬱的思念中黑髮變成蒼白。一天二十四小時，心頭那有一刻的平安——除了與你單獨相對的俄頃，那是太難得了。眉，我們死去吧，眉，你知道我怎樣的愛你，啊眉！比如昨天早上你不來電話，從九時半到十一時，我簡直像是活抱著炮烙似的受罪，心那麼的跳，那麼的痛，也不知爲什麼，說你也不信，我躺在榻上直咬著牙，直翻身喘著哪！後來再也忍不住了，自己拿起了電話，心頭那陣的狂跳，差一點把我暈了。誰知你一直睡著沒有醒，我這自討苦吃多可笑，但同時你得知道，眉，在戀中人的心理是最複雜的心理，說是最不合理可以，說是最合理也可以。眉，你肯不肯親手拿刀割破我的胸膛，挖出我那血淋淋的心留著，算是我給你最後的禮物？

今朝上睡昏昏的只是在你的左右。那怖夢眞可怕，彷彿有人用妖法來離間我們，把我迷在一輛車上，整天整夜的行了三晝夜，旁邊坐著一個瘦長的嚴肅的婦人，像是運

命自身，我昏昏的身體動不得，口開不得，聽憑那妖車帶著我跑，等得我醒來下車的時候，有人來對我說你已另訂約了。我說不信，你帶約指的手指忽在我眼前閃動。我一見就往石板上一頭衝去，一聲悲叫，就死在地下——正當你電話鈴響把我振醒，我那時雖則醒了，把那一陣的悽惶與悲酸，像是靈魂出了竅似的，可憐呀，眉！我過來正想與你好好的談半句鐘天，偏偏你又得出門就診去，以後一天就完了，四點以後過的是何等不自然而侷促的時刻！我與「先生」談，也是悽涼萬狀，我們的影子在荷池圓葉上晃著，我心裡只是悲慘，眉呀，你快來伴我死去吧！

四（一九二五年八月十二日）

這在戀中人的心境眞是每分鐘變樣，絕對的不可測度。昨天那樣的受罪，今兒又這般的上天，多大的分別！像這樣的艷福，世上能有幾個享著；像這樣奢侈的光陰，這宇宙間能有幾多？卻不道我年前口占的「海外纏綿香夢境，銷魂今日竟燕京」，應在我的甜心眉的身上！B明白了，我眞又歡喜又感激！他這來才夠交情，我從此完全信託他了。眉，你的福分可也眞不小，當代賢哲你瞧都在你的妝台前聽候差遣。眉，你該睡著了吧，這時候，我們又該夢會了！說也眞怪，這來精神異常的抖擻，眞想做事了，眉，你內助我，我要向外打仗去！

五（一九二五年八月十四日）

昨晚不知那兒來的興致，十一點鐘跑到東花廳，本想與奚若談天，他買了新鮮合桃、葡萄、莎果、蓮蓬請我，誰知講不到幾句話，太太回來了，那就是完事。接著W和M也來了，一同在天井裡坐著閑話，大家嚷餓，就吃蛋炒飯，我吃了兩碗，飯後就嚷打牌，說那我就得住夜，住夜就得與他們夫婦同床，M連罵「要死快哩，瘋頭瘋腦」，但結果打完了八圈牌，我的要求居然做到，三個人一頭睡下，熄了燈，M躲緊在W的胸前，格支支的笑個不住，我假裝睡著，其實他說話等等我全聽分明，到天亮都不曾落�。

眉，娘眞是何苦來。她是聰明，就該聰明到底；她既然看出我們倆都是癡情人容易鍾情，她就該得想法大處落墨，比如說禁止你與我往來，不許你我見面，也是一個辦法；否則就該承認我們的情分，給我們一條活路才是道理。像這樣小鶼鶼的溜著眼珠當著人前提防，多說一句話該，多看一眼該，多動一手該，這可不是眞該，實際毫無干係，只叫人不舒服，強迫人裝假，眞是何苦來。眉，我總說有眞愛就有勇氣，你愛我的一片血誠，我身體磨成了粉都不能懷疑，但同時你娘那裡既不肯冒險，他那裡又不肯下決斷，生活上也沒有改向，單叫我含糊的等著，你說我心上那能有平安，這神魂不定又那能做事？因此我不由

不私下盼望你能進一步愛我，早晚想一個堅決的辦法出來，使我早一天定心，早一天能堂皇的做人，早一天實現我一輩子理想中的新生活。眉，你愛我究竟是怎樣的愛法？

我不在時你想我，有時很熱烈的想我，那我信！但我不在時你依舊有你的生活，並不是怎樣的過不去；我在你當然更高興，但我所最要知道的是，眉呀，我是你「完全的必要」，我是否能給你一些世上再沒有第二人能給你的東西，是否在我的愛你的愛裡你得到了你一生最圓滿、最無遺憾的滿足？這問題是最重要不過的，因爲戀愛之所以爲戀愛就在它那絕對不可改變不可替代的一點；羅米烏愛玖麗德，願爲她死，世上再沒有第二個女子能動他的心；玖麗德愛羅米烏，願爲他死，世上再沒有第二個男子能佔她一點子的情，他們那戀愛之所以不朽，又高尚，又美，就在這裡。他們倆死的時候彼此都是無遺憾的，因爲死成全他們的戀愛到最完全最圓滿的程度，所以這〝Die upon a kiss〞（譯：一吻而亡）是眞鍾情人理想的結局，再不要別的。

反面說，假如戀愛是可以替代的，像是一枝牙刷爛了可以另買，皮服破了可以另製，它那價值也就可想。「定情」—— the spiritual engagement. the great mutual givng up（譯：精神上的訂親，偉大的彼此獻身）——是一件偉大的

事情，兩個靈魂在上帝的眼前自願的結合，人間再沒有更美的時刻——戀愛神聖就在這絕對性、這完全性、這不變性；所以詩人說：

……the light of a whole life dies,

When love is done.

（譯：戀愛成功，整個生命之光熄滅了）

戀愛是生命的中心與精華；戀愛的成功是生命的成功，戀愛的失敗，是生命的失敗，這是不容疑義的。

眉，我感謝上蒼，因爲你已經接受了我；這來我的靈性有了永久的寄託，我的生命有了最光榮的起點，我這一輩子再不能想望關於我自身更大的事情發現，我一天有你的愛，我的命就有根，我就是精神上的大富翁。因此我不能不切實的認明這基礎究竟是多深、多堅實，有多少抵抗侵凌的實力——這生命裡多的是狂風暴雨！

所以我不怕你厭煩我要問你究竟愛到什麼程度？有了我的愛，你是否可以自慰已經得到了生命與生命中的一切？反面說，要沒有我的愛，是否你的一生就沒有了光彩？我再來打譬喻：你愛吃蓮肉，愛吃雞豆肉；你也愛我的愛；在這幾天我信蓮肉、雞豆，愛都是你的需要；在這情形下愛只像是一個「加添的必要」。An additional necessity，不是絕對的必要。比如空氣，比如飲食，沒了一樣就沒有命的。有蓮時吃蓮，有雞豆時吃雞豆；有愛時

「吃」愛。好；再過幾時時新就換樣，你又該吃蜜桃，吃大石榴了，那時假定我給你的愛也跟著蓮與雞豆完了，但另有與石榴同時的愛現成可以「吃」——你是否能照樣過你的生活，照樣生活裡有跳有笑的？再說明白的，眉呀，我祈望我的愛是你的空氣、你的飲食，有了就活，缺了就沒有命的一樣東西；不是雞豆或是蓮肉，有時吃固然痛快，過了時也沒有多大交關，石榴柿子青果跟著來替口味多著吧！

眉，你知道我怎樣的愛你，你的愛現在已是我的空氣與飲食，到了一半天不可少的程度，因此我要知道在你的世界裡我的愛佔一個什麼地位？

May, I miss your passionately appealing gazings and soul communicating glances which once so overwhelmed and ingratiated me. Suppose I die suddenly tomorrow morning. Suppose I change my heart and love somebody else, what then would you feel and what would you do? These are very cruel supposition I know, but all the same I can't help making them, such being the lover's psychology.

Do you know what would I have done if in my coming back, I should have found my love no longer mine！ Try and imagine the situation and tell me what you think.

（譯：眉，我想念你那曾經使我惶惑，又討我喜歡的熱情，懇求的凝視和交流心靈的秋波頻送。假如我明天早晨突然死去，假如我變了心愛上別人，你會怎麼想，怎麼辦？我明知這種假設太殘酷了，可是我還要這樣假設，這就是情人心理學。

要是我回來時發現我情之所鍾的人不再是我的了，你知道我會怎麼辦！想想那情景，告訴我你怎麼想的。）

日記已經第六天了，我寫上了一、二十頁，不管寫的是什麼，你一個字都還沒有出世哪！但我卻不怪你，因為你眞是貴忙；我自己就負你空忙大部分的責。但我盼望你及早開始你的日記，紀念我們同玩廠甸那一個蜜甜的早上。我上面一大段問你的話，確是我每天鬱在心裡的一點意思，眉，你不該答覆我一、兩個字嗎？眉，我寫日記的時候我的思緒益發蠶絲似的繞著你：我筆下多寫一個眉字，我口裡低呼一聲我的愛，我的心為你多跳了一下。你從前給我寫的時候也是同樣的情形我知道，因此我益發盼望你繼續你的日記，也使我多得一點歡喜，多添幾分安慰。

（一九二五年八月十四日半夜）

我想去買一隻玲瓏堅實的小箱，存你我這幾月來交換的信件，算是我們定情的一個紀念，你意思怎樣？

六（一九二五年八月十六日）

眞怪，此刻我的手也直抖擻，從沒有過的，眉，我的心，你說怪不怪，跟你的抖擻一樣？想是你傳給我的，好，讓我們同病；叫這劇烈的心震死了豈不是完事一宗？事情的確是到門了，眉，是往東走或往西走你趕快得定主意才是，再要含糊時大事就變成了頑笑，那可眞不是玩！他（案：指王賡）那口氣是最分明沒有的了；那位京友我想一定是雙心，絕不會第二個人。他現在的口氣似乎比從前有主意的多，他已經準備「依法辦理」；你聽他的話「今年絕不攔阻你」。好，這回像人了！他像人，我們還不爭氣嗎？眉，這事情清楚極了，只要你的決心，娘，別說一個，十個也不能攔阻你。我意思是我們回到南邊去（你不願我的名字混入第一步，固然是你的好意，但你知道那是不成功的，所以與其拖泥帶漿還不如走大方的路，來一個乾脆，只是情是眞的，我們有什麼見不得人面的地方？）找著P做中間人，解決你與他的事情，第二步當然不用提及，雖則誰不明白？眉，你這回眞不能再做小孩了，你得硬一硬心，一下解決了這大事免得成天懷鬼胎過不自然的痛苦的日子。要知道你一天在這尷尬的境地裡嵌著，我也心理上一天站不直，那能眞心去做事，害得誰都不舒服，眞是何苦來？眉，救人就是自救，自救就是救人。我最恨的是苟且、因循、儒怯，在這上面無論什麼事

都是找不到基礎的。有志事竟成，沒有錯兒。奮勇上前吧，眉，你不用怕，有我整個兒在你旁邊站著，誰要動你分毫，有我拚著性命保護你，你還怕什麼？

今晚我認賬心上有點不舒服，但我有解釋，理由很長，明天見面再說吧。我的心懷裡，除了摯愛你的一片熱情外，我絕不容留任何夾雜的感想；這冊《愛眉小札》裡，除了登記因愛而流出的思想外，我也絕不願來雜一些不值得的成分。眉，我是太癡了，自頂至踵全是愛，你得明白我，你得永遠用你的柔情包住我這一團的熱情，絕不可有一絲的漏縫，因爲那時就有爆裂的危險。

七（一九二五年八月十八日）

十一點過了。肚子還是疼，又招了涼怪難受的，但我一個人佔這空院子（道宏這回眞走了），夜沉沉的，那能睡得著？這時候飯店涼台上正涼快，舞場中衣香鬢影多浪漫多作樂呀！這屋子悶熱得兇，蚊蟲也不饒人，我臉上腕上腳上都叫咬了。我的病我想一半是昨晚少睡，今天打球後又喝冰水太多，此時也有些倦意，但眉，你不是說回頭給我打電話嗎？我那能睡呢！聽差們該死，走的走，睡的睡，一個都使喚不來。你來電時我要是睡著了那又不成。所以我還是起來塗我最親愛的愛眉小札吧。方才我躺在床上又想這樣那樣的。怪不得老話說「疾病則思親」，我才

小不舒服，就動了感情，你說可笑不？我倒不想父母，早先我有病時總想媽媽，現在連媽媽都退後了，我只想我那最親愛的、最鍾愛的小眉。我也想起了你病的那時候，天罰我不叫我在你的身旁，我想起就痛心，眉，我怎樣不知道你那時熱烈的想我要我。我在意大利時有無數次想出了神，不是使勁的自咬手臂，就是拿拳頭搥著胸，直到眞痛了才知道。今晚輪著我想你了，眉！我想像你坐在我的床頭，給我喝熱水，給我吃藥，撫摩著我生痛的地方，讓我好好的安眠，那多幸福呀！我願意生一輩子病，叫你坐一輩子的床頭。哦！那可不成，太自私了，不能那樣設想。昨晚我問你我死了你怎樣，你說你也死，我問眞的嗎？你接著說的比較近情些。你說你或許不能死，因爲你還有娘，但你會把自己「關」起來，再不與男子來往。眉，眞的嗎？門關得上，也打得開，是不是？我眞傻，我想的是什麼呀，太空幻了！我方才想假使我今晚肚子疼是盲腸炎，一陣子湧上來在極短的時間內痛死了我，反正這空院子裡鬼影都沒，天上只有幾顆冷淡的星，地下只有幾莖野草花。我要是眞的靈魂出了竅，那時我一縷精魂飄飄蕩蕩的好不自在，我一定跟著涼風走，自己什麼主意都沒有；假如空中吹來有音樂的聲響，我的鬼魂許就望著那方向飛去——許到了飯店的涼台上。啊，多涼快的地方，多好聽的音樂，多熱鬧的人群呀！啊，那又是誰，一位妙齡女

子，她慵慵的倚著一個男子肩頭在那像水潑似的地平上翩翩的舞，多美麗的舞影呀！但她是誰呢，爲什麼我這飄渺的三魂無端又感受一個勁烈的顫慄？她是誰呢，那樣的美，那樣的風情，讓我移近去看看，反正這鬼影是沒人覺察，不會招人討厭的不是？現在我移近了她的跟前——慵慵的倚著一個男子肩頭款款舞踏著的那位女郎。她到底是誰呀，你，孤單的鬼影，究竟認清了沒有？她不是旁人；不是皇家的公主，不是外邦的少女；她不是別人，她就是她——你生前瀝肝腦去戀愛的她！你自己不幸，這大早就變了鬼，她又不知道，你不通知她那能知道——那跳舞的音樂多香柔呀！好，我去通知她吧。那鬼影躊躇了一晌，咽住了他無形的悲淚，益發移近了她，舉起一個看不見的指頭，向著她暖和的胸前輕輕的一點——啊，她打了一個寒噤，她抬起了頭，停了舞，張大了眼睛，望著透光的鬼影睜眼的看，在那一瞥間她見著了，她也明白了，她知道完了——她手掩著面，她悲切切的哭了。她同舞的那位男子用手去攬著她，低下頭去軟聲的安慰她——在潑水似的地平上，他擁著掩面悲泣的她慢慢走回坐下了。音樂還是不斷的奏著。

十二點了。你還沒有消息，我再上床去躺著想吧。

十二點三刻了。還是沒消息。水管的水聲，像是瀝淅的秋雨，眞惱人。爲什麼心頭這一陣陣的淒涼；眼淚——

線條似的掛下來了！寫什麼，上床去吧。

一點了。一個秋蟲在階下鳴，我的心跳；我的心一塊塊的迸裂；痛！寫什麼，還是躺著去，孤單的癡人！

一點過十分了。還這麼早，時候過的真慢呀！

這地板多硬呀，跪著雙膝生痛；其實何苦來，禱告又有什麼用處？人有沒有心是問題；天上有沒有神道更是疑問了。

志摩啊你真不幸！志摩啊你真可憐！早知世界是這樣的，你何必投娘胎出世來！這一腔熱血遲早有一天嘔盡。

一點二十分！

一點半——Marvellous!!（譯：了不得！）

一點三十五分——Life is too charming, too charming indeed, Haha!!（譯：人生真是樂趣無窮，太使人醉心了，哈哈！）

一點三刻——O is that the way woman love! Is that the way woman love!（譯：哦，女子的愛原來如此！女子的愛原來如此！）

一點五十五分——天呀！

兩點五分——我的靈魂裡的血一滴滴的在那裡吊……

兩點十八分——瘋了！

兩點三十分——

兩點四十分——〝The pity of it, the pity of it, Iago!!〞

Christ what a hell

Is packed into that line! Each syllable

Bleeds when you say it.……

（譯：「多麼可惜呀，多麼可惜呀，依阿高！」媽的，這句話把基督都裝進去了！你嘴裏吐出來的，一字一句都是神聖的）

（注：引文是莎士比亞《奧賽羅》第四幕第一景中奧賽羅的名詞，志摩引用時稍做變動）

兩點五十分——靜極了。

三點七分——

三點二十五分——火都沒了！

三點四十分——心茫然了！

五點欠一刻——咳！

六點三十分

七點二十七分

八（一九二五年八月十九日）

眉，你救了我，我想你這回眞的明白了，情感到了眞摯而且熱烈時，不自主的往極端方向走去，亦難怪我昨夜一個人發狂似的想了一夜，我何嘗存心和你生氣，我更不會存一絲的懷疑，因爲那就是懷疑我自己的生命，我只怪嫌你太孩子氣，看事情有時不認清親疏的區別，又太顧

慮，缺乏勇氣。須知眞愛不是罪（就怕愛不眞，做到眞字的絕對義那才做到愛字），在必要時我們得以身殉，與烈士們愛國、宗教家殉道，同是一個意思。你心上還有芥蒂時，還覺得「怕」時，那你的思想就沒有完全叫愛染色，你的情沒有到晶瑩剔透的境界，那就比一塊光澤不純的寶石，價値不能怎樣高的。昨晚那個經驗，現在事後想來，自有它的功用，你看我活著不能沒有你，不單是身體，我要你的性靈，我要你身體完全的愛我，我也要你的性靈完全的化入我的，我要的是你的絕對的全部——因爲我獻給你的也是絕對的全部，那才當得起一個愛字。在眞的互戀裡，眉，你可以盡量、盡性的給，把你一切的所有全給的戀人，再沒有任何的保留，隱藏更不須說；這給，你要知道，並不是給掉，像你送人家一件袍子或是什麼，非但不是給掉，這給是眞的愛，因爲在兩情的交流中，給與受再沒有分界；實際是你給的多你愈富有，因爲戀情不是像金子似的硬性，它是水流要水流的交抱，是明月穿上了一件輕快的雲衣，雲彩更美，月色亦更艷了。眉，你懂得不是，我們買東西尚且要挑剔，怕上當，水果不要有蛀洞的，寶石不要有斑點的，布綢不要有縐紋的，愛是人生最偉大的一件事實，如何少得一個完全：一定得整個換整個，整個化入整個，像糖化在水裡，才是理想的事業，有了那一天，這一生也就有了交代了。

眉，方才你說你願意跟我死去，我才放心你愛我是有根了；事實不必有，決心不可不有，因爲實際的事變誰都不能測料，到了臨場要沒有相當準備時，原來神聖的事業立刻就變成了醜陋的頑笑。

世間多的是沒志氣人，所以只聽見頑笑，眞的能認眞的能有幾個人；我們不可不格外自勉。

我不僅要愛的肉眼認識我的肉身，我要你的靈眼認識我的靈魂。

九（一九二五年八月二十日）

我還覺得虛虛的，熱沒有退淨，今晚好好睡就好了，這全是自討苦吃。

我愛那重簾，要是簾外有濃綠的影子，那就更有趣了。

你這無謂的應酬眞叫人不耐煩，我想想眞有氣，成天遭強盜搶。老實說，我每晚睡不著也就爲此，眉，你眞的得小心些，要知道「防微杜漸」在相當時候是不可少的。

一〇（一九二五年八月二十一日）

眉，醒起來，眉，起來，你一生最重要的交關已經到門了，你再不可含糊，你再不可因循，你成人的機會到了，眞的到了。他已經把你看作潑水難收，當著生客們的

面前，盡量的羞辱你；你再沒有志氣，也不該猶豫了；同時你自己也看得分明，假如你離成了，絕不能再在北京躭下去。我是等著你，天邊去，地角也去，爲你我什麼道兒都欣欣的不躊躇的走去。聽著：你現在的選擇，一邊是苟且曖昧的圖生，一邊是認眞的生活；一邊是骯髒的社會，一邊是光榮的戀愛；一邊是無可理喻的家庭，一邊是海闊天空的世界與人生；一邊是你的種種的習慣，寄媽舅母，各類的朋友，一邊是我與你的愛。認清楚了這回，我最愛的眉呀，「差以毫釐，謬以千里」、「一失足成千古恨」，你眞的得下一個完全自主的決心，叫愛你期望你的眞朋友們，一致起敬你才好呢！

眉，爲什麼你不信我的話，到什麼時候你才聽我的話！你不信我的愛嗎？你給我的愛不完全嗎？爲什麼你不肯聽我的話，連極小的事情都不依從我——倒是別人叫你上那兒你就梳頭打扮了快走。你果眞愛我，不能這樣沒膽量，戀愛本是光明事。爲什麼要這樣子偷偷的，多不痛快。眉，要知道你只是偶爾的覺悟，偶爾的難受，我呢，簡直是整天整晚的叫憂愁割破了我的心。

O May! love me, give me all your love, let us become one; try to live into my love for you, let my love fill you, nourish you, caress your darling body and hug your darling

soul too; let my love stream over you, merge you thoroughly; let me rest happy and confident in your passion for me!

（譯：哦，眉！愛我；給我你全部的愛，讓咱倆合而為一吧；在我對你的愛裡生活吧，讓我的愛注入你的全身心，滋養你，愛撫你無可畏懼的玉體，緊抱你無可畏懼的心靈吧；讓我的愛灑滿你全身，把你全部吞掉，使我能在你對我的熱愛裡幸福而充滿信心地休息！）

憂愁他整天拉著我的心，
像一個琴師操練他的琴；
悲哀像是海礁間的飛濤，
看他那洶湧，聽他那呼號！

——（一九二五年八月二十二日）

眉，今兒下午我實在餓荒了，壓不住上衝的肝氣，就這麼說吧，倒叫你笑話酸勁兒大，我想想是覺著有些過分的不自持，但同時你當然也懂得我的意思。我盼望，聰明的眉呀，你知道我的心胸不能算不坦白，度量也不能說是過分的窄。我最恨是瑣碎地方認眞，但大處要分明，名分與了解有了就好辦，否則就比如一盤不分疆界的棋，叫人無從下手了。很多事情是庸人自擾，頭腦清明所以是不能少的。

你方才跳舞說一句話很使我自覺難為情，你說「我們還有什麼客氣？」難道我眞的氣度不寬，我得好好的反省才是。眉，我沒有怪你的地方，我只要你的思想與我得合併成一體，絕對的泯縫，那就不易見錯兒了。

我們互相體諒；在你我間的一切都得從一個愛字裡流出。

我一定聽你的話，你叫我幾時回南我就幾時回南，你叫我幾時往北我就幾時往北。

今天本想當人前對你說一句小小的怨語，可沒有機會，我想說，「小眉眞對不起人，把人家萬里路外叫了回來，可連一個清靜談話的機會都沒給人家！」下星期西山去一定可以有機會了，我想著就起勁，你呢，眉？

我較深的思想一定得寫成詩才能感動你，眉，有時我想就只你一個人眞的懂得我的詩，愛我的詩，眞的我有時恨不得拿自己血管裡的血寫一首詩給你，叫你知道我愛你是怎樣的深。

眉，我的詩魂的滋養全得靠你，你得抱著我的詩魂像抱親孩子似的，他冷了你得給他穿，他餓了你得餵他食——有你的愛他就不愁餓不怕凍，有你的愛他就有命！

眉，你得引我的思想往更高更大更美處走；假如有一天我思想墮落或是衰敗時就是你的羞恥，記著了，眉！

已經三點了，但我不對你說幾句話我就別想睡。這時

你大概早睡著了，明兒九時半能起嗎？我怕還是問題。

你不快活時我最受罪，我應當是一個有特權有義務給你安慰的人不是？下回無論你怎樣受了誰的氣不受用時，只要我在你旁邊看你一眼或是輕輕的對你說一、兩個小字，你就應得寬解；你永遠不能對我說〝Shut up〞（當然你絕不會說的，我是說笑話），叫我心裡受刀傷。

我們男人，尤其是像我這樣的癡子，眞也是怪，我們的想頭不知是那樣轉的，比如說去秋那「一雙海電」；爲什麼這一來就叫一萬二千度的熱頓時變成了冰，燒得著天的火立刻變成了灰，也許我是太癡了，人間絕對的事情本是少有的。All or Nothing（譯：若非全部，寧可不要）到如今還是我做人的標準。

眉，你眞是孩子，你知道你的情感的轉向來得多快，一會兒氣得話都說不出，一會兒又嚷吃麵包了！

今晚與你跳的那一個舞，在我最enjoy不過了，我覺得從沒有經驗過那樣濃艷的趣味——你要知道你偶爾喚我時我的心身就化了！

一二（一九二五年八月二十三日）

昨晚來今雨軒又有慷慨激昂的「授女學聯會」，有一個大鬍子矮矮的，他像是大軍師模樣，三、五個女學生一群男學生站在一起談話，女的哭哭噪噪，一面擦眼淚，一

面高聲的抗議，我只聽見「像這樣還有什麼公理呢？」又說「誰失踪了，誰受重傷了，誰準叫他們打死了，唉，一定是打死了，嗚嗚嗚嗚……」

眉倒看得好玩，你說女人眞不中用，一來就哭；你可不知道女人的哭才是她的眞本領哩！

今天一早就下雨，整天陰霾到底，你不樂，我也不快；你不願見人，並且不願見我；你不打電話，我知道你連我的聲音都不願聽見，我可一點也不怪你，眉，我懂得你的抑鬱，我只抱怨我不能給你我應分的慰安。十一點半了，你還不曾回家，你想像你此時坐在一群叫囂不相干的俗客中間，看他們放肆的賭，你盡楞著，眼淚向裡流著，有時你還得陪笑臉，眉你還不厭嗎，這種無謂的生活，你還不造反嗎，眉？

我不知道我對你說著什麼話才好，好像我所有的話全說完了，又像什麼話都沒有說，眉呀，你望不見我的心嗎？這淒涼的大院子今晚又是我單個兒佔著，靜極了，我覺得你不在我的周圍，我想飛上你那裡去，一時也像飛不到的樣子。眉，這是受罪，眞是受罪，方才「先生」說他這一時不很上我們這兒來，因爲他看了我們不自然的情形覺著不舒服，原來事情沒有到門大家見面打哈哈到沒有什麼，這回來可不對了，悲慘的顏色，緊急的情調，一時都來了，但見面時還得裝作，那就是痛苦，連旁觀人都受著

的，所以他不願意來，雖則他很Miss你。他明天見娘談話去，他再不見效，誰都不能見效了，他眞是好朋友，他見到，他也做到，我們將來怎樣答謝他才好哩。S來信有這句話——我覺得自己無助的可憐，但是一看小曼我覺得自己運氣比她高多了。如果我精神上來，多少可以做些事業，她卻難上難，一不狠心立志，險得很。歲月蹉跎，如何能保守健康精神與身體，志摩，你們都是她的至近朋友，怎不代她設想設想？使她蹉磨下去，眞是可惜，我是巾幗，到底不好參與家事——。

一三（一九二五年八月二十四日）

這來你眞的很不聽話，眉，你知道不？也許我不會說話，你不愛聽，也許你心煩聽不進，今晚在眞光我問你記否去年第一次在劇場覺得你的髮鬈擦著我的臉（我在海拉爾寄回一首詩，紀念那初度尖銳的官感，在我是不可忘的）。你理都沒有理會我，許是你看電影出了神，我不能過分怪你。

今晚北海眞好，天上的雙星那樣的晶清，隔著一條天河含情的互睇著；滿池的荷葉在微風裡透著清馨；一彎黃玉似的初月在西天掛著，無數的小蟲相應的叫著；我們的小舫在荷葉叢中刺著，我就想你，要是你我倆坐著一只船在湖心裡蕩著，看星、聽蟲、嗅荷馨，忘卻了一切，多幸

福的事，我就怨你這一時心不靜，思想不清，我要你到山裡去也就爲此。你一到山裡心胸自然開豁的多，我敢說你多忘了一件雜事，你就多一分心思留給你的愛：你看看地上的草色，看看天上的星光，摸摸自己的胸膛，自問究竟你的靈魂得到了寄託沒有，你的愛得到了代價沒有，你的一生尋出了意義沒有？你在北京城裡是不會有清明思想的——大自然提醒我們內心的願望。

我想我以後寫下的不拿給你看了，眉，一則因爲天天看煩得很，反正是這一路的話，這愛長愛短老聽也是怪膩煩的；二則我有些不甘願因爲分明這來你並不怎樣看重我的「心聲」。我每天的寫，有工夫就寫，倒像是我唯一的功課。很多是夜闌人靜半夜三更寫的，可是你看也就翻過算數，到今天你那本子還是白白的，我問你勸你的話你也從不提及，可見你並不曾看進去，我寫當然還是寫，但是我想這來不每天繳卷似的送過去了，我也得裝馬虎，等你自己想起時問起時眞的要看時再給你不遲。我記得（你記得嗎，眉？）才幾個月前你最初與我祕密通訊時，你那時的誠懇、焦急、——需要，怎樣抱怨我不給你多寫，你要看我的字就比掉在岸上的魚想水似的急，咳，那時間我的肝腸都叫你搖動了，眉！難道這幾個月來你已經看夠了不成？我的話準沒有先前的動聽，所以你也再不著急要，雖則我自問我對你一往的深情眞是一天深似一天，我想看你

的字，想聽你的話，想摟抱你的思想，正比你幾個月前想要我的有增無減，眉，這是什麼道理？我知道我如其盡說這一套帶怨意的話，你一定看得更不耐煩，我眞是愈來愈蠢了，什麼新鮮的念頭，討人歡喜招人樂的俏皮話一句也想不著，——本子一頁又一頁只是扳著臉子說的鄭重話，那能怪你不愛看——我自個兒活該不是？下回我想來一個你給我的信的一個研究——我要重新接近你那時的眞與摯，熱烈與深切。眉，你知道你那時偶爾看一眼，那一眼裡含著多少的深情呀！現在你快正眼都不愛覷我了，眉，這是什麼道理？你說你心煩，所以連面都不願見我——我懂得，我不怪你，假如我再跑了一次看看——我不在跟前時也許你的思想到會分給我一些——你說人在身邊，何必再想，眞是！這樣來我願意我立即死了，那時我倒可以希望佔有你一部分純潔的思想的快樂。眉，你幾時才能不心煩？你一天心煩，我也一天不心安，因爲我們倆的思想鑲不到一起，隨我怎樣的用力用心……

眉，假如我逼你跟我走，那是說到和平辦法眞沒有希望時，你將怎樣發付我？不，我情願收回這問句，因爲你也許忍心拿一把刀插在愛你的摩的心裡！

咳，「以不了了之」，什麼話！我倒不信，志摩不是懦夫，到相當時候我有我的顏色，無恥的社會你們看著吧！

眉，只要你有一個日本女子一半的癡情與俠氣——你早就跟我飛了，什麼事都解決了。亂絲總得快刀斬，眉，你怎的想不通呀！

上海有時症，天又熱，我也有些怕去。

一四（一九二五年八月二十五日）

眉，你快樂時就好比花兒開，我見了直樂！

一五（一九二五年八月二十七日）

兩天不親近愛眉小札了，眞覺得抱歉。

香山去只增添、加深我的懊喪與惆悵，眉，沒有一分鐘過去不帶著想你的癡情，眉，上山、聽泉、折花、望遠、看星、獨步、嗅草、捕蟲、尋夢——那一處沒有你，眉，那一處不惦著你，眉，那一個心跳不是爲著你，眉！

我一定得造成你，眉；旁人的閑話我愈聽愈惱，愈憤愈自信，眉！交給我你的手，我引你到更高處去，我要你托膽的完全信任的把你的手交給我。

我沒有別的方法，我就有愛；沒有別的天才，就是愛；沒有別的能耐，只是愛；沒有別的動力，只是愛。

我是極空洞的一個窮人，我也是一個極充實的富人——我有的只是愛。

眉，這一潭清洌的泉水；你不來洗濯誰來；你不來解

渴誰來；你不來照形誰來！

我白天想望的、晚間祈禱的、夢中纏綿的、平旦時神往的——只是愛的成功，那就是生命的成功。

是眞愛不能沒有力量；是眞愛不能沒有悲劇的傾向。

眉，「先生」說你意志不堅強，所以目前逢著有阻力的環境倒是好的，因爲有阻力的環境是激發意志最強的一個力量，假如阻力再不激發意志時，那事情也就不易了。這時候各家的看法各各不同，眉，你覺出了沒有？有絕對懷疑的，有相對懷疑的；有部分同情的；有完全同情的（那很少，除是老金）；有嫉忌的；有陰謀破壞的（那最危險）；有肯積極助成的；有願消極幫忙的……都有。但是，眉；聽著，一切都跟著你我自身走；只要你我有意志、有氣、有勇，加在一個眞的情愛上，什麼事不成功眞的！

有你在我的懷中，雖則不過幾秒鐘，我的心頭便沒有憂愁的踪跡；你不在我的當前，我的心就像掛燈似的懸著。

你爲什麼不抽空給我寫一點？不論多少，抱著你的思想與抱著你的溫柔的肉體，同樣是我這輩子無上的快樂。

往高處走，眉，往高處走！

我不願意你過分「愛物」，不願意你隨便花錢，無形中養成「想什麼非要到什麼不可」的習慣；我將來絕不會

怎樣賺錢的，即使有機會我也不來，因爲我認定奢侈的生活不是高尚的生活。

愛，在儉樸的生活中，是有眞生命的，像一朵朝露浸著的小草花；在奢華的生活中，即使有愛，不能純粹，不能自然，像是熱屋子裡烘出來的花，一半天就衰萎的憂愁。

論精神我主張貴族主義；談物質我主張平民主義。

眉，你閑著時候想一想，也會不會有一天厭棄你的摩。

不要怕想，想是領到「通」的路上去的。

愛朋友憐惜與照顧也得有個限度，否則就有界限不分明的危險。

小的地方要防，正因爲小的地方容易忽略。

一六（一九二五年八月二十八日）

這生活眞悶死得人，下午等你消息不來時我反仆在床上，淒涼極了，心跳得飛快，在迷惘中呻吟著〝Let me die, let me die, o Love!〞（譯：讓我死吧，讓我死吧，哦，愛情！）

眉，你的舌頭上生疱，說話不利便；我的舌頭上不生疱，說話一樣的不能出口，我只能連聲的叫你，眉，眉，你聽著了沒有？

爲誰憔悴？眉，今天有不少人說我。

老太爺防賊有功，應賞反穿黃馬褂！

心裡只是一束亂麻，叫我如何定心做事。

「南邊去防口實」，咳眉，這回再要「以不了了之」，我眞該投身西湖做死鬼去了。我本想在南行前寫完這本日記的，但看情形怕不易了，眉，這本子裡不少我的嘔心血的話，你要是隨便翻過的話，我的心血就白嘔了！

一七（一九二五年八月二十九日）

眉，今天今晚我釋然得很。

一八（一九二五年八月三十一日）

眉，今晚我只是「爽然」！「如此星辰非昨夜，爲誰風露立終宵」，多淒涼的情調呀！北海月色荷香，再會了！

織女與牛郎，清淺一水隔，相對兩無言，盈盈復脈脈。

一九（一九二五年九月五日　上海）

前幾天眞不知怎樣的，眉呀，昨晚到站時D背給我聽你的來電，他不懂得末尾那個眉字，瞎猜是密碼還是什麼，我眞忍不住笑了——好久不笑了，眉，你的摩？

「先生」眞可人，「一切如意——珍重——眉」多可

愛呀，救命王菩薩，我的眉！這世界畢竟不是騙人的，我心裡又漾著一陣甜味兒，癢齊齊怪難受的，飛一個吻給我至愛的眉，我感謝上蒼，眞厚待我，眉終究不負我，忍不住又獨自笑了。昨夜我住在蔣家，覆去翻來老想著你，那睡得著，連著蜜甜的叫你嗔你親你，你知道不，我的愛？

今天捱過好不容易，直到十一時半你的信才來，阿彌陀佛，我上天了。我一壁開信就見著你肥肥的字跡我就樂，想躲著看，我媽坐在我對桌，我爸躺在床上同聲笑著罵了，「誰來看你信，這鬼鬼祟祟的幹麼！」我倒怪不好意思的，念你信時我面上一定很有表情，一忽兒緊皺著眉頭，一忽兒笑逐顏開，媽準遞眼風給爸笑話我哪！

眉，我眞心的小龍，這來才是推開雲霧見青天了！我心花怒放就不用提了，眉，我恨不得立刻摟著你、親你一個氣都喘不回來，我的至寶、我的心血，這才是我的好龍兒哪！

你那裡是披心瀝膽，我這裡也打開心腸來收受你的至誠，同時我也不敢不感激我們的「紅娘」，他眞是你我的恩人；你我還不爭氣一些！

說也眞怪，昨天還是在昏沉地獄裡坑著的，這來勇氣全回來了，你答應了我的話，你給了我交代，我還不聽你話向前做事去，眉，你放心，你的摩也不能不給你一個好「交代」！

今天我對P全講了，他明白，他說有辦法，可不知什麼辦法？

眞厭死人，娘還得跟了來！我本想到南京去接你的，她若來時我連上車站都不便，這多氣人。可是我聽你話眉，如今我完全聽你話，你要我怎辦就怎辦，我完全信託你，我耐著——爲你，眉。

眉，你幾時才能再給我一個甜甜的——我急了！

二〇（一九二五年九月八日）

風波，惡風波。

眉，方才聽說你在先施吃冰淇淋剪髮，我也放心了；昨晚我說——〝The absolute way out is the best way out〞（譯：別無選擇的出路便是最好的出路）

我意思是要你死，你既不能死，那你就活；現在情形大概你也活得過去，你也不須我保護；我爲你已經在我的靈魂上塗上一大塔的窰煤，我等於說了謊，我想我至少是對得住你的；這也是種氣使然，有行動時只是往下爬，永遠不能向上爭，我只能暫時灑一滴創心的悲淚，拿一塊冷笑的毛氈包起我那流鮮血的心，等著再看隨後的變化罷。

我此時竟想立刻跑開，遠著你們，至少讓「你的」幾位安安心，我也不寫信給你，也沒法寫信；我也不想報復，雖然你娘的橫蠻眞叫人髮指；我也不要安慰，我自己

會騙自己的，罷了，罷了，眞罷了！

一切人的生活都是說謊打底的，志摩，你這個癡子妄想拿眞去代謊，結果你自己輪著雙層的大謊，罷了，罷了，眞罷了！

眉，難道這就是你我的下場頭？難道老婆婆的一條命就活活的嚇倒了我們，眞的蠻橫壓得倒眞情嗎？

眉，我現在只想在什麼時候再有機會抱著你痛哭一場——我此時忍不住悲淚直流，你是弱者眉，我更是弱者的弱者，我還有什麼面目見朋友去，還有什麼心腸做事情去——罷了，罷了，眞罷了！

眉，留著你半夜驚醒時一顆淒涼的眼淚給我吧，你不幸的愛人！

眉，你鏡子裡照照，你眼珠裡有我的眼水沒有？

唉，再見吧！

二一（一九二五年九月九日）

今晚許見著你，眉，叫我怎樣好！郭虞裳說我非但近癡，簡直已經癡了。方才爸爸進來問我寫什麼，我說日記，他要看前面的題字，沒法給他看了，他指了指「眉」字，笑了笑，用手打了我一下。爸爸直通人情，前夜我沒回家他急得什麼似的一晚沒睡，他說替我：「捏著一大把汗」，後來問我怎樣，我說沒事，他說「你額上亮著哪」，

他又對我說：「像你這樣年紀，身邊女人是應得有一個的，但可不能胡鬧，以後，有夫之婦以少接近爲是。」我當然不能對他細講，點點頭算數。

昨晚我叫夢象纏得眞苦，眉，你眞害苦了我，叫我怎才是？我眞想與你與你們一家人形跡上完全絕交，能躲避處躲避，免不了見面時也只隨便敷衍。我恨你的娘刺骨，要不爲你愛我，我要叫她認識我的厲害！等著吧，總有一天報復的！

我見人都覺著尷尬，了解的朋友又少，眞苦死。前天我急極時忽然想起了廬隱，她多少是個有俠氣的女子，她或能幫忙，比如代通消息，但我現在簡直連信都不想給你通了。我這裡還記著日記，你那裡恐怕連想我都沒有時候了，唉，我一想起你那專暴淫蠻的娘！

我來揚子江邊買一把蓮蓬：

　　手剝一層層的蓮衣，

　　看江鷗在眼前飛，

　　忍含著一眼悲淚，——

我想著你，我想著你，啊！小龍！

我嘗一嘗蓮瓤，回味曾經的溫存——

　　那階前不捲的重簾，

　　掩護著銷魂的歡戀，
　　我又聽著你的盟言：
「永遠是你的，我的身體，我的靈魂。」

我嘗一嘗蓮心，我的心比蓮心苦，
　　我長夜裡怔忡，
　　掙不開的惡夢；
　　誰知我的苦痛？
你害了我，愛，這是叫我如何過？

但我不能說你負，更不能猜你變；
　　我心頭只是一片柔，
　　你是我的！我依舊
　　將你緊緊的抱摟；
除非是天翻，但是我不能想像那一天！

九月四日　滬寧道上

二二（一九二五年九月十日）

「受罪受大了」！受罪受大了，我也這麼說。眉呀，昨晚席間我渾身的肉都顫動了，差一點不曾爆裂，說也怪，我本不想與你說話的，但等到你對我開口時，我悶在

心裡的話一句都說不上來，我睜著眼看你來，睜著眼看你去，誰知道你我的心！

有一點我卻不甚懂，照這情形絕望是定的了，但你的口氣還不是那樣子，難道你另外又想出了路子來？我眞想不出。

見了我的報告不知你的感想，咳！

二三（一九二五年九月十一日）

眉，你到底是什麼回事？你眼看著我流淚晶晶的說話的時候，我似乎懂得你，但轉瞬間又模糊了；不說別的，就這現虧我就吃定的了，「總有一天報答你」——那一天不是今天，更有那一天？我心只是放不下，我明天還得對你說話。

事態的變化眞是不可逆料，難道眞有命的不成？昨晚在M外院微光中，你鑠亮的眼對著我，你溫熱的身子親著我，你說「除非立刻跑」，那話就像電火似的照亮了我的心，那一霎那間，我樂極，什麼都忘了。因爲昨天下午你在慕爾鳴路上那神態眞叫我有些詫異，你一邊咬得那樣定，你心裡究竟是什麼一回事呢。所以我忍不住（怕你眞又糊塗了）寫了封信給他，親自跑去送信，本不想見你的，他昨晚態度倒不錯，承他的情，我又佔了你至少五分鐘，但我昨晚一晚只是睡不著，就惦著怎樣「跑」。我想

起大連，想叫「先生」下來幫著我們一點，這樣那樣盡想，連我們大連租的屋子，相互的生活，都一一影片似的翻上心來。今天我一早出門還以爲有幾分希冀，這冒險的意思把我的心搔得直發癢，可萬想不到說謊時是這般田地，說了眞話還是這般田地，眞是麻維勒斯了！

我心裡只是一團迷，我爸我娘直替我著急，悲觀得兇，可我又有什麼辦法？咳眉，你不能成心的害我毀我；你今天還說你永遠是我的，又偷給我兩個吻，我沒法不信你，況且你又有那封眞摯的信，我怎能不憐著你一點，這生活眞是太蹊蹺了！

二四（一九二五年九月十三日）

「先生」昨晚來信，滿是慰我的好意，我不能不聽他的話，他懂得比我多，看得比我透，我眞想暫時收拾起我的私情，做些正經事業，也叫我如「先生」的寬寬心，咳，我眞是太對不起人。

眉，一見你一口氣就哽住了我的咽喉，什麼話都說不出來了，他昨晚的態度眞怪，許有什麼花樣，他臨上馬車過來與我握手的神情也頂怪的，我站著看你，心裡難受就不用提了，你到底是誰的？昨晚本想與你最後說幾句話，結果還是一句都說不成，只是加添了憤懣。咳，你的思想眞混，眉，我不能不說你。

這來我幾時再見你眉？看你吧。我不放心的就是你許有徹悟的時候，眞要我的時候，我又不在你的身旁，那便怎辦？

西湖上見得著我的眉嗎？

我本來站在一個光亮的地位，你拿一個黑影子丟上我的身來，我沒法擺脫……

The sufferer has no right to pessimism。（譯：受害者沒有悲觀的權利。）

這話裡有電，有震醒力！

十日在棧裡做了一首詩：

今晚天上有半輪的下弦月；
　　你想攜著她的手，
　　往明月多處走——
一樣是清光，我想，圓滿或殘缺。

庭前有一樹開剩的玉蘭花；
　　她有的是愛花癖，
　　我忍看她的憐惜——
一樣是芬芳，她說，滿花與殘花。

濃蔭裡有一隻過時的夜鶯；

她受了秋涼，

不如從前瀏亮——

快死了，她說，但我不悔我的癡情！

但這鶯，這一樹殘花，這半輪月——

我獨自沉吟，

對著我的身影——

她在那裡呀，為什麼傷悲，凋謝，殘缺？

二五（一九二五年九月十六日）

你今晚終究來不來？你不來時我明天走怕不得相見了；你來了又待怎樣？我現在至多的想望是與你臨行一訣，但看來百分裡沒有一分機會？你娘不來時許還有法想；她若來時什麼都完了。想著眞叫人氣；但轉想即使見面又待怎生，你還是在無情的石壁裡嵌著，我沒法挖你出來，多見只多嘗銳利的痛苦，雖則我不怕痛苦。眉，我這來完全變了個「宿命論者」，我信人事會合有命有緣，絕對不容什麼自由與意志，我現在只要想你常說那句話早些應驗——「我總有一天報答你」，是的我也信，前世不論，今生是你欠我債的；你受了我的禮還不曾回答；你的盟言——「完全是你的，我的身體，我的靈魂」——還不曾實踐。

眉，你絕不能隨便墮落了，你不能負我，你的唯一的摩！我固然這輩子除了你沒有受過女人的愛，同時我也自信你也該覺著我給你的愛也不是平常的，眉，眞的到幾時才能清帳，我不是急，你要我耐，我不是不能耐，但怕的是華年不駐，熱情難再，到那天彼此都離朽木不遠的時候再交抱，豈不是「何苦」？

我怕我的話說不到你耳邊，我不知你不見我時心裡想的是什麼，我不能自由見你，更不能勉強你想我；但你眞的能忘我嗎？眞的能忍心隨我去休嗎？眉，我眞不信爲什麼我的運蹇如此！

我的心想不論望那一方向走，碰著的總是你，我的甜；你呢？

在家裡伴娘睡兩晚，可憐，只是在夢陣裡顚倒，連白天都是這怔怔的。昨天上車時，怕你在車上，初到打電話時怕你已到，到春潤廬時怕你就到——這心頭的迴折，這無端的狂跳，有誰知道？

方才送花去，躊躇了半響，不忍不送，卻沒有附信去，我想你夠懂得。

昨天在樓外樓上微醺時那淒涼味兒，眉呀，你何苦愛我來！

方才在烟霞洞與復之閑談，他說今年紅蓼紅蕉都死了，紫薇也叫蟲咬了，我聽了又有悵觸，隨謅四句——

紅蕉爛死紫薇病
秋雨橫斜秋風緊
山前山後亂鳴泉
有人獨立悵空溟

二六（一九二五年九月十七日）

爸今天一定很怪我，早上沒有同去，他已是不願意，下午又沒有回，他準皺眉！但他也一定有數，我為什麼躭著；眉，我的眉，為你，不為你更為誰！可憐我今天去車站盼望你來，又不敢露面，心裡雙層的難受，結果還是白候，這時候有九時半！王福沒電話來，大約又沒有到，也許不叫打，我幾次三番想寫信給你可又沒法傳遞，咳，眞苦極了，現在我立定主意走了，不管了，以後就看你了，眉呀！想不到這愛眉小札，歡歡喜喜開的篇，會有這樣悽慘的結束，這一段公案到那一天才判得清？我成天思前想後的神思越恍惚了，再不趕快找「先生」尋安慰去，我眞該瘋了。眉，我有些怨你；不怨你別的，怨你在京那一個月，多難得的日子，沒多給我一點平安。你想想北海那晚上！眉，要不是你後來那封信，我眞該疑你。

今天我又發傻，獨自去靈隱，直挺挺的躺在壑雷亭下那條石磴上尋夢，我故意把你那小紅絹蓋在臉上，妄想倩女離魂，把你變到壑雷亭下來會我！眉，你究竟怎樣了，

我那裡捨得下你，我這裡還可以像現在似的自由的寫日記，你那裡怕連出神的機會都沒有，一個娘，一個丈夫，手挽手的給你造上一座打不破的牢牆，想著怎不叫人悲憤！你說〝Some day God will pity us〞：but will there be such a day?

（譯：「到時候上帝會憐憫我們的。」：可是會有這樣的時候嗎？）

昨晚把娘給我那玻璃翠戒指落了，眞嚇得我！恭喜沒有掉了；我盼望有一天把小龍也撿了回來，那才眞該恭喜哪！

昏昏的度日，詩意儘有，寫可寫不成，方才湊成了四節。

昨天我冒著大雨去烟霞嶺下訪桂；
　　南高峰在烟霞中不見；
　　在一家松茅鋪的屋沿前
　　我停步，問一個村姑今年
翁家山的丹桂沒有去年時的媚。

那村姑先對著我身上細細的端詳；
　　「活像個羽毛浸瀊了的鳥。」
　　我心裡想，她，定覺得蹊蹺，

　　在這大雨天單身走遠道，
倒來沒來頭的問桂花今年香不香！

「客人，你運氣不好，來得太遲又太早；
　　這裡就是有名的滿家衖，
　　往年這時候到處香得兇，
　　這幾天連綿的雨，外加風，
弄得這希糟，今年的早桂就算完了，」

果然這桂子林也不能給我歡喜；
　　枝上只見焦爛的細蕊，
　　看著淒慘，咳，無妄的災，
　　我心想，為什麼到處憔悴？——
這年頭活著不易，這年頭活著不易！

又湊成了一首——

再不見雷峰，雷峰坍成了一座大荒塚，
　　頂上有不少交抱的青蔥，
　　頂上有不少交抱的青蔥，
再不見雷峰，雷峰坍成了一座大荒塚。

發什麼感慨，對著這光陰應分的摧殘？

　　世上多的是不應分的變態；

　　世上多的是不應分的變態，

發什麼感慨，對著這光陰應分的摧殘？

發什麼感慨，這塔是鎮壓，這墳是掩埋——

　　鎮壓還不如掩埋來得痛快，

　　鎮壓還不如掩埋來得痛快；

發什麼感慨，這塔是鎮壓，這墳是掩埋！

再沒有雷峰，雷峰從此掩埋在人的記憶中，

　　像曾經的夢境，曾經的愛寵；

　　像曾經的夢境，曾經的愛寵；

再沒有雷峰，雷峰從此掩埋在人的記憶中！

陸小曼在作畫

陸小曼的信II

（一九二六年二月六日至七月二十一日一三至二九封）

一三（一九二六年二月六日）

眉眉：

接續報告，車又誤點，二時半近三時才到老站。苦了王麻子直等了兩個鐘頭，下車即運行李上船。艙間沒你的床位大，得擠四個人，氣味當然不佳。這三天想不得舒服，但亦無法。船明早十時開，今晚未有住處。文伯（案：王濈）家有客住滿在君（案：丁文江）不在家，家中僅其夫人，不便投宿。也許住南開，稍遠些就是。也許去國民飯店，好好的洗一個澡，睡一覺，明天上路。那還可以打電話給你。盼望你在家；不在，罵你。

奇士林吃飯，買了一大盒好吃糖，就叫他們寄了，想至遲明晚可到。現在在南開中學張伯苓處，向他要紙筆寫信，他問寫給誰，我說不相干的，仲述（案：張彭春）在旁解釋一句：「頂相干的。」方才看見電話機，就想打，但有些不好意思。回頭說吧，如住客棧一定打。這半天不見，你覺得怎樣？好像今晚還是照樣見你似的。眉眉，好好養息吧！我要你聽一句話，你愛我，就該聽話。晚上早睡，早上至遲十時得起身。好在擾亂的摩走了，你要早睡

還不容易？初起一、兩夜許覺不便，但扭了過來就順了。還有更要緊的一句話，你得照做。每天太陽好到公園去，叫Lilia伴你，至少至少每兩天一次！

記住太陽光是健康唯一的來源，比什麼藥都好。

我愈想愈覺得生活有改樣的必要。這一時還是糊塗，非努力想法改革不可。眉眉你一定的聽我話；你不聽，我不樂！

今晚范靜生先生請正昌吃飯。晚上有余叔岩，我可不看了。文伯的新車子漂亮極了，在北方我所見的頂有taste的一輛，內外都是暗藍色，裡面是頂厚的藍絨，窗靠是眞柚木，你一定歡喜。只可惜摩不是銀行家，眉眉沒有福享。但眉眉也有別人享不到的福氣對不對？也許是摩的臭美？

眉，我臨行不曾給你去看，你可以問Lilia老金，要書七號拿去。且看你，你連Maugham（案：毛姆）的《Rain》（案：《雨》）都沒有看哪。

你日記寫不寫？盼望你寫，算是你給我的禮，不厭其詳，隨時塗什麼都好。我寫了一忽兒，就得去吃飯。此信明日下午四、五時可到，那時我已經在大海中了。告訴叔華他們準備燈節熱鬧。別等到臨時。眉眉，給你一把頂香頂醉人的梅花。

你的親摩　二月六日下午二時

一四（一九二六年二月七日）

眉眉：

上船了，擠得不堪；站的地方都沒有，別說坐。這時候寫字也得拿紙貼著板壁寫，眞要命！票價臨時飛漲，上了船，還得敲了十二塊錢的竹槓去。上邊大菜間也早滿了，這回買到票，還算是運氣，比我早買的都沒買到。

文伯昨晚伴我談天，談他這幾年的經過。這人眞有心計，眞厲害，我們朋友中誰都比不上他。我也對他講些我的事，他懂我很深；別看這麻臉。到塘沽了，吃過飯，睡過覺，講些細情給你聽了。同房有兩位：（一個訂位沒有來）一是清華學生，新從美國回的；一是姓楊，躺著盡抽大煙，一天抽「兩把膏子」的一個鴉片老生。徐志摩大名可不小，他一請教大名，連說：「眞是三生有幸。」我的床位靠窗，圓圓的一塊，望得見外面風景；但沒法坐，只能躺，看看書，冥想想而已；寫字苦極了，這貼著壁寫，手酸不堪。吃飯像是餵馬，一長條的算是桌子，活像你們家的馬槽，用具的齷齪就不用提了；飯菜除了白菜，絕對放不下筷去，飯米倒還好，白淨得很。昨天吃奇斯林、正昌，今天這樣吃法，分別可不小！這其實眞不能算苦。我看看海，心胸就寬。何況心頭永遠有眉眉我愛蜜甜的影子，什麼苦我吃不下去？別說這小不方便！

船家多寧波老〔佬〕，妙極了。

得寄信了，不寫了，到煙台再寫。

爹爹娘請安。

你的摩摩　二月七日

一五（一九二六年二月十七日）

眉愛：

我又在上海了。本與適之約定，今天他由杭州來同車。誰知他又失約，料想是有事絆住了，走不脫，我也懂得。只是我一人淒淒涼涼的在棧房裡悶著。遙想我眉此時亦在懷念遠人，怎不悵觸！南方天時眞壞，雪後又雨，屋內又無爐火。我是隻不慣冷的貓，這一時只凍得手足常冰。見報北京得雪，我們那快雪同志會，我不在，想也鼓不起興來。戶外雪重，室內衾寒，眉眉我的，你不想念摩摩否？

昨天整天只寄了封沒字梅花信給你，你愛不愛那碧玉香囊？寄到時，想多少還有餘甘。前晚在杭州，正當雪天奇冷，旅館屋內又不生火。下午風雪猛厲，只得困守。晚快喝了幾杯酒，暖是暖些，情景卻是百無聊賴，眞悶得兇。遊靈峰時坐轎，腳凍如冰，手指也直了。下午與適之去肺病院看郁達夫，不見。我一個人去買了點東西，坐車回硤。過年初四，你的第二封信等著我。爸說有信在窗上我好不歡喜。但在此等候張女士，偏偏她又不來，已發兩

電，亦未得復。咳！「這日子叫我如何過」？我爸前天不舒服，發寒熱、咳嗽，今天還不曾全好。他與媽許後天來滬。新年大家多少有些興致，只我這孤零零心魂不定，眠食也失了常度，還說什麼快活？爸媽看我神情，也覺著關切。其實這也不是一天的事，除了張眼見我眉眉的妙顏，我的愁容就沒有開展的希望。眉，你一定等急了，我怎不知道？但急也只能耐心等著。現在爸媽要我，到京後自當與我親親好好的歡聚。就我自己說，還不想變一隻長小毛翅的小鳥，波的飛向最親愛的妝前。譚宜孫詩人那首燕兒歌，愛，你念過沒有？你的脆弱的身體沒一刻不在我的念中。你來信說還好，我就放心些。照你上函，又像是不很爽快的樣子。愛愛，千萬保重要緊！為你摩摩。適之明天回滬，我想與他同車走。爸媽一半天也去，再容通報。動身前有電報去，弗念。前到電諒收悉。要趕快車寄出，此時不多寫了。堂上大人安健，為我叩叩。

汝摩　年初五

一六（一九二六年二月十八日）

我等北京人（案：指張幼儀）來談過，才許走；這事情又是少不了的關鍵。我怎敢迷拗呢？眉眉，你耐著些吧，別太心煩了。有好戲就伴爹娘去看看，聽聽鑼鼓響暫時總可忘憂。說實話，我也不要你老在火爐生得太熱的屋

子裡窩著，這其實只有害處，少有好處；而況你的身體就要陽光與鮮空氣的滋補，那比什麼神仙藥都強。我只收了你兩回的信，你近來起居情形怎樣，我恨不立刻飛來擁著你，一起翻看你的日記。那我想你總是為在遠的摩摩不斷的記著。陸醫的藥你雖怕吃，娘大約是不肯放鬆你的。據適之說，他的補方倒是吃不壞的。我始終以為你的病只要養得好就可以復原的；絕妙的養法是離開北京到山裡去嗅草香吸清鮮空氣；要不了三個月，保你變一隻小活老虎。你生性本來活潑，我也看出你愛好天然景色，只是你的習慣是城市與暖屋養成的；無怪缺乏了滋養的泉源。你這一時聽了摩摩的話否？早上能比先前早起些，晚上能比先前早睡些否？讀書寫東西，我一點也不期望你；我只想你在日記本上多留下一點你心上的感想。你信來常說有夢，夢有時怪有意思的；你何不閑著沒事，描了一些你的夢痕來給你摩摩把玩？

但是我知道我們都是太私心了，你來信只問我這樣那樣，我去信也只提眉短眉長，你那邊二老的起居我也常在念中。娘過年想必格外辛苦，不過勞否？爸爸呢，他近來怎樣，興致好些否？糖還有否？我深恐他們也是深深的關念我遠行人，我想起他們這幾月來待我的恩情，便不禁泫然欲涕！眉你我真得知感些，像這樣慈愛無所不至的爹娘，真是難得又難得，我這來自己嘗著了味道，才明白娘

眞是了不得，了不得！到我們戀愛成功日，還不該對她磕一萬個響頭道謝嗎？我說：「戀愛成功」，這話不免有語病；因爲這好像說現在還不曾成功似的。但是親親的眉，要知道愛是做不盡的，每天可以登峰，明天還一樣可以造極，這不是縫衣，針線有造完工的一天。在事實上呢，當然俗語說的「洞房花燭夜」，是一個分明的段落；但你我的愛，眉眉，我期望到海枯石爛日，依舊是與今天一樣的風光、鮮艷、熱烈。眉眉，我們眞得爭一口氣，努力來爲愛做人；也好叫這樣疼惜我們的親人，到晚年落一個心歡的笑容！

我這裡事情總算是有結果的。成見的力量眞是不小，但我總想憑至情至性的力量去打開它，哪怕它鐵山般的牢硬。今午與我媽談，極有進步，現在得等北京人到後，方有明白結束，暫時只得忍耐。老金與人（？）想常在你那裡，爲我道候，恕不另，梅花香柬到否。

摩祝眉喜　年初六

一七（一九二六年二月十九日）

眉眉我親親：

今天我無聊極了，上海這多的朋友，誰都不願見，獨自躲到棧房裡耐悶。下午幾個內地朋友拉住了打牌，直到此刻，已經更深，人也不舒服，老是這要嘔心的。心想著

的只看看的一個倩影，慰我孤獨；此外都只是煩心事。唐有壬本已替我定好初十的日本船，十二就可到津，那多快！不是不到一星期就可重在眉眉的左右，同過元宵，是多麼一件快心事？但爲北京來人杳無消息，我爲親命又不能不等，只得把定住回了，眞恨人！適之今天才來；方才到棧房裡來，兩眼紅紅的，不知是哭了還是少睡，也許兩樣全有！他爲英國賠款委員快到，急得又不能走。本說與我同行，這來怕又不成。其實他壓根兒就不熱心回京；不比我。我覺得不好受，想上床了，明兒再接寫吧！

一八（一九二六年二月二十日）

眉眉：

你猜我替你買了些什麼衣料？就不說新娘穿的，至少也得定親之類用才合式才配，你看了準喜歡，只是小寶貝，你把摩摩的口袋都掏空了，怎麼好！

昨天沒有寄信，今天又到此時晚上才寫。我希望這次發信後，就可以決定行期，至多再寫一次上船就走。

方才我們一家老小，爸媽小歡（案：指志摩的兒子徐積鍇，小名阿歡）都來了。老金有電報說幼儀二十以前動身，那至早後天可到。她一到我就可以走，所以我現在只眼巴巴的盼就來，這悶得死人，這樣的日子。

今天我去與張君勱（案：張嘉森，幼儀的二哥）談了

一上半天連著吃飯。下午又在棧裡無聊，人來邀我看戲什麼都回絕。

方才老高忽然進我房來，穿一身軍服，大皮帽子，好不神氣。他說南邊住了五個月，主人給了一百塊錢，在戰期內跑來跑去吃了不少的苦。心裡眞想回去，又說不出口。他說老太太叫他有什麼寫信去了，但又說不上什麼所以也沒寫。受（案：受慶，即王賡），又回無錫去了。新近才算把那買軍火上當的一場官司了結。還算好，沒有賠錢。差事名目換了，本來是顧問，現在改了咨議，薪水還是照舊三百。按老高的口氣，是算不得意的。他後天從無錫回來，我倒想去看他一次，你說好否？

錢昌照我在火車裡碰著；他穿了一身衣服，修飾的像新郎官似的，依舊是那滿面笑容。問起他最近的「計劃」，他說他決意再讀書；孫傳芳請他不去，他決意再拜老師念老書。現在瞞了家裡在上海江灣租了一個花園，預備「閉戶三年」，不能算沒有志氣，這孩子！但我每回見他總覺得有些好笑，你覺不覺得？

不知不覺盡說了旁人的事情。媽坐在我對面，似乎要與我說話的樣子。我得趕快把信寄出，動身前至少還有一、兩次信。眉眉，你等著我吧，相見不遠了，不該歡慰嗎？

摩摩　年初八

一九（一九二六年二月二十一日）

眉愛：

今天該是你我歡喜的日子了，我的親親的眉眉！方才已經發電給適之，爸爸也寫了信給他。現在我把事情的大致講一講：我們的家產差不多已經算分了，我們與大伯一家一半。但為家產都系營業，管理仍須統一。所謂分者即每年進出各歸各就是了，來源大都還是共同的。例如醬業、銀號，以及別種行業。然後在爸爸名下再作為三份開：老輩（爸媽）自己留開一份，幼儀及歡兒立開一份，我們得一份：這是產業的暫時支配法。

第二是幼儀與歡兒問題。幼儀仍居乾女兒名，在未出嫁前擔負歡兒教養責任，如終身不嫁，歡的一份家產即歸她管；如嫁則僅能劃取一份奩資，歡及餘產仍歸徐家，爾時即與徐家完全脫離關係。嫁資成數多少，請她自定，這得等到上海時再說定。她不住我家，將來她亦自尋職業，或亦不在南方；但偶爾亦可往來，阿歡兩邊跑。

第三，離婚由張公權（案：張嘉璈，幼儀的四哥）設法公布；你們方面亦請設法於最近期內登報聲明。

這幾條都是消極方面，但都是重要的，我認為可以同意。只要幼儀同意即可算數。關於我們的婚事，爸爸說這時候其實太熱，總得等暑後才能去京。我說但我想夏天同你避暑去，不結婚不便。爸說，未婚妻還不一樣可以同

行？我說，但我們婚都沒有訂。爸說：「那你這回回去就定好了。」我說那（也）好，媒人請誰呢？他說當然適之是一個，幼偉（案：馮幼偉）來一個也好。我說那爸爸就寫個信給適之吧，爸爸說好吧。訂婚手續他主張從簡，我說這回（通）伯叔華是怎樣的，他說照辦好了。

眉，所以你我的好事，到今天才算磨出了頭，我好不快活。今天與昨天心緒大大的不同了。我恨不得立刻回京向你求婚，你說多有趣。閑話少說，上面的情形你說給娘跟爸爸聽。我想辦法比較的很合理，他們應當可以滿意。

但今年夏天的行止怎樣呢？爸爸一定去廬山，我想先回京趕速訂婚，隨後拉了娘一同走京漢下去，也到廬山去住幾時。我十分感到暑天上山的必要，與你身體也有關係，你得好好運動，娘及早預備！多快活，什麼理想都達到了！我還說北京頂好備一所房子，爸說北京危險，也許還有大遭災的一天。我說那不見得吧！我就說陶太太說起的那所房子，爸似乎有興趣，他說可以看看去。但這且從緩，好在不急；我們婚後即得回南，京寓布置盡來得及也。我急想回京，但爸還想留住我。你趕快叫適之來電要我趕他動身前去津見面：那爸許放我早走。有事情，再談吧！

你的歡暢了的摩摩

二〇（一九二六年二月二十三日）

眉：

我在適之這裡。他新近照了一張相，荒謬！簡直是個小白臉兒哪！他有一張送你的，等我帶給你。我昨晚獨自在硤石過夜（爸媽都在上海）。十二時睡下去，醒過來以爲是天亮，冷得不堪，頭也凍，腳也凍，誰知正打三更。聽著窗外風聲響，再也不能睡熟，想爬起來給你寫信。其實冷不過，沒有鑽出被頭勇氣。但怎樣也睡不著，又想你；蜷著身子想夢，夢又不來。從三更聽到四更，從四更聽盡五更，才又閉了一回眼。早車又回上海來了。北京來人還是杳無消息。你處也沒信，真悶。棧房裡人多，連寫信都不便；所以我特地到適之這裡來，隨便寫一點給你。眉眉，有安慰給你，事情有些眉目了。昨晚與娘舅寄父談，成績很好。他們完全諒解，今天許有信給我爸。但願下去順手，你我就登天堂了。媽昨天笑著說我：「福氣太好了，做爺娘的是孝子孝到底的了。」但是眉眉，這回我真的過了不少爲難的時刻。也該的，「爲我們的戀愛」可不是？昨天隨口想謅幾行詩，開頭是：

我心頭平添了一塊肉，
這輩子算有了歸宿！
　看白雲在天際飛，

聽雀兒在枝上啼。

忍不住感恩的熱淚，

我喊一聲天，我從此知足！

再不想望更高遠的天國！

眉眉，這怎好？我有你什麼都不要了。文章、事業、榮耀，我都不要了。詩、美術、哲學，我都想丟了。有你我什麼都有了，抱住你，就比抱住整個的宇宙，還有什麼缺陷，還有什麼想的餘地？你說這是有志氣還是沒志氣？你我不知道，娘聽了，一定罵。別告訴她，要不然她許不要這沒出息的女婿了。你一定在盼著我回去，我也何嘗不時刻想望眉眉胸懷裡飛。但這情形眞怕一時還走不了。怎好？爸爸與娘近來好嗎？我沒有直接信，你得常常替我致意。他們待我眞太好了，我自家爹娘，也不過如此。適之在下面叫了，我們要到高夢旦家吃飯去，明天再寫。

摩摩祝眉眉福　正月十一日

二一（一九二六年二月二十四日）

小龍我愛：

眞煩死人，至少還得一星期才能成行？明早有船到，滿望幼儀來，見過就算完事一宗，轉身就走。誰知她乘的是新豐船，十六日方能到此，她到後至少得費我兩、三天

才能了事。故預期本月二十日前才能走，至少得十天後才能見你，怎不悶死了我？同時你那裡天天盼著我，又不來信，我獨自在此連信札的安慰都得不到，真太苦了！你也不算算，怎的年內寫了兩封就不再寫，就算寄不到，打往回，又有什麼要緊。你摩摩在這裡急。你知道不？明天我想給你一個電報，叫你立刻寫信或是來電，多少也給我點安慰。眉眉，這日子沒有你，比白過都不如。怎麼我都不要，就要你。我幾次想丟了這裡。牟（以下似有脫漏）妻運雖則不好，但我此後艷福是天生的。我的太太不僅絕美，而且絕慧，說得活現，竟像對準了我又美又慧的小眉娘說的。你說多怪！又說：就我有以（？）白頭偕老，十分的美滿，沒有缺陷，也不會出亂子。我聽了，不能不謝謝金口！眉眉，真的，我媽說的對，她說我太享福了！眉，我有福消受你嗎？近來《晨報》不知道怎樣，你看不看？江紹原盼望我有東西往回寄，但我如何有心思寫？不但現在，就算這回事情辦妥當了，回北京見了你，我哪還捨得一刻丟開你。能否提起心來寫文章與否，很是問題，這怎好？而且這來，無謂的捱了至少一星期十天工夫。回京時編輯教書的任務，又逼著來，想起真煩。我真恨不得一把拖了你往山裡一躲，什麼人事都不問，單只你我倆細細的消受蜜甜的時刻！娘又該罵我了，明天再寫。

摩問眉好　正月十二日

二二（一九二六年二月二十五日）

至親愛的小眉：

昨晚發信後，正在躊躇，怎樣給你去電。今早上你的電從硤石轉了來，我怎不知道你急？我的眉眉！盼望我的復電可以給你些安慰。我的信想都寄到，「藍信」英文的十封，中文的一封，此外非藍信不編號的不知有多少封。除了有一天沒有寫，總算天天給我眉做報告的。白天的事情其實是太平常。一無足寫。夜裡睡不著的時候多，夢不很有，有也記不清，將來還是看你的罷。今天我得到消息，更覺得愁了，張女士坐新豐輪來，要二月二十七日才從天津開，真把我肚子都氣癟。這來她至少三月一、二才能到，我得呆著在這裡等，你說多冤！方才我又對爸爸提了，我說眉急得兇，我想走了。他說，他知道，但是沒辦法，總得等她到後，結束了才能走，否則你自己一樣不安心不是；北京那裡你常有信去，想也不至過分急。所以我只得耐心等，這是一個不快消息。第二件事叫我操心的，是報上說李景林打了勝仗又逼近天津了。這可不是玩，萬一京津路再像上回似的停頓起來，那怎麼好？我們只能禱告天幫忙著我們：一、我們大事圓滿解決；二、我們及早可以重聚，不至再有麻煩。眉你怎不來信？你說我在上海過最乾枯的日子，連你的信都見不著，怎過得去？

眉眉，我們嘗受過的阻難也不少了，讓我們希望此後

永遠是平安。我倒也不是完全爲我們自己著想，爲兩邊的高堂是眞的。明明走了，前兩天唐有壬、歐陽予倩走，我眼看他們一個個的往回走。就只我落在背後，還有滿肚子的心事，眞是無從叫苦。英國的賠款委員全到了，開會在天津，我一定拉適之同走。回頭再接寫！

摩問　正月十三日

二三（一九二六年二月二十六日）

久之今天走，我託他帶走一網籃，但是裡面你的東西一樣也沒有，偏熬熬你，抵拚將來受你的！我不能就走，眞急，但我去定船了，至遲三月四一定動身。這來我的犧牲已經不小不小！

現在房裡有不少人，寫信不便，我叫久之過來面見你，對你說我的近況，叫你放心等著，只要路上不發生亂子，我十天內總有希望見眉眉了。這信託久之面交，你有話問他。下午另函再寫。

堂上問候！

摩摩　正月十四日

二四（一九二六年二月二十六日）

眉眉乖乖：

今天託沈久之帶京網籃一只，內有火腿茶菊，以及家

用託買的兩包。你一雙鞋也帶去，看適用否，緞鞋年前已賣完，這雙尺寸恰好，但不怎麼好：茶菊你替我留下一點，我要另送人。今天我又替你買了一雙我自以爲極得意的鞋，你一定歡喜，北京一定買不出，是外國做來的，價錢可不小。你的大衣料頂麻煩，我看過，也問過，但始終沒有買，也許不買，到北京再說。你說要厚呢夾大衣，那還不是冬天用的，薄的倒有好看的，但又買不合式。天台橘子倒有，臨走時再買，早買要壞。火腿恐不十分好，包頭里的好，我還想去買些，自己帶。

適之眞可惡，他又不走了！賠款委員會仍在上海開，他得在此接洽，他不久搬去滄州別墅。

昨晚有人請我媽聽戲，我也陪了去，聽的你說是什麼？就是上次你想聽沒聽著的「新玉堂春」。尙小雲唱的眞不壞，下回再有，一定請眉眉聽去。

朱素雲也配得好，昨晚戲園裡擠得簡直是水洩不通。戲情雖則簡單，卻是情形有趣，三堂會審後，穿藍的官與王金龍作對，他知道王三一定去監牢裡會蘇三，故意守他們正在監內綢繆的時候，帶了衙役去查監。嚇得王三塗了滿面窰煤，裝瘋混了出去。後來穿紅的官做好人調和了他們，審清了案子，蘇三掛紅出獄。蘇三到客店裡去梳妝一節，小雲做得極好，結局拜天地團圓，成全了一對恩愛夫妻。這戲不壞。但我看時也只想著眉眉，她說不定幾時候

怎樣坐立不安的等著我哩！眉眉，我真的心煩，什麼事也做不成，今天想寫一點給副刊，提了筆直發楞，什麼也沒有寫成。大約我在見眉之前，什麼事都不用想了，這幾十天就算是白活的，真坑人！思想也亂得很，一時高飛，一時沉低，像在夢裡似的，與人談話也是心不在焉的慌。眉眉，不知道你怎樣；我沒有你簡直不能做人過日子。什麼繁華，什麼聲色，都是甘蔗渣，前天有人很熱心的要介紹電影明星，我一點也沒興趣，一概婉辭謝絕。上海可不了，這班所謂明星，簡直是「火腿」的變相，哪裡還是乾淨的職業，眉眉，你想上銀幕的意思趁早打消了罷！我看你還是往文學美術方面，而愈的做去。不要貪快，以你的聰明，只要耐心，什麼事不成，你真的爭口氣，羞羞這勢利世界也好！你近來身體怎樣，沒有信來真急人。昨天有船到，今天還是沒有信，大概你壓根兒就沒有寫。我本該明天趕到京和我的愛眉寶貝同過元宵的；誰知我們還得磨折，天罰我們冷清清的一個在南，一個在北，冷眼看人家熱鬧，自己傷心！新月社一定什麼舉動也沒，風景煞盡的了！你今晚一定特別的難過，滿望摩摩元宵回京，誰知還是這形單影隻的！你也只能自己譬解譬解，將來我們溫柔的福分厚著，蜜甜的日子多著；名分定了，誰還搶得了？我今晚仍伴媽睡，爸在杭未回。昨晚在第一台見一女，長得真美，媽都看呆了；那一雙大眼真驚人，少有得見的。

見時再詳說。

堂上請安。

摩摩問候　元宵前夜

二五（一九二六年二月二十七日）

眉我的乖：

昨晚寫了信，託沈久之帶走，他又得後天才走，我恨不能打長電給你；將來無線電實行後，那就便了。本來你知道一百五十年前寄信，不但在中國是麻煩不堪的事，俗語說的一紙家書值萬金；就在外國也是十二分的不方便。在英國郵政是分區域的，越遠越貴，從倫敦寄信到蘇格蘭要花不少的錢。後來有一個叫威廉什麼的，他住在倫敦，他的愛人在蘇格蘭，通信又慢又貴。他氣極了，就想了一個辦法，就是現在郵政的制度。寄信不論遠近，在國內收費一律。他在議會上了一個條陳，叫做「辨士信」，意思是一辨士可以寄一封信。這條陳提出議會時，大家哄堂大笑，有一個有名的政治家宣言，他一輩子從不曾聽見過這樣荒謬透頂的主張，說這個人一定是瘋的，怎麼一辨士可以寄信到蘇格蘭，不是太匪夷所思了！但後來這位情急先生的主張竟然普遍實行了。現在我們郵政有這樣利便，追溯源委，也還全虧「戀愛的靈感」，你說有趣不？但這一打仗，什麼都停頓了。手邊又沒有青鳥，這靈犀耿耿，向

何處慰情去？從前歐法大戰時，邦交斷絕時，郵政不通，有隔了五年才寄到的信！現在我們中間，只差了二、三千里路，但為政治搗亂，害得我們信都不得如意的通。將來飛機郵政一定得實行，那就不礙事了，眉眉你也一定有同樣的感想。方才派人去買船票了，至遲三日、四日不能不動身。再要走不成，我一定得瘋了！這來已經是夠危險，李景林已取馬廠，第三軍無能，天津旦夕可下。假如在我趕到之前，京津要是又斷了，那眞怎麼好！我立定主意冒險也得趕進京。眉，天保佑，你等著。今天與徐振飛談得極投機，他也懂得我，銀行界中就他與王文伯有趣，此外市儈居多，例如子美（案：黃子美）。怎好，今天還不是元宵？你我中秋不曾過成，新年沒有同樂，元宵又毀了。眉愛，你怎樣想我，我是「心頭如火」！振鐸（案：鄭振鐸）邀去吃飯，有幾個文學家要會我，我得喝幾杯，眉眉，我祝福你！元宵

你的頂親親的摩摩

二六（一九二六年七月九日）

眉愛：

只有十分鐘寫信，遲了今晚就寄不出。我現在在硤石了，與爸爸一同回來的，媽還留在上海，住在何家。今晚我與爸去山上住，大約正式的「談天」（案：指離婚後，張

幼儀與徐家的關係，兒子積鍇的撫養監護、家產分配等家庭大事)。該在今晚吧！我伯父日前中了「半肢瘋」，身體半邊不能活動，方才去看他，談了一回，所以連寫信的時間都沒有了。

眉：我還只是滿心的不愉快，身體也不好，沒有胃口，人瘦的兇，很多人說不認識了，你說多怪。但這是暫時的，心定了就好，你不必替吾著急。今天說起回北京，我說二十邊，爸爸說不成，還得到廬山去哪！我眞急，不明白他意思究是怎麼樣！快寫信吧！

今晚明天再寫！祝你好，盼你信（還沒有！孫延杲倒來了)。

摩親吻你　七月九日

二七（一九二六年七月十七日）

小眉芳睞：

昨宿西山，三人謔浪笑傲，別饒風趣。七搔首弄姿，竟像煞有介事。海夢囈連篇，不堪不堪。！今日更熱，屋內升九十三度，坐立不寧，頭昏猶未盡去。今晚決赴杭，西湖或有涼風相邀待也。

新屋更須月許方可落成，已決安置冷熱水管。樓上下房共二十餘間，有浴室二。我等已派定東屋，背連浴室，甚符理想。新屋共安電燈八十六，電料我自去選定，尚不

太壞，但系暗線，已又裝妥，將來添置不知便否？眉眉愛光，新床左右，尤不可無點綴也。此屋尙費商量，但舊屋前進正擋前門，今想一律拆去，門前五開間，一律作爲草地，雜種花木，方可像樣。惜我愛卿不在，否則即可相偕著手布置矣，豈不美妙。樓後有屋頂露台，遠瞰東西山景，頗亦不惡。不料輾轉結果，我父乃爲我眉營此香巢；無此固無以寓此嬌燕，言念不禁莞爾。我等今夜去杭，後日（十九）乃去天目，看來二十三快車萬趕不及，因到滬尙須看好家俱陳設，煞費商量也。如此至早須月底到京，與眉聚首雖近，然別來無日不忐忑若失。眉無摩不自得，摩無眉更手足不知所措也。

昨回硤，乃得適之覆電，云電碼半不能讀，囑重電知。但期已過促，今日計程已在天津，電報又因水患不通，竟無從覆電。然去函亦該趕到，但願馮六（案：馮幼偉）處已有接洽，此是父親意，最好能請到，想六爺自必樂爲玉成也。

眉眉，日來香體何似？早起之約尙能做到否？聞北方亦奇熱，遙念愛眉獨處困守，神馳心塞，如何可言？聞慰慈將來滬，幫丁在君辦事，確否？京中友輩已少，慰慈萬不能秋前讓走；希轉致此意，即此默吻眉肌頌兒安好。

摩　七月十七日

二八（一九二六年七月十八日）

眉眉：

簡直是熱死了，昨夜還在西山上住。又病了，這次的病妙得很，完全是我眉給我的。昨天兩頓飯也沒有吃，只吃了一盆蒸餛飩當點心，水果和水倒吃了不少；結果糟透了。不到半夜就發作；也和你一樣，直到天亮還睡不安穩。上面盡打格〔嗝〕兒，胃氣直往上冒，下面一樣的連珠。我才知道你屢次病的苦。簡直與你一模一樣，肚子脹，胃氣發，你說怪不怪？今天吃了一頓素餐，肚又脹了。天其實熱不過，躲在屋子裡汗直流。這樣看來，你病時不肯聽話，也並不是你特別倔強；我何嘗不知道吃食應該十分小心，但知道自知道，小心自不小心，有什麼辦法？今晚我們玩西湖去，明早六時坐長途汽車去天目山，約正午可到。這回去本不是我的心願，但既然去了，我倒盼望有一兩天清涼日子過，多少也叫我動身北歸以前喘一喘氣。想起津浦的鐵篷車其實有些可怕。天目的景致另函再詳。適之回爸爸的信到了，我倒不曾想到馮六有這層推託。文伯也好，他倒是我的好友。但適之何以託蔣夢麟代表，我以為他一定託慰慈的。夢麟已得行動自由嗎？昨天上海郵政罷工，你許有信來，我收不到。這恐怕又得等好幾天，天目回頭，才能見到我愛的信，此又一悶。我到上海，要辦幾樁事。一是購置我們新屋裡的新家俱。你說買

什麼的好？北京朱太太家那套藤的我倒看的對，但臥房似乎不適宜。床我想買Twin（成對）的，別致些。你說哪樣好？趕快寫回信，許還趕得及。我還得管書房的布置：這兩件事完結，再辦我們的訂婚禮品。我想就照我們的原議，買一只寶石戒，另配來料。眉乖！你不知道，我每天每晚怎樣急的要回京，也不全爲私。《晨報》老這託人也不是事，不是？但老太爺看得滿不在乎，只要拉著我伴他。其實呢，也何嘗不應該，獨生兒子在假期中難得隨侍幾天。無奈我的神魂一刻不得眉在左右，便一刻不安。你那裡也何嘗不然？老太爺若然體諒，正應得立即放我走哩。按現在情形看來，我們的婚期至早得在八月初。因爲南方不過七月半，不會天涼。像這樣天時，老太爺就是願意走，我都要勸阻他的。並且家祠屋子沒有造起，雜事正多著哩！

乖囡！你耐一點子吧。遲不到月底，摩摩總可以回到「眉軒」來溫存我的唯一的乖兒。這回可不比上次，眉眉，你得好好替我接風才是。老金他們見否？前天見一余壽昌，大罵他，罵他沒有腦筋。堂上都好否？替我叩安。寫不過二紙，滿身汗已如油，眞不了。這天時便親吻也嫌太熱也！但摩摩深吻眉眉不釋。

七月十八日

二九（一九二六年七月二十一日）

眉兒：

在深山中與世隔絕，無從通問，最令悒悒。三日來由杭而臨安，行數百里，紆道登山。旅中頗不少可紀事，皆願爲眉一一言之；恨郵傳不達，只得暫紀於此，歸時再當暢述也。

前日發函後，即與旅伴（歆海、老七及李藻孫）出遊湖，以爲晚涼有可樂者；豈意湖水尙熱如湯，風來烘人，益增煩懣。舟過錦華橋，便訪春潤廬，適値蔡鶴卿先生（案：蔡元培）駐踪焉。因遂謁談有頃。蔡氏容貌甚癯，然膚色如棕如銅，若經緣然，意態故藹婉恂恂，所謂「嬰兒」者非歟？談京中學業，甚憤慨，言下甚堅絕，絕不合作：「既然要死，就應該讓他死一個透；這樣時局，如何可以混在一起？適之倒是樂觀，我很感念他。但事情還是沒有辦法的，我無論如何不去。」

平湖秋月已設酒肆，稍近即聞汗臭。晚間更有猥歌聲，湖上風流更不可問矣。移棹向樓外樓，滿擬一棹幽靜，稍遠塵囂，詎此樓亦經改做，三層樓房，金漆輝煌，有屋頂，有電扇，昔日閑逸風趣竟不可復得。因即樓下便餐，菜亦視前劣甚。柳稍頭明月依然，仰對能毋愧煞！

仁哺蟠桃味甘乃無倫，新蓬亦冽香激齒。眉此時想亦在蓮瓢中討生活也。

夜間旅客房中有一趣聞：一土妓伴客即宿矣，忽遁亦不見。遍覓無有，而前後門固早扃。迨日向晨，始於樓上便室中發見，殊可噱。

十九日早六時起，六時二十分汽車開行，約八時到臨安，修道甚佳，一路風色尤媚絕，此後更不虞路難矣。臨安登轎，父親體重，輿夫三名不勝，增至四；四猶不勝，增至六。上山時簇擁邪許而前，態至狼狽。十時半抵螺絲嶺（？），新築有屋，住僧為備飯。十二時又前行，及四時乃抵山麓。小憩龍泉寺，噉粥點心。乃盤道上山，幸雲阻日光，山風稍動，不過熱。轎夫皆稱老爺福量大。登山一里一涼亭，及第五亭乃見瀑，猥瀉石罅間，殊不莊嚴。近人為築亭，顏天琴，坐此聽瀑，遠瞰群崗，亦一小休。到此東天目鐘聲剪空而來，山林震蕩，意致非常。

今寓保福樓，窗前山色林香，別有天地。左一巒頂，松竹叢中，鐘樓在焉。昨晚月色朦朧，忽復明爽；約藻孫與七步行入林，坐石上聽泉，有頃乃歸，所思邈矣。夜涼甚重，厚襲裹臥，猶有寒意。

二十日早上山，去明明太子分經台，欲上尋龍潭，不成，悻悻折回。登山不到頂，此第一次也。又去寺右側洗眼池。山中風色描寫不易。杉佳、竹佳、鐘聲佳；外此則遠眺群山，最使怡曠。

二十一日早下山。十時到西天目。地當山麓，寺在勝間，勝地也。

眉軒瑣語

（一九二六年八月至一九二七年四月二十日計十二篇）

一（一九二六年八月）

去年的八月：在苦悶的齒牙間過日子；一整本嘔心血的日記，是我給眉的一種禮物，時光改變了一切，卻不曾抹煞那一點子心血的痕跡，到今天回看時，我心上還有些怔怔的。

日記是我這輩子——我不知叫它什麼好；每回我心上覺得晃動，口上覺得苦澀，我就想起它。現在情景不同，不僅臉上笑容多，心花也常常開著的。我們平常太容易訴愁訴苦了，難得快活時，倒反不留痕跡。我正因爲珍視我這幾世修來的幸運，從苦惱的人生中掙出了頭，比做一品官，發百萬財，乃至身後上天堂，都來得寶貴，我如何能噤默。

人說詩文窮而後工，眉也說我快活了做不出東西，我卻老大的不信，我要做個樣兒給他們看看——快活人也盡有有出息的。

頃翻看宗孟（案：林長民，徽音的父親）遺墨，如此靈秀，竟遭橫折，憶去年八月間（夏曆六月十七日）宗孟來，挈眉與我同遊南海，風光談笑，宛在目前，而今不可

復得，悵惘何可勝言。

去年今日自香山歸，心境殊不平安，記如下：「香山去只增添，加深我的懊喪與惆悵，眉眉，沒有一分鐘過去不帶著想你的癡情。眉，上山、聽泉、折花、眺遠、看星、獨步、嗅草、捕蟲、尋夢——那一處沒有你，眉，那一處不惦著你，眉，那一個心跳不是爲著你，眉！」另一段：「這時候各人有各人的看法……有絕對懷疑的，有相對懷疑的；有部分同情的，有完全同情的（那很少，除是老金）；有嫉忌的，有陰謀破壞的（那最危險）；有肯積極助成的，有願消極幫忙的……都有，但是，眉眉聽著，一切都跟著你我自身走；只要你我有志氣、有意志、有勇敢，加在一個眞的情愛上，什麼事不成功，眞的！」這一年來高山深谷，深谷高山，好容易走上了平陽大道，但君子居安不忘危，我們的前路，難保不再有阻礙，這輩子日子長著哩。但是去年今天的話依舊合用：「只要你我有意志、有志向、有勇氣，加在一個眞的情愛上，什麼事不成功，眞的。」

這本日記，即使每天寫，也怕至少得三個月才寫得滿，這是說我們的蜜月也包括在內了。但我們爲什麼一定得隨俗說蜜月？愛人們的生活那一天不是帶蜜性的，雖則這並不除外苦性？彼此的眞相知、眞了解，是蜜性生活的條件與祕密，再沒有別的了。

二（一九二六年九月十日）

國民飯店三十七號房：眉去息遊別墅了，仲述一忽兒就來。方才念著莎士比亞Like as the waves make toward the pebbled shore那首歎光陰的〈桑內德〉尤其是末尾那兩行，使我憬然有所動於中，姑且翻開這冊久經疏忽的日記來，給收上點兒糟粕的糟粕吧。小德小惠，不論多麼小，只要是德是惠，總是有著落的；華茨華斯所謂Little kindnesses（譯：些許的幫助）別輕視它們，它們各自都替你分擔著一部分，不論多微細，人生壓迫性的重量。「我替你拿一點吧，你那兒太沉了」；他即使在事實上並沒有替你分勞（不是他不，也不是你不讓：就爲這勞是不能分的），他說這話就夠你感激。

昨天離北京，感想比往常的迴絕不同。身邊從此有了一個人——究竟是一件大事情、一個大分別；向車外望望，一群帶笑容往上仰的可愛的朋友們的臉盤，回身看看，挨著你坐著的是你這一輩子的成績，歸宿。這該你得意，也該你出眼淚，——前途是自由吧？爲什麼不？

三（一九二六年九月十九日）

今天是觀音生日，也是我眉兒的生日，回頭家裡幾個人小敘，吃齋吃麵。眉因昨夜車險吃唬，今朝還有些怔怔的，現在正睡著，歇忽兒也該好了。昨晚菱清說的話要是

對，那眉兒你且有得小不舒泰哪。

這年頭大徹大悟是不會有的，能有的是平旦之氣發動的時候的一點子「內不得於已」。德生看相後又有所憬惕於中，在戲院中就發議論，一夜也沒有睡好。清早起來就寫信給他忘年老友霍爾姆士，他那誠摯激奮的態度，著實使我感動。「我喜歡德生，」老金說：「因爲他裡面有火。」霍爾姆士一次信上也這麼說來。

德生說我們現在都在墮落中，這樣的朋友只能叫做酒肉交，彼此一無靈感，一無新生機，還談什麼「作爲」，什麼事業。

蜜月已經過去，此後是做人家的日子了。回家去沒有別的希冀，除了清閑，譯書來還債是第一件事，此外就想做到一個養字。在上養父母（精神的，不是物質的），與眉養我們的愛，自己養我的身與心。

首次在滬杭道上看見黃熟的稻田與錯落的村舍在一碧無際的天空下靜著，不由的思想上感著一種解放：何妨赤了足，做個鄉下人去，我自己想。但這暫時是做不到的，將來也許眞有「退隱」的那一天。現在重要的事情是，前面說過的養字，對人對己的盡職，我身體也不見佳，像這樣下去絕沒有餘力可以做事，我著實有了覺悟，此去鄉下，我想找點兒事做。我家後面那園，現在糟得不堪，我想去收拾它，好在有老高與家麟幫忙，每天花它至少兩個

鐘頭，不是自己動手就督飭他們弄乾淨那塊地，愛種什麼就種什麼，明年春天可以看自己手種的花，明年秋天也許可以吃到自己手植的果，那不有意思？至於我的譯書工作我也不奢望，每天只想出產三千字左右，只要有恆，三、兩月下來一定很可觀的。三千字可也不容易，至少也得花上五、六個鐘頭，這樣下來已經連念書的時候都叫侵了。

四（一九二六年十二月二十七日）

我想在冬至節獨自到一個偏僻的教堂裡去聽幾折聖誕的和歌，但我卻穿上了臃腫的袍服上舞台去串演不自在的「腐」戲。我想在霜濃月淡的冬夜獨自寫幾行從性靈處來的詩句，但我卻跟著人們到塗蠟的跳舞廳去艷羨仕女們發金光的鞋襪。

五（一九二六年十二月二十八日）

投資到「美的理想」上去，它的利息是性靈的光采，愛是建設在相互的忍耐與犧牲上面的。

送曼年禮——曼殊斐兒的日記，上面寫著「一本純粹性靈所產生，亦是爲純粹性靈而產生的書。」——一九二七年：一個年頭你我都著急要它早些完。

讀高爾士華綏的《西班牙的古堡》。

麥雷的《Adelphi月刊》已由九月起改成季刊。他的

還是不懈的精神，我怎不愧憤？

再過三天是新年，生活有更新的希望不？

六（一九二七年一月一日）

願新的希望，跟著新的年產生，願舊的煩悶跟著舊的年死去。

新月決定辦，曼的身體最叫我愁。一天二十四時，她沒有小半天完全舒服，我沒有小半天完全定心。

給我勇氣，給我力量，天！

七（一九二七年一月六日）

小病三日，拔牙一根，吃藥三煎。睡昏昏不計鐘點，亦不問晝夜。乍起怕冷貪懶，東偎西靠，被小曼逼下樓來，穿大皮袍，戴德生有耳大毛帽，一手托腮，勉強提筆，筆重千鈞，新年如此，亦苦矣哉。

適之今天又說這年是個大轉機的機會。爲什麼？

各地停止民眾運動，我說政府要請你出山，他說誰說的，果然的話，我得想法不讓他們發表。

輕易希冀輕易失望同是淺薄。

費了半個鐘頭才洗淨了一支筆。

男子只有一件事不知厭倦的。

女人心眼兒多，心眼兒小，男人聽不慣她們的說話。

對不對像是分一個糖塔餅，永遠分不淨勻。

愛的出發點不定是身體，但愛到了身體就到了頂點。厭惡的出發點，也不一定是身體，但厭惡到了身體也就到了頂點。

梅勒狄斯寫Egoist（譯：利己主義者），但這五十年內，該有一個女性的Sir Willoughby（案：威洛比爵士）出現。

最容易化最難化的是一樣東西——女人的心。

朋友走進你屋子東張西望時，他不是誠意來看你的。

懷疑你的一到就說事情忙趕快得走的朋友。

老傅來說我下回再有詩集他替做序。

過去的日子只當得一堆灰，燒透的灰，字跡都見不出一個。

我唯一的引誘是佛，祂比我大得多，我怕祂。

今年我要出一本文集一本詩集一本小說兩篇戲劇。

正月初七稱重一百三十六磅（連長毛皮袍）曼重九十。

昨夜大雪，瑞午家初次生火。

頃立窗前，看鄰家園地雪意。轉瞬間憶起貝加爾湖雄踞群峰。小瑞士嚴稿梨夢湖上的少女和蘇格蘭的霧態。

八（一九二七年二月八日）

悶極了，喝了三杯白蘭地，昨翻哈代的對句，現在想

譯他的〈瞎了眼的馬〉，老頭難得讓他的思想往光亮處轉，如在這首詩裡。

天是在沉悶中過的，到那兒都覺得無聊，冷。

九（一九二七年三月十七日）

清明日早車回硤石，下午去蔣姑母家。次晨早四時復去送除幃。十時與曼坐小船下鄉去沈家濱掃墓，採桃枝，摘薰花菜，與鄉下姑子拉雜談話。陽光滿地，和風滿裾，致足樂也。下午三時回硤與曼步行至老屋，破亂不堪，甚生異感。淼姪頗秀，此子長成，或可繼一脈書香也。

次日早車去杭，寓清華湖。午後到即與瑞午步遊孤山。偶步山後，發見一水潭浮紅漲綠，儼然織錦，陽光自林隙來，附麗其上，益增娟媚。與曼去三潭印月，走九曲橋，吃藕粉。

一〇（一九二七年三月十八日）

次日遊北山，西冷新塔殊陋。玉泉魚似不及從前肥。曼告奮勇，自靈隱捷步上山，達韜光，直登觀湖亭，擷一茶花而歸。冷泉亭大吃辣醬豆府干，有掛香袋老婆子三人，即飛來峰下揭裾而私，殊褻。

與瑞議月下遊湖，登峰看日出。不及四時即起。約仲齡父子同下湖而月已隱。雲暗木黑，涼露沾襟，則扣舷雜

唱；未達峰，東方已露曉，雨亦涔涔下。瑞欲縮隱，扶之赴峰，直登初陽臺，瑞色蒼氣促，即石條卷臥如蛸，因與仲齡父子捷足攀上將軍嶺，望寶俶南山北山，皆奧昧入雲，不可辨識。驟雨欲來，俯視則雙堤畫水，樹影可鑒，阮墩尤珠圍翠繞，瀲灩湖心，雖不見初墩，亦足豪已。既吐納清高，急雨已來，遙見黃狗四條，施施然自東而西，步武井然，似亦取途初陽自矜逸興者，可噱也。因雨猛，趨山半亭小憩看雨，帶來白玫瑰一瓶，無盃器，則即擎瓶直倒，引吭而歌，殊樂。忽舉頭見亭顏懸兩聯，有「雨後山光分外清」句，共訝其巧合。繼拂碑看字，則爲瑞午尊人手筆，益喜，因摹幾字攜歸，亦一紀念。

下山在新新早餐，回寓才八時。十時過養默來，而雨注不停，曼頗不餒，即命輿出遊。先弔雷峰遺跡，冒雨躋其顛而賞景焉。繼至白雲庵拜月老求籤。翁家山石屋小坐，即上煙霞，素餐至佳，飯畢已三時。天時冥晦，雨亦弗住，顧遊與至感勃勃，翻嶺下龍井，時風來驟急，揭瑞輿頂，佚子幾仆。龍井已十年不到，泉清林旺，福地也。自此轉入九溪，如入仙境，翠嶺成屏，茶叢嫩芽初吐，鳴禽相應，婉轉可聽。尤可愛者則滿山杜鵑花，鮮紅照眼，如火如荼，曼不禁狂善，急呼採採。邁步上坡，躓亦弗顧，卒集得一大束，插戴滿頭。抵理安天已陰黑，楠林深鬱，高插雲天，到此吐納自清，胸襟解豁。有身長眉秀之

僧人自林裡走出，殷勤招客入寺吃茶，以天晚辭去。寺前新矗一董太夫人經塔，奇醜，最煞風景，此董太夫人該入地獄。回寓已七時半。

適之遊廬山三日，做日計數萬言，這一個「勤」字亦自不易。他說看了江西內地，得一感想，女性的醜簡直不是個人樣，尤其是金蓮三寸，男性造孽，眞是無從說起，此後須有一大改變才有新機：要從一把女性當牛馬的文化轉成一男性自願爲女性做牛馬的文化。適之說男人應盡力賺出錢來爲女人打扮，我說這話太革命性了。鄒恩潤都怕有些不敢刊入名言錄了！

有天鵝絨悲哀的疑古玄同（案：指錢玄同），有時確是瘋得有趣。

——（一九二七年四月十四日）

下午去龍華看桃花，到塔前爲止，看不到半樹桃花，廢然返車（桃花在新龍華）。入半淞園攝景，風沙塗面，半不像人。

母親今晚到，寓範園。

琬子常嚷頭疼，昨去看醫，說先天帶來的病，不即治且不治。淑筠今日又帶去中醫處，說話更齒，孩子們是不可太聰慧了。

曼說她妹子慧絕美絕，她自己只是個癡孩子（曼昨晚

又發跳病痒病，口說大臉的四金剛來也！眞是孩子！）

案上插了一枝花便不寂寞。最宜人是月移花影上窗紗。

一二（一九二七年四月二十日）

是春倦嗎，這幾天就沒有全醒過，總是睡昏昏的。早上先不能睡，夜間還不曾動手做事，瞌睡就來了。腦筋裡幾於完全沒有活動，該做的事不做，也不放在心上，不著急，逛了一次西湖反而逛呆了似的。想做詩吧，別說詩句，詩意都還沒有影兒，想寫一篇短文吧，一樣的難，差些日記都不會寫了。昨晚寫信只覺得一種懈惰在我的筋骨裡，使得我在說話上只選抵抗力最小的道兒走。字是不經挑擇的，句是沒有法則的，更說不上章法什麼，回想先前的行札是怎麼寫的，這回眞有些感到更不如從前了。

難道一個詩人就配顚倒在苦惱中，一天逸豫了就不成嗎？而況像我的生活何嘗說得到逸豫？只是一樣，絕對的苦與惱確是沒有了的，現在我一不是攀登高山；二不是疾馳峻坂，我只是在平坦的道上安步徐行，這是我感到閉塞的一個原因。

天目的杜鵑已經半萎，昨寄三朵給雙佳廔。

我的墨池中有落紅點點。

譯哈代八十六歲自述一首，小曼說還不差，這一誇我

靈機就動，又做得了一首：

殘春

昨天我瓶子裡斜插著的桃花，
是朵朵媚笑在美人的腮邊掛；
今兒它們全低了頭，全變了相——
紅的白的屍體倒懸在青條上。

窗外的風雨報告殘春的運命，
表鐘似的音響在黑夜裡叮嚀：
「你生命的瓶子裡的鮮花也變
了樣，艷麗的屍體，等你去收殮！」

給陸小曼的信Ⅲ

（一九二七年十一月二十七日至一九三一年十月二十九日
三〇至六六封）

三〇（一九二七年十一月二十七日）

眉：

昨劉太太亦同行，剪髮燙髮，又戴上霞飛路十八元氈帽，長統絲襪，繡花手套，居然亭亭艷艷，非復「吳下阿蒙」，甚矣巴黎之感化之深也。午快車等於慢車，每站都停；到南京已九時有餘。一路幸有同伴，尚不難過。憶上次到南京，正值龍潭之役。昨夜月下經過，猶想見血肉橫飛之慘。在此山後數十里，我當時坐洋車繞道避難，此時都成陳跡矣。歆海家一小洋房，平屋甚整潔。湘玫〔眉〕理家看小孩，兼在大學教書，甚勤。因我來特爲製新被褥借得帆布床，睡客堂中，暖和舒服不讓家中；昨夜暢睡一宵，今晨日高始起。即刻奚若（案：張奚若）端升（案：錢端升）光臨了。你昨夜能熬住不看戲否？至盼能多養息。我事畢即歸，弗念。阿哥已到否？爲我候〔致〕候。

此間天氣甚好，十月小陽春也。

父母前叩安湘玫〔眉〕附候。

摩摩　十一月二十七日

三一（一九二八年五月九日）

愛眉：

這可眞急死我了，我不說託湯爾和給設法坐小張（案：張學良）的福特機嗎？好容易五號的晚上，爾和來信說：七號顧少川（案：顧維鈞，下文「小顧」同）走，可以附乘。我得意極了。東西我知道是不能多帶的。我就單買了十幾個沙營，胡沈的一大簍子，專爲孝敬你的。誰知六號晚上來電說：七號不走，改八號；八號又不走，改九號；明天（十號）本來去了，憑空天津一響炮小顧又不能走。方才爾和通電：竟連後天走得成否都不說了。你說我該多麼著急？

我本想學一個飛將軍從天而降，給你一個意外的驚喜，所以不曾寫信。同時你的信來，說又病的話，我看楞了簡直的。咳！我眞不知怎麼說，怎麼想才是。乖！你也太不小心了，如果眞是小產，這盤帳怎麼算？

我爲此呆了這兩天，又急於你的身體，滿想一腳跨到。飛機六小時即可到南京，要快當晚十一點即可到滬，又不花本；那是多痛快的事！誰想又被小鬼的炮聲給耽誤了，眞可恨！

你想，否則即使今天起，我此時也已經到家了。孩子！現在只好等著，他不走，我更無法，如何是好？但也許說不定他後天走，那我也許和這信同時到也難說。反正

我日內總得回，你耐心候著吧，孩子！

請告瑞午（案：翁瑞午），大雨（案：孫大雨）的地是本年二月押給營業公司一萬二千兩。他急於要出脫，務請趕早進行。他要俄國羊皮帽，那是天津盛錫福的，北京沒有。我不去天津，且同樣貨有否不可必，有的貴到一、二百元的，我暫時沒有法子買。

天津還不知鬧得怎樣了，北京今天謠言蜂起，嚇得死人。我也許遷去叔華家住幾天；因她家無男子，僅她與老母幼子；她又膽小。但我看北京不知〔會〕出什麼大亂子，你不必爲我擔憂。

我此行專爲看你；生意能成固好，否則我也顧不得。且走頗不易，因北大同人都相約表示精神，故即成行亦須於三、五日內趕回，恐你失望，故先說及。

文伯信多謝。我因不知他地址，他亦未來信，以致失候，負罪之至。但非敢疏慢也。臨走時趣話早已過去忘卻，但傳聞麻兄（案：王文伯）演成妙語，眞可謂點金妙手。麻兄畢竟可愛！一笑。但我實在著急你的身體，這樣下去怎麼得了。我眞恨日本人，否則今晚即可歡然聚話矣。

相見不遠，諸自珍重！

摩摩吻上　九日

三二（一九二八年六月十七日）

親愛的：

離開了你又是整一天過去了。我來報告你船上的日子是怎麼過的。我好久沒有甜甜的睡了，這一時尤其是累，昨天起可有了休息了；所以我想以後生活覺得太倦的了的時候，只要坐船，就可以養過來。長江船實在是好，我回國後至少我得同你去來回漢口坐一次。你是城裡長大的孩子，不知道鄉居水居的風味，更不知道海上河上的風光；這樣的生活實在是太窄了，你身體壞一半也是離天然健康的生活太遠的緣故。你坐船或許怕暈，但走長江乃至走太平洋絕不至於。因爲這樣的海程其實說不上是航海，尤其是在房間裡，要不是海水和機輪的聲響，你簡直可以疑心這船是停著的。昨晚給你寫了信，就洗澡上床睡，一睡就著，因爲太倦了，一直睡到今早上十點鐘才起來。早飯已吃不著，只喝一杯牛奶。穿衣服最是一個問題，昨晚上吃飯，我穿新做那件米色華絲紗，外罩春舫式的坎肩；照照鏡子，還不至於難看。文伯也穿了一件艷綠色的綢衫子，兩個人聯袂而行，趾高氣揚的進餐堂去。我倒懊惱中國衣帶太少了，尤其那件新做藍的夾衫。我想你給我寄紐約去。只消掛號寄，不會遺失的；也許有張單子得塡，你就給我寄吧，用得著的。還有人和里（案：布莊行）我看中了一種料子，只要去信給田先生，他知道給染什麼顏色。

染得了，讓拿出來叫雲裳（案：雲裳服裝公司，幼儀在經營的）按新做那件尺寸做，安一個嫩黃色的極薄綢裡子最好；因爲我那件舊的黃夾衫已經褪色，宴會時不能穿了。你給我去信給爸爸，或是他還在上海，讓老高去通知關照人和要那料子。我想你可以替我辦吧。還有襯裡的綢褲褂（紮腳管的）最好也給做一套，料子也可以到人和要去，只是你得說明白材料及顏色。你每回寄信的時候不妨加上「Via Vancouver」（案：經由溫哥華）也許可以快些。

今天早上我換了洋服，白嗶嘰褲，灰法蘭絨褂子，費了我好多時候，才給打扮上了，眞費事。最糟是我的脖子確先從十四吋半長到十五吋；而我的衣領等等都還是十四吋半，結果是受罪。尤其是瑞午送我那件特別shirt（襯衫），領子特別小，正怕不能穿，那眞可惜。穿洋服是眞不舒服，脖子、腰、腳，全上了鐐銬，行動都感到拘束，哪有我們的服裝合理，西洋就是這件事情欠通，晚上還是中裝。

飯食也還要得，我胃口也有漸次增加的趨向。最好一樣東西是橘子，眞正的金山橘子，那個兒的大，味道之好，同上海賣的是沒有比的。吃了中飯到甲板上散步，走七轉合一哩，我們是寬袍大袖，走路斯文得很。有兩個牙齒雪白的英國女人走得快極了，我們走小半轉，她們走一轉。船上是靜極了的，因爲這是英國船，客人都是些老頭

兒，文伯管他們叫做retired burglars（譯：退休竊賊），因爲他們全是在東方賺飽了錢回家去的。年輕女人雖則也有幾個，但都看不上眼，倒是一件〔位〕似乎福建人的中國女人長得還不壞。可惜她身邊永遠有兩個年輕人擁護著，說的話也是我們沒法懂的，所以也只能看看。到現在爲止，我們跟誰都沒有交談過，除了房間裡的boy，看情形我們在船上結識朋友的機會是少得很，英國人本來是難得開口，我們也不一定要認識他們。船上的設備和布置眞是不壞；今天下午我們各處去走了一轉，最上層的甲板是叫Sun deck（譯：日光甲板）可以太陽浴。那三個煙囱之粗，晚上看看眞嚇人。一個游泳池眞不壞，碧清的水逗人得很，我可惜不會游水，否則天熱了，一天浸在裡面都可以的。健身房也不壞，小孩子另有陳設玩具的屋子，圖書室也好，只有是書少而不好。音樂也還要得，晚上可以跳舞，但沒人跳。電影也有，沒有映過。我們也到三等煙艙裡去參觀了，那眞叫我駭住了，簡直是一個China town的變相，都是赤膊赤腳的，橫七豎八的躺著，此外擺有十幾隻長方的桌子，每桌上都有一、兩人坐著，許多人圍著。我先不懂，文伯說了，我才知道是「攤」，賭法是用一大把棋子合在碗下，你可以放注，莊家手拿一根竹條、四顆四顆的撥著數，到最後剩下的幾顆定輸贏。看情形進出也不小，因爲每家跟前都是有一厚疊的鈔票；這眞是非凡，

賭風之盛，一至於此！還有一件奇事，你隨便什麼時候可以叫廣東女人來陪，嗚呼！中華的文明。

下午望見有名的島山，但海上看不見飛鳥。方才望見一列的燈火，那是長崎，我們經過不停。明日可到神戶，有濟遠（案：志摩的好友兼畫家張濟遠）來接我們，文伯或許不上岸。我大概去東京，再到橫濱，可以給你寄些小玩意兒，只是得買日本貨，不愛國了，不礙嗎？

我方才隨筆寫了一短篇《卞昆岡》的小跋，寄給你，看過交給上沅（案：余上沅）付印，你可以改動，你自己有話的時候不妨另寫一段或是附在後面都可以。只時得快些，因爲正文早已印齊，等我們的序跋和小鶼（案：江小鶼）的圖案了，這你也得馬上逼著他動手，再遲不行了！再伯生他們如果眞演，來請你參觀批評的話，你非得去，標準也不可太高了，現在先求有人演，那才看出戲的可能性，將來我回來，自然還得演過。不要忘了我的話。同時這夏天我眞想你能寫一、兩個短戲試試，有什麼結構想到的就寫信給我，我可以幫你想想。我對於話劇是有無窮願望的，你非得大大的幫我忙，乖囡！

你身體怎樣，昨天早起了不太累嗎？冷東西千萬少吃，多多保重，省得我在外提心吊膽的！

媽那裡你去信了沒？如未，馬上就寫。她一個人在也是怪可憐的。爸爸、娘大概是得等競武（案：何競武）

信，再定搬不搬；你一人在家各事都得警醒留神，晚上早睡，白天早起，各事也有個接洽，否則你遲睡，淑秀也不早起，一家子就沒有管事的人了，那可不好。

文伯方才說美國漢玉不容易賣，因爲他們不承認漢玉，且看怎樣。明兒再寫了，親愛的，哥哥親吻你一百次，祝你健安。

摩摩　十七日夜

注：此信應為一九二八年六月徐志摩第三次出國歐遊首途時寫給陸小曼的信。

三三（一九二八年六月十八日）

親愛的：

我現在一個人在火車裡往東京去；車子震蕩得很兇，但這是我和你寫信的時光，讓我在睡前和你談談這一天的經驗。

濟遠隔兩天就可以見你，此信到，一定遠在他後，你可以從他知道我到日時的氣色等等。他帶回去一束手絹，是我替你匆匆買的，不一定別致；到東京時有機會再去看看，如有好的，另寄給你。這眞是難解決，一面爲愛國，我們絕不能買日貨，但到了此地看各樣東西製作之靈巧，又不能不愛。濟遠說：你若來，一定得裝幾箱回去才過

癮。說起我讓他過長崎時買一框〔筐〕日本大櫻桃給你，不知他能記得否。日本的枇杷大極了，但不好吃。白櫻桃亦美觀，但不知可口不？

我們的船從昨晚起即轉入——島國的內海，九州各島燈火輝煌，於海波澎湃夜色蒼茫中，各具風趣。今晨起看內海風景，美極了，水是綠的，島嶼是青的，天是藍的；最相映成趣的是那些小漁船一個個揚著各色的漁帆，黃的、藍的、白的、灰的，在輕波間浮游。我照了幾張，但因背日光，怕不見好。飯後船停在神戶口外，日本人上船來檢驗護照。

我上函說起那比較看得的中國女子，大約是避綁票一類，全家到日本上岸。我和文伯說這樣好，一船上男的全是蠢，女的全是醜，此去十餘日如何受得了。我就想像如果乖你同來的話，我們可以多麼堂皇的并肩而行，叫一船人都側目！大鋒頭非得到外國出，明年咱們一定得去西洋——單是爲呼吸海上清新的空氣也是值得的。

船到四時才靠岸，我上午發無線電給濟遠的，他所以約了鮑振青來接，另外同來一、兩個新聞記者，問這樣問那樣的，被我幾句滑話給敷衍過去了，但相是得照一個的，明天的神戶報上可見我們的尊容了。上岸以後。就坐汽車亂跑，街上新式的雪佛洛來跑車最多，買了一點東西，就去山裡看雌雄瀧瀑布，當年叔華的兄姊淹死或閃死

的地方。我喜歡神戶的山，一進去就撲鼻的清香，一股涼爽氣侵襲你的肘腋，妙得很。一路上去有賣零星手藝及玩具的小鋪子，我和文伯買了兩根刻花的手杖。我們到雌雄瀧池邊去坐談了一陣，暝色從林木的青翠裡濃濃的沁出，飛泉的聲響充滿了薄暮的空山：這是東方山水獨到的妙處。下山到濟遠寓裡小憩；說起洗澡，濟遠說現在不僅通伯敢於和別的女人一起洗，就是叔華都不怕和別的男性共浴，這是可咋舌的一種文明！

我們要了大蔥麵點飢，是蔥而不息，頗入味。鮑君爲我發電報，只有平安兩字，但怕你們還得請教小鵜，因爲用日文發比英文便宜幾倍的價錢。出來又吃鰻飯，又爲鮑君照相（此攝影大約可見時報）趕上車，我在船上買的一等票，但此趟急行車只有睡車二等而無一等，睡車又無空位，怕只得坐這一宵了。明早九時才到東京，通伯想必來接。

後日去橫濱上船，想去日光或箱根一玩，不知有時候否，曼，你想我不？你身體見好不？你無時不在我切念中，你千萬保重，處處加愛，你已寫信否？過了後天，你得過一個月才得我信，但我一定每天給你寫，只怕你現在精神不好，信過長了使你心煩。我知道你不喜我說哲理話，但你知道你哥哥愛是深入骨髓的。我親吻你一千次。

摩摩　十八日

三四（一九二八年六月二十四日）

眉眉：

我說些笑話給你聽：這一個禮拜每晚上，我都躲懶，穿上中國大袍不穿禮服，一樣可以過去。昨晚上文伯說：這是星期六，咱們試試禮服罷。他早一個鐘頭就動手穿，我直躺著不動，以為要穿就穿，那用著多少時候。但等到動手的時候，第一個難關就碰到了領子；我買的幾個硬領尺寸都太小了些；這罪可就受大了，而且是笑話百出。因爲你費了多大工把它放進了一半，一不小心，它又out（出來）了！簡直弄得手也酸了，胃也快翻了，領子還是扣不進去。沒法想，只得還是穿了中國衣服出去。今天趕一個半鐘點前就動手，左難右難，哭不是，笑不是的麻煩了足足一個時辰才把它扣上了。現在已經吃過飯，居然還不鬧亂子，還沒有out！這文明的麻煩眞有些受不了。到美國我眞想常穿中國衣，但又只有一件新做的可穿，我上次信要你替我去做，不知行不？

海行冷極了，我把全副行頭都給套上，還覺得涼。天也陰淒淒的不放晴；在中國這幾天正當黃梅，我們自從離開日本以來簡直沒見過陽光，早都是這晦氣臉的海和晦氣臉的天。甲板上的風又受不了，只得常常躲在房間裡。唯一的消遣是和文伯談天。這有味！我們連著談了幾天了，談不完的天。今天一開眼就——喔，不錯我一早做一個怪

夢，什麼Freddy叫陶太太拿一把根子鬧著玩兒給打死了——一開眼就揀到了society Iadies（譯：上流社會貴夫人）的題目瞎談，從唐瑛講到溫大龍（one dollar），從鄭毓秀講到小黑牛。這講完了，又講有名的姑娘，什麼愛之花、潘奴、雅秋、亞仙的胡扯了半天。這講了，又談當代的政客，又講銀行家、大少爺、學者、學者們的太太們，什麼都談到了。曼！天冷了，出外的人格外思家。昨天我想你極了，但提筆寫可又寫不上多少話；今天我也眞想你，難過得很，許是你也想我了。這黃梅時陰凄的天氣誰不想念他的親愛的？

你千萬自己處處格外當心——爲我。

文伯帶來一箱女衣，你說是誰的？陳潔如你知道嗎？蔣介石的太太，她和張靜仁的三小姐在紐約，我打開她箱子來看了，什麼尺呀、粉線袋、百代公司唱詞本兒、香水、衣服，什麼都有。等到紐約見了她，再做詳細報告。

今晚有電影，Billie Dove的，要去看了。

摩摩的親吻　六月二十四

三五（一九二八年六月二十五日）

六月二十五：明天我們船過子午線，得多一天。今天是二十五，明天本應二十六，但還是二十五；所以我們在船上的多一個禮拜一，要多活一天。不幸我們是要回來

的，這撿來的一天還是要丟掉的。這道理你懂不懂？小孩子！我們船是向東北走的，所以愈來愈冷。這幾天太太小姐們簡直皮小〔大〕氅都穿出來了。但過了明天，我們又轉向東南，天氣就一天暖似一天。到了Victoria（維多利亞）就與上海相差不遠了。美國東部紐約以南一定已經很熱，穿這斷命的外國衣服，我眞有點怕，但怕也得挨。

船上吃飽睡足，精神養得好多，面色也漸漸是樣兒了。不比在上海時，人人都帶些晦氣色。身體好了，心神也寧靜了。要不然我昨晚的信如何寫得出？那你一看就覺得到這是兩樣了。上海的生活想想眞是糟。陷在裡面時，愈陷愈深；自己也覺不到這最危險，但你一跳出時，就知道生活是不應得這樣的。

這兩天船上稍爲有點生氣，前今兩晚舉行一種變相的賭博：賭的是船走的里數，信上說是說不明白的。但是auction sweep（清掃拍賣）一種拍賣倒是有點趣味——賭博的趣味當然。我們輸了幾塊錢。今天下午，我們賽馬，有句老話是：船頂上跑馬，意思是走頭無路。但我們卻眞的在船上舉行賽馬了。我說給你聽：地上鋪一條劃成六行二十格的毯子，拿六隻馬——木馬當然，放在出發的一頭，然後拿三個大色子擲在地上。如其擲出來是一二三，那第一第二第三三個馬就各自跑上一格；如其接著擲三個一點，那第一隻馬就跳上了三步。這樣誰先跑完二十格，

就得香檳。買票每票是半元，隨你買幾票。票價所得總數全歸香檳，按票數分得，每票得若干。比如六馬共賣一百張票，那就是五十元。香檳馬假如是第一馬，買的有十票，那每票就派著十元。今天一共舉行三賽，兩次普通，一次「跳濱」；我們贏得了兩塊錢，也算是好玩。

第二個六月二十五：今天可紀念的是晚上吃了一餐中國飯，一碗湯是鮑魚雞片，頗可口，另有廣東鹹魚草菇球等四盆菜。我吃了一碗半飯，半瓶白酒，同船另有一對中國人；男姓李，女姓宋，訂了婚的，是廣東李濟琛的秘書；今晚一起吃飯，飯後又打兩圈麻將。我因爲多喝了酒，多吃了煙，頗不好受；頭有些暈，趕快逃回房來睡下了。

今天我把古董給文伯看：他說這不行，外國人最講考據，你非得把古董的歷史原原本本的說明不可。他又說：三代銅器是不含金質的，字體也太整齊，不見得怎樣古；這究是幾時出土，經過誰的手，經過誰評定，這都得有。凡是有名的銅器在考古書上都可以查得。這克爐是什麼時代，什麼□鑄的，爲什麼叫「克」？我走得匆促，不曾詳細問明，請瑞午給我從詳（而且須有根據，要靠得住）即速來一個信，信面添上——「Via Seattle」（經由西雅圖），可以快一個禮拜。還有那瓶子是明朝什麼年代，怎樣的來歷，也要知道。漢玉我今天才打開看，怎麼爸爸只給我些

普通的。我上次見過一些藥鐘什麼好些的，一樣都沒有，頗有些失望。但我當然去盡力試賣。文伯說此事頗不易做，因爲你第一得走門路，第二近年來美國人做寃大頭也已經做出了頭。近來很精明了，中國什麼路貨色什麼行市他們都知道。第二即使有了買主，介紹人的傭金一定不小，比如濟遠說在日本賣畫，賣價五千，賣主眞到手的不過三千，因爲八大（案：指八大山人）那張畫他也沒有敢賣。而且還有我們身分的關係，萬一他們找出證據來說東西靠不住，我們要說大話，那很難爲情。不過他倒是有這一路的熟人，且碰碰運氣去看。競武他們到了上海沒有？我很掛念他們。要是來了，你可以不感寂寞，家下也有人照應了；如未到來信如何說法，我不另寫信了；他們早晚到，你讓他們看信就得。

我和文伯談話，得益很多。他倒是在暗裡最關切我們的一個朋友。他會出主意，你是知道的。但他這幾年來單身人在銀行界最近在政界怎樣的做事，我也才完全知道，以後再講給你聽。他現在背著一身債，爲要買一個清白，出去做事才立足得住。在一般人看來，他是一個大傻子；因爲他放過明明不少可以發財的機會不要，這是他的品格，也顯出他志不在小，也就是他夠得上做我們朋友的地方。他倒很佩服娘，說她不但有能幹而有思想，將來或許可以出來做做事。

在船上是個極好反省的機會。我愈想愈覺得我倆有趕快wake up（覺醒）的必要。上海這種疏鬆生活實在是要不得，我非得把你身體先治好，然後再定出一個規模來，另闢一個世界，做些旁人做不到的事業，也叫爸娘吐氣。我也到年紀了，再不能做大少爺，媽〔馬〕虎過日。近來感受種種的煩惱，這都是生活不上正軌的緣故。曼，你果然愛我，你得想想我的一生，想想我倆共同的幸福；先求養好身體，再來做積極的事。一無事做是危險的，飽食暖衣無所用心，絕不是好事。你這幾個月身體如能見好，至少得趕緊認眞學畫和讀些正書。要來就得認眞，不能自哄自，我切實的希望你能聽摩的話。你起居如何？早上何時起來？這第一要緊——生活革命的初步也。

摩親吻你

Empress of Canada（加拿大女皇輪）

June 23rd, 1928（6月23日）

Darling:

This is the 8th day on board and I haven't told you much about what it feels to be on board such a big ship as the Empless of Canada. The fact is we very much regret having taken to this boat instead of one of the Dollar-line boats.

This is a Canada ship, a Britisher, not American.

Consequently the atmosphere on board is pervaded with that British chill which is made doubly worse by the sea chill of the Northern Pacific. You mean to tell me this is summer time? Yes, except in the sight of here and there barely surviving white flannels and white canvas shoes one finds it extremely difiicult to make out any trace of summer. Enter the drawing rooms and you feel (not surprisedly) the good of the radiators heartily at work again; go to the decks and you feel the good of caps and overcoats and heavy shawls and thick steamship rugs tightly tugged round your sides; look at the sea and you are confronted with indifferent masses of steely water hemmed in by hazy horizons and overcast with a misty firmament that promises neither sunlight nor glad-hued clouds. And you mean to tell me that this is summer, the month of June?

Wemps just proposed a star plan to us which, if successfullyk carried out will combine art and money. "Go to join the Hollywood crowd and make a million gold dollars of fortune out of say three years' work" - he says he can think of no better plan than that.

（案：原信以英文寫成，今譯之如下：）

親愛的：

這是登船的第八天了，我在此船上的感受到現在還未告訴過你。事實上，我們眞覺得遺憾，因爲搭乘了女皇號而未搭乘Dollar-line的船。這是一艘加拿大船，隸屬英國公司而不是美國公司，因此，船上充滿不列顛人的寒氣，比北太平洋海上的寒氣加倍使人難受。

你不是告訴我現在已是夏季嗎？現在確是夏季，然而，除了人們腳上所穿的白法蘭絨鞋或白帆布鞋，能使人領悟到時節外，此外極難找到表示夏天的跡象。邁進會客室，你就會感到暖氣裝置的可親；走上甲板，你又會感到帽子、外套、厚圍巾以及腳底下甲板地毯的溫暖。朝海面望去，看到的只是迷蒙一團的，被水氣弄模糊的地平線所圈起來的海域。灰色的充滿霧氣的天空，令人耽心它永遠不會天晴，也絕不會出現叫人心曠神怡的雲彩。你不是說已到夏天六月了嗎，但我一點感覺也沒有。

Wemps（文伯）剛才給我們聊過一個做明星的設想，可以把金錢和藝術二者無憾地結合起來，他說的是如果願意去美國好萊塢當演員演上三年電影，說不定碰運氣就可以賺到一百萬個金幣。

三六（一九二八年七月二日）

曼：

不知怎的車老不走了，有人說前面碰了車；這可不是玩，在車上不比在船上，拘束得很，什麼都不合式，雖則這車已是再好沒有的了。我們單獨佔一個房間，另花七十美金，你說多貴！

前昨的經過始終不曾說給你聽，現在補說吧！

Victoria（維多利亞）這是有錢人休息的一個海島，人口有六、七萬；天氣最好，至熱不過八十度，到冷不愈四十，草帽、白鞋是看不見的。住家的房子有很好玩的，各種的顏色靈巧得很；花木哪兒都是，簡直找不到一家無花草的人家。這一季尤其各色的繡球花、紅白的月季，還有長條的黃花、紫的香草，連綿不斷的全是花。空氣本來就清，再加花香，妙不可言。街道的乾淨也不必說。我們坐車遊玩時正九時，家家的主婦正鋪了床，把被單到廊下來的晒太陽。送牛奶的趕著空車過去，街上靜得很；偶爾有一、兩個小孩在街心裡玩。但最好的地方當然是海濱：近望海裡，群島羅列，白鳥飛翔，已是一種極閑適之景致；遠望更佳，夏令配克高峰都是戴著雪帽的、在朝陽裡煊耀：這使人塵俗之念，一時解化。我是個崇拜自然者，見此如何不傾倒！遊罷去皇后旅館小憩；這旅館也大極了，花園尤佳，竟是個繁花世界，草地之可愛，更是中國所不

可得見。

中午有本地廣東人邀請吃麵，到一北京樓；麵食不見佳，卻有一特點：女堂倌是也。她那神情你若見了，一定要笑，我說你聽。

姑娘是瓊州生長的女娃！
生來粗眉大眼刮刮叫的英雌相，
打扮得像一朵荷花透水鮮，
黑綢裙、白絲魅、粉紅的綢衫，
配再上一小方圍腰，
她走道兒是玲叮噹，
她開口時是有些兒風騷；
一雙手倒是十指尖：
她跟你斟上酒又倒上茶……

據說這些打扮得嬌艷的女堂倌，頗得洋人的喜歡。因爲中國菜館的生意不壞，她們又是走碼頭的，在加拿大西美名城子輪流做招待的。她們也會幾支山歌，但不是大老板，她們是不賞臉的。下午四時上船，從維多利亞到西雅圖，這船雖小，卻甚有趣。客人多得很，女人尤多。在船上，我們不說女人沒有好看的嗎？現在好了，愈向內地走，女人好看的似乎愈多；這船上就有不少看得過的。但

我倦極了，一上船就睡著了。這船上有好玩的，一組女人的音樂隊，大約不是俄國便是波蘭人吧！打扮得也有些妖形怪氣的，胡亂吹打了半天，但聽的人實在不如看的人多！船上的風景也好，我也無心看，因為到岸就得檢驗行李過難關。八時半到西雅圖，還好，大約是金問泗的電報，領館裡派人來接，也多虧了他；出了些小費，行李居然安然過去。現在無妨了，只求得到主兒賣得掉，否則原貨帶回，也夠掃興的不是？當晚為護照行李足足弄了兩小時，累得很；一路到客棧，吃了飯，就上了床睡。不到半夜又醒了，總是似夢非夢的見著你，怎麼也睡不著。臨睡前額角在一塊玻璃角上撞起了一個窟窿，腿上也磕出了血，大約是小晦氣，不要緊的，你們放心。昨天早上起來去車站買票，弄行李，離開車尚有一小時。雇了輛汽車去玩西雅圖城，這是一個山城，街道不是上，就是下，有的峻險極了，看了都害怕。山頂就一隻長八十里的大湖叫Lake Washington（華盛頓湖），可惜天陰，望不清。但山裡住家可太舒服了。十一時上車，車頭是電氣的，在萬山中開行，說不盡的好玩。但今朝又過好風景，我還睡著錯過了！可惜，後天是美國共和紀念日，我們正到芝加哥。我要睡著了，再會！

妹妹！

摩　七月二日

三七（一九二八年七月五日）

親愛的：

整兩天沒有給你寫信，因爲火車上實在震動得太厲害，人又爲失眠難過，所以索性耐著，到了紐約再寫。你看這信箋就可以知道我們已經安到我們的目的地——紐約。方才渾身都洗過，頗覺爽快。這是一個比較小的旅館，但房金每天合中國錢每人就得十元，房間小得很，雖則有澡室等等，設備還要得。出街不幾步，就是世界上有名的 Fifth Ave（紐約第五街）這道上只有汽車，那多就不用提了。

我們還沒有到K.C.H.那裡去過，雖則到岸時已有電給他，請代收信件。今天這三、兩天怕還不能得信，除非太平洋一邊的郵信是用飛船送的，那看來不見得。說一星期吧，眉你的第一封信總該來了吧，再要不來，我眼睛都要望穿了。

眉，你身體該好些了吧？如其還要得，我盼望你不僅常給我寫信，並且要你寫得使我宛然能覺得我的乖眉小貓兒似的常隨我的左右！我給你說說這幾天的經過情形，最苦是連著三、四晚失眠。前晚最壞了，簡直是徹夜無眠，也不知道什麼原因。一路火旺得很，一半許是水土，上岸頭幾天又沒有得水果吃，所以燒得連口唇皮都焦黑了。現在好容易到了紐約，只是還得忙：第一得尋一個適當的

apartment（房間）。夏天人家出外避暑，許有好的出租。第二得想法出脫帶來的寶貝。說起昨天過芝加哥，我們去Museum of Natural History（自然歷史博物館）走來了。那邊有一個玉器專家叫Lanfer，他曾來中國收集古董，印一本講玉器的書，要賣三十五元美金。昨天因爲是美國國慶紀念，他不在館，沒有見他。可是文伯開玩笑，給出一個主意，他讓我把帶來的漢玉給他看，如他說好，我就說這是不算數，只是我太太Madame Hsu Siaoman（徐小曼太太）的小玩意兒Collection（收藏品），她老太爺才眞是好哪。他要同意的話，就拿這一些玉全借給他，陳列在他的博物院裡，請本城或是別處的闊人買了捐給院裡。文伯又說：我們如果吹得得法的話，不妨提議讓他們請爸爸做他們駐華收集玉器代表。這當然不過是這麼想，但如果成的話，豈不佳哉？我先寄此，晚上再寫。

摩　一九二八年七月五日

三八（一九二八年十月四日）

愛眉：

久久不寫中國字，寫來反而覺得不順手。我有一個怪癖，總不喜歡用外國筆墨寫中國字，說不出的一種別扭，其實還不是一樣的。

昨天是十月三號按陽曆是我倆的大喜紀念日，但我想

不用它，還是從舊曆以八月二十七孔老先生生日那天作爲我們紀念的好；因爲我們當初挑的本來是孔誕日而不是十月三日，那你有什麼意味？

昨晚與老李喝了一杯Cocktail（雞尾酒），再吃飯，倒覺得臉烘烘熱了一、兩個鐘頭。同船一班英國鬼子都是粗俗到萬分，每晚不是賭錢賽馬，就是跳舞鬧，酒間裡當然永遠是滿座的。這班人無一可談，眞是怪，一出國的英國鬼子都是這樣的粗傖可鄙。

那群舞女（Bawoard〔bandry〕Compny），不必說，都是那一套，成天光著大腿子，打著紅臉紅嘴趕男鬼胡鬧，淫騷粗醜的應有盡有。此外的女人大半都是到印度或緬甸去傳教的一群乾癟老太婆，年紀輕些的，比如那牛津姑娘（要算她還有幾分清氣），說也眞妙，大都是送上門去結婚的，我最初只發現那位牛津姑娘（她的名字叫Sidebottom，多難聽！）是新嫁娘，誰知接連又發現至九個之多，全是準備流血去的！單是一張飯桌上，就有六個大新娘你說多妙！這班新娘子，按東方人看來也眞看不慣，除了眞醜的，否則每人也都有一個臨時朋友，成天成晚的擁在一起，分明她們良心上也不覺得什麼不自然，這眞是洋人洋氣！

我在船上飯量倒是特別好，菜單上的名色總得要過半。這兩星期除了看書（也看了十來本書）多半時候，就

在上層甲板看天看海。我的眼望到極遠的天邊，我的心也飛去天的那一邊。眉你不覺得嗎，我每每憑欄遠眺的時候，我的思緒總是緊繞在我愛的左右，有時想起你的病態可憐，就不禁心酸滴淚。每晚的星月是我的良伴。

自從開船以來，每晚我都見到月，不是送她西沒，就是迎她東升。有時老李伴著我，我們就看著海天也談著海天，滿不管下層船客的鬧，我們別有胸襟、別有懷抱、別有天地！

乖眉，我想你極了，一離馬賽，就覺到歸心如箭，恨不能腳就往回趕。此去印度眞是沒有法子，爲還幾年來的一個願心，在老頭（案：指泰戈爾）升天以前再見他一次，也算盡我的心。像這樣拋棄了我愛，遠涉重洋來訪友，也可以對得住他的了。所以我完全無意留連，放著中印度無數的名勝異跡，我全不管，一到孟買（Bombay）就趕去Calcutta（加爾各答）見了老頭，再順路一到大吉嶺，瞻仰喜馬拉雅的丰采，就上船逕行回滬。眉眉我心肝，你身體見好否？半月來又無消息，叫我如何放心得下，這信不知能否如期趕到？但是快了，再一個月你我又可交抱相慰的了！

香港電到時，盼知照我父。

摩的熱吻

三九（一九二八年十二月十三日）

小曼：

到今天才偷著一點閑來寫信，但願在寫完以前更不發生打岔。到了北京是眞忙，我看人，人看我，幾個轉身就把白天磨成了夜。先來一個簡單的日記吧。

星期六在車上又逢著了李濟之大頭先生，可算是歡喜冤家，到處都是不期之會。車誤了三個鐘頭，到京已晚十一時。老金、麗琳、瞿菊農，都來站接我；故舊重逢，喜可知也。老金他們已遷入叔華的私產那所小洋屋，和她娘分住兩廂，中間公用一個客廳。初進廳老金就打哈哈，原來新月社那方大地毯，現在他家美美的鋪著哪。如此說來，你當初有些錯冤了王公廠了。麗琳還是那舊精神，開口難麼閉口面的有趣。老金長得更醜更蠢更笨更呆更木更傻不難了！他們一開口當然就問你，直罵我，說什麼都是我的不是，爲什麼離不開上海？爲什麼不帶你去外國，至少上北京？爲什麼聽你在腐化不健康的環境裡耽著？這樣那樣的聽說了一大頓，說得我啞口無言。本來是無可說的！麗琳告奮勇她要去上海看看你倒是怎麼回事。種種的廢話都是長翅膀的，可笑卻也可厭。他倆還得向我開口正式談判哪，可怕！

Emma已不和他們同住，不合式，大小姐二小姐分了家了。當晚Emma也來了，她可也變了樣，又老又醜，全

不是原先巴黎倫敦丰采，大爲掃興。

第二天星期一，早去協和，先見思成。梁先生（案：指梁啓超）的病情誰都不能下斷語，醫生說希望絕無僅有，神智稍爲清寧些，但絕對不能見客，一興奮病即變象。前幾天小便阻塞，過一大危險，亦爲興奮。因此我亦只得在門縫裡張望，我張了兩次：一次正躺著，難看極了，半隻臉只見瘦黑而焦的皮包著骨頭，完全脫了形了，我不禁流淚；第二次好些，他靠坐著和思成說話，多少還看出幾分新會先生的神采。昨天又有變象，早上忽發寒熱，抖戰不止，熱度升到四十以上，大夫一無捉摸；但幸睡眠甚好，飲食亦佳。老先生實在是絞枯了腦汁，流乾了心血，病發作就難以支持；但也還難說，竟許他還能多延時日。梁大小姐（案：指梁啓超的大女兒梁思順）亦尚未到。思成因日前離津去奉，梁先生病已沉重，而左右無人作主，大爲一班老輩朋友所責備。彼亦面黃肌瘦，看看可憐。林大小姐（案：指林徽音）則不然，風度無改，渦媚猶圓，談鋒尤健，興致亦豪：且亦能吸煙卷喝啤酒矣！

星期中午老金爲我召集新月故侶，居然尚有二十餘人之多。計開：任叔永夫婦、楊景任、熊佛西夫婦、余上沅夫婦、陶孟和夫婦、鄧叔存、馮友蘭、楊金甫、丁在君、吳之椿、瞿菊農等，彭春臨時趕到，最令高興，但因高興喝酒即多，以致終日不適，腹絞腦脹，下回自當留意。

星期晚間在君請飯，有彭春及思成夫婦，瞎談一頓。昨天星一早去石虎胡同蹇老（案：蹇念益）處，並見慰堂（案：蔣復璁），略談任師（案：梁啓超）身後布置，此公可稱以身殉學問者也，可敬！午後與彭春約同去清華，見金甫等。彭春對學生談戲，我的票也給綁上了，沒法擺脫。羅校長居然全身披掛，威風凜凜，殺氣騰騰，然其太太則十分循順，勸客吃糖食十分殷勤也。晚歸路過燕京，見到冰心女士；承蒙不棄，聲聲志摩，頗非前此冷傲，異哉。與P.C.（案：張彭春）進城吃正陽樓雙脆燒炸肥瘦羊肉，別饒風味。飯後看荀慧生翠屏山，配角除馬富祿外，太覺不堪。但慧生眞慧，冶蕩之意描寫入神，好！戲完即與彭春去其寓次長談。談長且暢，舉凡彼此兩、三年來屯聚於中者一齊傾吐無遺，難得，難得！直至破曉，方始入寐，彭春懼一時不能離南開；乃兄（案：張伯苓）已去國，二千人教育責任，盡在九爺（案：張彭春）肩上。然彭春極想見曼，與曼一度長談。一月外或可南行一次，我亦亟望其能成行也。P.C.眞知你我者，如此知己，僅矣！今日十時去匯業見叔濂，門鎖人愁，又是一番景象。此君精神頗見頹喪，然言自身並無虧空，不知確否。

午間思成藻孫約飯東興樓，重嘗烏魚蛋芙蓉雞片。飯後去淑筠家，老伯未見，見其姬，函款面交。希告淑筠，去六阿姨處，無人在家，僅見黑哥之母（？）。三舅母處

想明日上午去，西城亦有三、四處朋友也。今晚楊鄧請飯，及看慧生（案：荀慧生）全本「玉堂春」。明晚或可一見小樓（案：楊小樓）小余（案：余叔岩）之八大鍾。三日起居注，絮絮述來，已有許多，俱見北京友生之富。然而京華風色不復從前，蕭條景象，到處可見，想了傷心。友輩都要我倆回來，再來振作一番風雅市面，然而已矣！

曼！日來生活如何，最在念中，腿軟已見除否？夜間已移早否？我歸期尚未能定，大約下星四動身。但梁如爾時有變，則或尚須展緩，文伯慰慈已返京，尚未見。文伯麻子今煌煌大要人矣。

堂上均安不另。

汝摩親吻　星期二

四〇（一九二八年十二月二十三日）

Darling（親愛的）：

車現停在河南境內（隴海路上），因爲前面碰車出了事，路軌不曾修好，大約至少得誤點六小時，這是中國的旅行。

老舍處電想已發出，車到如在半夜，他們怕不見得來接，我又說不清他家的門牌號數，結果或須先下客棧。同車熟人頗多，黃嫁壽帶了一個女人，大概是姨太太之一，他約我住他家，我倒是想去看看他的古董書畫。你記得我

們有一次在他家吃飯，Obata請客嗎？他的鼻子大得出奇，另有大鼻子同車，羅家倫校長先生是也。他見了我只是窘，盡說何以不帶小曼同行，煞風景，煞風景！要不然就吹他的總司令長，何應欽白崇禧短，令人處處齒冷。

車上極擠，幾於不得坐位，因有相識人多訂臥位，得以高臥。昨晚自十時半睡至今日十時，大暢美，難得。地在淮北河南，天氣大寒，朝起初見雪花，風來如刺。此一帶老百姓生活之苦，正不可以言語形容。同車有熟知民間苦況者，爲言民生之難堪；如此天時，左近鄉村中之死於凍餓者，正不知有多少。即在車上望去，見土屋牆壁破碎，有僅蓋席子作頂，聊蔽風雨者。人民都面有菜色，鑲手寒戰，看了眞是難受。回想我輩穿棉食肉，居處奢華，尙嫌不足，這是何處說起。我每當感情動時，每每自覺慚愧，總有一天我也到苦難的人生中間去嘗一分甘苦；否則如上海生活，令人筋骨衰腐，志氣消沉，哪還說得到大事業！

眉，願你多多保重，事事望遠處從大處想，即便心氣和平，自在受用。你的特點即在氣寬量大，更當以此自勉。我的話，前晚說的，千萬常常記得，切不可太任性。盼有來信。

汝摩　星期五

爸娘前請安，臨行未道別爲罪。

四一（一九三一年二月二十四日）

眉：

前天一信諒到，我已安到北平。適之父子和麗琳來車站接我，胡家一切都替我預備好。被窠〔窩〕等等一應俱全。我的兩件絲棉袍子一破一燒，胡太太（案：江冬秀）都已經替我縫好。我的房間在樓上，一大間，後面是祖望（案：胡適的長子）的房，再過去是澡室；房間裡有汽爐，舒適得很。溫源寧要到今晚才能見，因此功課如何，都還不得而知；恐怕明後天就得動手工作。北京天時眞好，碧藍的天，大太陽照得通亮；最妙的是徐州以南滿地是雪，徐州以北一點雪都沒有。今天稍有風，但也不見冷。前天我寫信後，同小郭去錢二黎處小坐，隨後到程連士處（因在附近），程太太留吃點心，出門時才覺得時候太遲了一些，車到江邊跑極快，才走了七分鐘，可已是六點一刻。最後一趟過江的船已於六點開走，江面上霧茫茫的祇見幾星輪船上的燈火。我想糟，眞鬧笑話了，幸虧神通廣大，居然在十分鐘內，找到了一隻小火輪，單放送我過去。我一個人獨立蒼茫，看江濤滾滾，別有意境。到了對岸，已三刻，趕快跑，偏偏橘子簍又散了滿地，狼狽之至。等到上車，只剩了五分鐘，你說險不險！同房間一個救世軍的小軍官，同車相識者有翁詠霓。車上大睡，第一晚因大熱，竟至夢魔。一個夢是湘眉那貓忽然反了，約了另一隻

貓跳上床來攻打我；兇極了，我兒乎要喊救命。說起湘眉要那貓，不爲別的，因爲她家後院也鬧耗子，所以要她去鎮壓鎮壓。她在我們家，終究是客，不要過分虧待了她，請你關照荷貞等，大約不久，張家有便，即來攜取的。我走後你還好否？想已休養了過來。過年是有些累；我在上海最苦不夠睡。娘好否？說我請安。硤石已去信否？小蝶（案：陳定山）墨盒及信已送否？大夏六十元支票已送來否？來信均盼提及。電報不便，我或者不發了。此信大後日可到。你晚上睡得好否？立盼來信！常寫要緊。早睡早起，才乖。

汝摩　二月二十四日

四二（一九三一年二月）

眉愛：

前日到後，一函託麗琳付寄，想可送到。我不曾發電，因爲這裡去電報局頗遠，而信件三日內可到，所以省了。現在我要和你說的是我教書事情的安排。前晚溫源寧來適之處，我們三個人談到深夜。北大的教授（三百）是早定的，不成問題。只是任課比中大的多，不甚愉快。此外還是問題，他們本定我兼女大教授，那也有二百八，連北大就六百不遠。但不幸最近教部嚴令禁止兼任教授，事實上頗有爲難處，但又不能兼。如僅僅兼課，則報酬又甚

微，六點鐘不過月一百五十。總之此事尙未停當，最好是女大能兼教授，那我別的都不管，有二百八和三百，只要不欠薪，我們兩口子總夠過活。就是一樣，我還不知如何？此地要我教的課程全是新的，我都得從頭準備，這是件麻煩事；倒不是別的，因爲教書多佔了時間，那我願意寫作的時間就得受損失。適之家地方倒是很好，樓上樓下，並皆明敞。我想我應得可以定心做做工。奚若昨天自清華回，昨晚與麗琳三人在玉華台吃飯。老金今晚回，晚上在他家吃飯。我到此飯不曾吃得幾頓，肚子已壞了。方才正在寫信，底下又鬧了笑話，狼狽極了；上樓去，偏偏水管又斷了，一滴水都沒有。你替我想想是何等光景？（請不要逢人就告，到底年紀不小了，有些難爲情的。）最後要告訴你一件我絕不曾意料的事：思成和徽音我以爲他們早已回東北，因爲那邊學校已開課。我來時車上見郝更生夫婦，他們也說聽說他們已早回，不想他們不但尙在北平而且出了大岔子，慘得很，等我說給你聽：我昨天下午見了他們夫婦倆，瘦的竟像一對猴兒，看了眞難過。你說是怎麼回事？他們不是和周太太（梁大小姐）思永夫婦同住東直門的嗎？一天徽音陪人到協和去，被她自己的大夫看見了，他一見就拉她進去檢驗：診斷的結果是病已深到危險地步，目前只有立即停止一切勞動，到山上去靜養。孩子、丈夫、朋友、書，一切都須隔絕，過了六個月

再說話，那眞是一個晴天裡霹靂。這幾天小夫妻倆就像是熱鍋上的螞蟻直轉，房子在香山頂上有，但問題是叫思成怎麼辦？徽音又捨不得孩子，大夫又絕對不讓。同時孩子也不強，日見黃白。你要是見了徽音，眉眉，你一定吃嚇。她簡直連臉上的骨頭都看出來了；同時脾氣更來得暴躁。思成也是可憐，主意東也不是，西也不是。凡是知道的朋友，不說我，沒有不替他們發愁的；眞有些慘，又是愛莫能助，這豈不是人生到此天道寧論？麗琳謝謝你，她另有信去。你自己這幾日怎樣？何以還未有信來？我盼著！夜晚睡得好否？寄娘想早來。瑞午金子已動手否？盼有好消息！娘好否？我要去東興，鄭蘇戡在，不寫了。

摩吻

四三（一九三一年三月四日）

至愛妻：

到平已八日，離家已十一日，僅得一函，至爲關念。昨得虞裳（案：郭虞裳）來書，稱洵美（案：邵洵美）得女，你也去道喜。見你左頰微腫，想必是牙痛未愈，或又發。前函已屢囑去看牙醫，不知已否去過，已見好否？我不在家，你一切都須自己當心。即如此消息來，我即想到你牙痛苦楚模樣，心甚不忍。要知此虛火，半因天時，半亦起居不時所致。此一時你須決意將精神身體全盤整理，

再不可因循自誤。南方不知已放晴否？乘此春時，正好努力。可惜你左右無精神振爽之良伴，你即有志，亦易於奄奄蹉跎。同時時日不待，光陰飛謝，實至可怕。即如我近兩年，亦復苟安貪懶，一無朝氣。此次北來，重行認眞做事，頗覺吃力。但果能在此三月間扭回習慣，起勁做人，亦未爲過晚。所盼者，彼此忍受此分居之苦，至少總應有相當成績，庶幾彼此可以告慰。此後日子藉此可見光明，亦快心事也。此星期已上課，北大八小時，女大八小時。昨今均七時起身，連上四課。因初到須格外賣力（學生亦甚歡迎），結果頗覺吃力。明日更煩重，上午下午兩處跑，共有五小時課。星期六亦重，又因所排功課，皆非我所素習，不能不稍事預備，然而苦矣。晚睡仍遲，而早上不能不起。胡太太說我可憐，但此本分內事，連年舒服過當，現在正該加倍的付利息了。

女子大學的功課本是溫源寧的，繁瑣得很。八個鐘點不算，倒是六種不同科目，最煩。地方可是太美了，原來是九爺府，後來常蔭槐買了送給楊宇霆的。王宮大院，眞是太好了。每日煤就得燒八十多元。時代眞不同了，現在的女學生一切都奢侈，打扮眞講究，有幾件皮大氅，著實耀眼。楊宗翰也在女大。我的功課多擠在星期三、四、五、六。這回更不能隨便了。下半年希望能得基金講座，那就好，就六個鐘頭，拿四、五百元。餘下工夫，有很可

以寫東西。目前怕只能做教匠，六阿姨他們昨天來此，今天我去。（第二次）赫哥請在一亞一吃飯。六姨定三月南去，小瑞亦頗想同行，不知成否？昨日元宵，我一人在寓，看看月色，頗念著你。半空中常見火炮，滿街孩子歡呼。本想帶祖望他們去城南看焰火，因要看書未去。今日下午亦未出門。趙元任夫婦及任叔永夫婦來便飯。小三等放花甚起勁。一年一度，元宵節又過去了。我此來與上次完全不同，遊玩等事一概不來。除了去廠甸二次，戲也未看，什麼也沒有做。你可以放心。但我眞是天天盼望你來信，我如此忙，尙且平均至少兩天一信。你在家能有多少要公，你不多寫，我就要疑心你不念著我。娘好否？爲我請安。此信可給娘看。我要做工了。如有信件一起寄來。

你的摩摩　元宵後一日

四四（一九三一年三月七日）

至愛妻曼：

到今天才得你第二封信，眞是眼睛都盼穿了。我已發過六封信，平均隔日一封也不算少，況且我無日無時不念著你。你的媚影站在我當前，監督我每晚讀書做工，我這兩日常責備她何以如此躱懶，害我提心吊膽。自從虞裳說你腮腫，我曾夢見你腮腫得西瓜般大。你是錯怪了親愛的。至於我這次走，我不早說了又說，本是一件無可奈何

事。我實在害怕我自己眞要陷入各種痼疾，那豈不是太不成話，因而毅然北來，今日崇慶也函說：母親因新年勞碌發病甚詳，我心裡何嘗不是說不出的難過，但願天保佑，春氣轉暖以後，她可以見好。你，我豈能捨得。但思量各方情形姑息因循大家沒有好處，果眞到了無可自救的日子，那又何苦？所以忍痛把你丟在家裡，寧可出外過和尙生活。我來後情形，我函中都已說及，將來你可以問胡太太即可知道。我是怎樣一個乖孩子，學校上課我也頗爲認眞，希望自勵勵人，重新再打出一條光明路來。這固然是爲我自己，但又何嘗不爲你親眉，你豈不懂得？至於梁家，我確是夢想不到有此一著；況且此次相見與上回不相同，半亦因爲外有浮言，格外謹愼，相見不過三次，絕無愉快可言。如今徽音偕母挈子，遠在香山，音信隔絕，至多等天好時與老金、奚若等去看她一次（她每日只有兩個鐘頭可見客）。我不會伺候病人，無此能幹，亦無此心思：你是知道的，何必再來說笑我。我在此幸有工作，即偶爾感覺寂寞，一轉眼也就過去；所以不放心的只有一個老母、一個你。還有娘始終似乎不十分了解，也使我掛念。我的知心除了你更有誰？你來信說幾句親熱話，我心裡不提有多麼安慰？已經南北隔離，你再要不高興我如何受得？所以大家看遠一些、忍耐一些，我的愛你，你最知道，豈容再說：「I may not love you so passionately as

before but I love all the more sincerely and truly for all those years. And may this brief separation bring about another gush of passionate Love from both sides so that each of us will be willing to sacrifice for the sake of the other!」（譯：也許我現在的愛不如從前那般熱烈，但是，這些年來，我確是一直在更真摯的愛，也許這一次短暫的離別，能給雙方帶來另一次愛的狂潮。因此，我們都願意為對方做出犧牲。）我上課頗感倦，總是缺少睡眠。明日星期，本可高臥，但北大學生又在早九時開歡迎會，又不能不去。現已一時過，所以不寫了。今晚在豐澤園，有性仁、老鄧等一大群。明晚再寫，親愛的，我熱熱的親你。

摩　三月七日

四五（一九三一年三月十六日）

眉：

上沅過滬，來得及時必去看你。託帶現洋一百元、蜜餞一罐；佘太太笑我那罐子不好，我說：外貌雖醜，中心甚甜。學校錢至今未領分文，尚有轇轕（他們想賴我二月份的）。但別急，日內即由銀行寄。另有一事別忘，蔡致和三月二十三日出閣，一定得買些東西送，我貼你十元。蔡寓貝勒路恒慶里四十二（？）號，阿根知道，別誤了期，不多寫了。

摩　三月十六日

四六（一九三一年三月十九日）

愛眉親親：

今天星四，本是功課最忙的一天，從早起直到五時半才完。又有莎菲（案：陳衡哲）茶會，接著Swan請吃飯，回家已十一時半，眞累。你的快信在案上；你心裡不快，又兼身體不爭氣，我看信後，十分難受。我前天那信也說起老母，我未嘗不知情理。但上海的環境我實在不能再受。再窩下去，我一定毀；我毀，於別人亦無好處，無你更無光鮮。因此忍痛離開；母病妻弱，我豈無心？所望你明白，能助我自救；同時你亦從此振撥，脫離痼疾；彼此回復健康活潑，相愛互助，眞是海闊天空，何求不得？至於我母，她固然不願我遠離，但同時她亦知道上海生活於我無益，故聞我北行，絕不阻攔。我父亦同此態度；這更使我感念不置。你能明白我的苦衷，放我北來，不爲浮言所惑，亦使我對你益加敬愛。但你來信總似不肯捨去南方。硤石是我的問題，你反正不回去。在上海與否，無甚關係。至於娘，我並不曾要你離開她。如果我北京有家，我當然要請她來同住。好在此地房舍寬敞，絕不至於上海寓處的侷促。我想只要你肯來，娘爲你我同居幸福，絕無不願同來之理。你的困難，由我看來，絕不在尊長方面，而完全是在積習方面。積重難返，戀土情重是眞的。（說起報載法界已開始搜煙，那不是玩！萬一鬧出笑話來，如

何是好？這眞是仔細打點的時機了。）我對你的愛，只有你自己最知道。前三年你初沾上習的時候，我心裡不知有幾百個早晚，像有蟹在橫爬，不提多麼難受。但因你身體太壞，竟連話都不能說。我又是好面子，要做西式紳士的。所以至多只是短時間繃長一個臉，一切都鬱在心裡。如果不是我身體茁壯，我一定早得神經衰弱。我決意去外國時是我最難受的表示。但那時萬一希冀是你能明白我的苦衷，提起勇氣做人。我那時寄回的一百封信，確是心血的結晶，也是漫遊的成績。但在我歸時，依然是照舊未改；並且招戀了不少浮言。我亦未嘗不私自難受，但實因愛你過深，不惜處處順你從著你。也怪我自己意志不強，不能在不良環境中掙出獨立精神來。在這最近二年，多因循復因循，我可說是完全同化了。但這終究不是道理！因爲我是我，不是洋場人物。於我固然有損，於你亦無是處。幸而還有幾個朋友肯關切你我的健康和榮譽，爲你我另闢生路。固然事實上似乎有不少不便，但只要你這次能信從你愛摩的話，就算是你的犧牲，爲我犧牲。就算你和一個地方要好，我想也不至於要好得連一天都分離不開。況且北京實在是好地方。你實在是過於執一不化，就算你這一次遷就，到北方來遊玩一趟；不合意時盡可回去。難道這點面子都沒有了嗎？我們這對夫妻，說來也眞是特別；一方面說，你我彼此相互的受苦與犧牲，不能說是不

大。很少夫婦有我們這樣的腳根。但另一方面說，既然如此相愛，何以又一再捨得相離？你是大方，固然不錯。但事情總也有個常理。前幾年，想起眞可愛。我是個癡子，你素來知道的。你眞的不知道我曾經怎樣渴望和你兩人并肩散一次步，或同出去吃一餐飯，或同看一次電影，也叫別人看了羨慕。但說也奇怪，我守了幾年，竟然守不著一單個的機會，你沒有一天不是engaged（有約）的，我們從沒有privacy（獨處）過。到最近，我已然部分麻木，也不想望那種世俗幸福。即如我行前、我過生日，你也不知道。我本想和你吃一餐飯，玩玩。臨別前，又說了幾次，想要實行至〔少〕一次的約會，但結果我還是脫然遠走，一單次的約會都不得實現。你說可笑不？這些且不說它，目前的問題：第一還是你的身體。你說我在家，你的身體不易見好。現在我不在家了，不正是你加倍養息的機會？所以你愛我，第一就得咬緊牙根，養好身體；其次想法脫離習慣，再來開始我們美滿的結婚幸福。我只要好好下去，做上三、兩年工，在社會上不怕沒有地位，不怕沒有高尙的名譽。雖則不敢擔保有錢，但飽暖以及適度的舒服總可以有。你何至於遽爾悲觀？要知道，我親親至愛的眉眉，我與你是一體的，情感思想是完全相通的；你那裡一不愉快，我這裡立即感到。心上一不舒適，如何還有勇氣做事？要知道我在這裡確有些做苦工的情形。爲的無非是

名氣，爲的是有榮譽的地位，爲的是要得朋友們的敬愛，方便尤在你。我是本有頗高的地位，用不著從平地築，江山不難得取，何不勇猛向前？現在我需要我缺少的，只是你的幫助與根據於眞愛的合作。眉眉！大好的機會爲你開著，再不可錯過了。時候已不早（二時半），明日七時半即須起身。我寫得手也成冰，腳也成冰。一顆心無非爲你，聰明可愛的眉眉，你能不爲我想想嗎？

北大經過適之再三去說，已領得三百元。昨交興業匯滬交帳。女大無望，須到下月十日左右才能領錢，我又豁邊了，怎好？南京日內或有錢，如到，來函提及。

祝你安好，孩子！上沅想已到，一百元當已交到。陳圖南不日去申，要甚東西，速來函知。

你的摩摩　三月十九日星期四

娘：（案：陸小曼的母親）

你好嗎？我每天想起你，雖則不會單獨寫信，但給小曼信想可見到。今晚本想正式寫給娘一封，讓娘也好架起老花眼鏡看看信。但不想小曼的信一寫寫了老長。現在手痠神困，實在坐不住了。好在小曼的信，娘一樣看。我身體好，只是想家，放心不下。敬叩

金安

兒摩　三月十九日同寄

四七（一九三一年三月二十二日）

至愛眉：

前日發長函後，未曾得信。昨今兩日特別忙，我說你聽聽：昨功課完後，三個地方茶會，又是外國人。你又要說頂不喜歡外國人，但北京有幾個外國人確是並不討厭，多少有學問、有趣味，所以你也不能一筆抹煞。你的洋人的印象多半是外交人員，但這不能代表的。

昨晚又是我們二周聚餐同志的會期，先在麗琳處吃茶，後去玉華台吃飯，商量春假期內去逛長城十三陵或壇旃寺。我最想去大覺寺看數十里的杏花。王叔魯構說請我去，不知怎樣。飯後又去白宮跳舞場，遇見赫哥及小瑞一家，我和麗琳跳了幾次；她眞不輕，我又穿上絲棉，累得一身大汗。有一舞女叫綠葉，頗輕盈，極紅。我居然也佔著了一次，花了一元錢。北京眞是一天熱鬧似一天，如果小張（案：指張學良）再來，一定更見興隆，雖則不定是北京之福。

今天星期，上午來不少客，燕京清華都來請講演。新近有胡先驌者又在攻擊新詩，他們都要我出來辯護，我已答應，大約月初去講。這一開端，更得見忙，然亦無法躲避，盡力做去就是。下午與麗龍去中央公園看圓明園遺跡展覽，遇見不少朋友。特丹已漸透紅芽，春光已露。四時回史家胡同，性仁Rose來茶談演戲事。性仁因孟和在南京

病，明日南下。她如到上海，許去看你，又是一個專使。Rose這孩子眞算是有她的；前天騎馬閃了下來，傷了背腰。好！她不但不息，玩得更瘋，當晚還去跳舞，連著三天照樣忙，可算是plucky（有勇氣）之極。方才到六點鐘，又有一個年輕洋人開車來接她。海不久回來，聽說派了京綏路的事。R演說她的閨房趣事，有聲有色，我頗喜歡她的天眞。但麗琳不喜歡她，我總覺得人家心胸狹窄，你以爲怎樣？

七時我們去清水吃東洋飯。又是Miss Richard（理查德小姐）和Miss Jones（瓊斯小姐）。飯後去中和，是我點的戲，尙和玉的「鐵龍山」、鳳卿（案：王鳳卿）「文昭關」、梅（案：梅蘭芳）的頭二本「虹霓關」，我們都在後台看得很高興。頭本戲不好，還不如「孟麗君」。慧生、艷琴（案：雪艷琴）、姜妙香，更其不堪。二本還不錯，這是我到此後初次看戲。明晚小樓（案：楊小樓）又有戲（上星期有「落馬湖」、「安天會」），但我不見能去。

眉眉，北京實在是比上海有意思得多，你何妨來玩玩。我到此不滿一月，漸覺五官美通，內心舒泰；上海只是銷蝕筋骨，一無好處。我雕像有照片，你一定說不像，但要記得「他」沒有帶〔戴〕上眼鏡。你可以給洵美小鵜看看。

眉眉，我覺得離家已有十年、十分想念你。小蝶他們

來時你同來不好嗎？你不在，我總有些形單影隻，怪不自然的。請你寫信硤石問兩件事：一麗琳那包衣料；二我要新茶葉。

你的丈夫摩　二十二日

四八（一九三一年四月一日）

賢妻如吻：

多謝你的工楷信，看過頗感爽氣。小曼奮起，誰不低頭。但願今後天佑你，體健日增。先從繪畫中發現自己本眞，不朽事業，端在人爲。你眞能提起勇氣，不懈怠、不間斷的做去，不患不成名。但此時只願培養功力，切不可容絲毫驕矜。以你聰明，正應取法上上，俾能於線條彩色間見眞性情，非得人不知而不慍，未是君子。展覽云云，非多年苦工後談不到。小曼聰明有餘，毅力不足，此雖一般批評，但亦有實情。此後務須做到一毅字，拙夫不才，期相共勉。畫快寄來，先睹爲幸。此祝

進步！

摩　四月一日

四九（一九三一年四月九日）

愛眉：

昨晚打電後，母親又不甚舒服，亦稍氣喘，不絕呻

吟。我二時睡，天亮醒回。又聞呻吟，睡眠亦不甚好。今日似略有熱度，昨日大解，又稍進爛面，或有關係。我等早八時即全家出門去沈家濱上墳。先坐船上市不遠，即上岸走。蔣姑母谷定表妹亦同行。正逢鄉里大迎神會。天氣又好，遍里壠，盡是人。附近各鎮人家亦雇船來看，有橋處更見擁擠。會甚簡陋，但鄉人興致極高，排場亦不小。田中一望盡綠，忽來千百張紅白綢旗，迎風飄舞，蜿蜒進行，長十丈之龍。有七、八彩砌，樓台亭閣，亦見十餘。有翠香寄柬、天女散花、三戲牡丹、呂布貂蟬等彩扮。高蹺亦見，他有三百六十行，彩扮至趣。最妙者爲一大白牯牛，施施而行，神氣十足。據云此公須盡白燒一壇，乃肯隨行，此牛殊有古希風味，可惜未帶照相器，否則大可留些印象。此時方回，明後日還有迎會，請問洵美有興致來看鄉下景致否，亦未易見到，借此來硤一次何似〔如〕。方才回鎮，船傍岸時，我等俱已前行，父親最後，因篙支不穩，仆倒船頭，幸未落水。老人此後行動眞應有人隨侍矣。今晚父親與幼儀、阿歡同去杭州。我一人留此伴母，可惜你行動不能自由，梵皇渡今亦有檢查，否則同來侍病，豈不是好？洵美詩你已寄出否？明日想做些工，肩負過多，不容懶矣。你昨晚睡得好否？牙如何？至念！回頭再通電，你自己保重！

摩　四月九日星期四

五〇（一九三一年四月二十七日）

眉愛：

我昨夜痧氣，今日渾身酸痛；胸口氣塞，如有大石壓住，四肢癱軟無力。方才得你信頗喜，及拆看，更增愁悶。你責備我，我相當的忍受。但你信上也有冤我的話；再加我這邊的情形你也有所不知。我家欺你，即是欺我：這是事實。我不能護愛的愛妻，且不能護我自己：我也懊懣得無話可說。再加不公道的來源，即是自家的父親，我那晚頂撞了幾句，他便到靈前去放聲大哭。外廳上朋友都進來勸不住，好容易上了床，還是唉聲嘆氣的不睡。我自從那晚起，臉上即顯得極分明，人人看得出。除非人家叫我，才回話。連爸爸我也沒有自動開口過。這在現在情勢下，我又無人商量，電話上又說不分明，又是在熱孝裡，我為母親關係，實在不能立即便有堅決表示，這你該原諒。至於我們這次的受欺壓（你眞不知道大殮那天，我一整天的絞腸的難受），我雖儒順，絕不能就此罷休。但我卻要你和我靠在一邊，我們要爭氣，也得兩人同心合力的來。我們非得出這口氣，小發作是無謂的。別看我脾氣好，到了僵的時候，我也可以僵到底的。並且現在母親已不在。我這份家，我已經一無依戀。父親愛幼儀，自有她去孝順，再用不到我。這次拒絕你，便是間接離絕我，我們非得出這口氣。所以第一你要明白，不可過分責怪我。

自己保養身體，加倍用功。我們還有不少基本事情，得相互同心的商量，千萬不可過於懊惱，以致成病，千萬千萬！至於你說我通同他人來欺你，這話我要叫冤。上星期六我回家，同行只有阿歡和惺堂。他們還是在北站上車的，我問阿歡，他娘在哪裡？他說在滄洲旅館，硤石不去。那晚上母親萬分危險，我一到即蹲在床裡，靠著她，直到第二天下午幼儀才來（我後來知道是爸爸連去電話催來的）。我爲你的事，從北方一回來，就對父親說。母親的話，我已對你說過。父親的口氣，十分堅決，竟表示你若來他即走。隨後我說得也硬。他（那天去上海）又說，等他上海回來再說。所以我一到上海，心裡十分難受，即請你出來說話，不想你倒眞肯做人，竟肯去父親處準備受冷肩膀。我那時心裡十分感受你的明大體。其實那晚如果見了面，也許可以講通（父親本是吃軟不吃硬的）。不幸又未相逢。連著我的腳又壞得寸步難移，因而下一天出門的機會也就沒有。

等到星期六上午父親從硤石來電話，說母親又病重，要我帶惺堂立即回去，我即問小曼同來怎樣？他說：「且緩，你先安慰她幾句吧！」所以眉眉，你看，我的難才是難。以前我何嘗不是夾在父母與妻子中間做難人，但我總想拉攏，感情要緊。有時在父母面上你不很用心，我也有些難過。

但這一次你的心腸和態度是十分眞純而且坦白，這錯我完全派在父親一邊。只是說來說去，礙於母喪，立時總不能發作。目前沒有別的，只能再忍。我大約早到五月四日，遲至五月五日即到上海，那時我你連同娘一起商量一個辦法，多可要出這一口氣。同時你若能想到什麼辦法，最好先告知我，我們可以及早計算。我在此僅有機會向沈舅及許姨兩處說過。好在而最後，一枝筆總在我手裡。我倒要看父親這樣偏袒，能有什麼好結果？誰能得什麼好處？人的倔強性往往造成不必要的悲慘。現在竟到我們的頭上了，眞可嘆！但無論如何，你得硬起心腸，先把此事放在一邊，尤要不可過分責怪我。因爲你我相愛，又同時受侮，若再你我間發生裂痕，那不眞的中了他人之計了嗎？

這點，你聰明人仔細想想，不可過分感情作用，記好了。娘聽了我，想也一定贊同我的意見的。我仍舊向你我唯一的愛妻希冀安慰。

汝摩　二十七日

五一（一九三一年五月十二日）

眉眉我愛：

你又犯老毛病了，不寫信。現在北京上海間有飛機信，當天可到。我離家已一星期，你如何一字未來，你難

道不知道我出門人無時不惦著家念著你嗎？我這幾日苦極了，忙是一件事，身體又不大好。一路來受了涼，就此咳嗽，出痰甚多。前兩晚簡直嗆得不停，不能睡；胡家一家子都讓我咳醒了。我吃很多梨，胡太太又做金銀花、貝母等藥給我吃，昨晚稍好些。今日天雨，忽然變涼。我出門時是大太陽，北大下課到奚若家中飯時，凍得直抖。恐怕今晚又不得安寧。我那封英文信好像寄航空的，到了沒有？有那一晚我有些發瘋，所以寫個也有些瘋頭瘋腦的，你可不許把信隨手丟。我想到你那亂，我就沒有勇氣寫好信給你。前三年我去歐美印度時，那九十多封信都到哪裡去了？那是我周遊的唯一成績，如今亦散失無存，你總得改良改良脾氣才好。我的太太，否則將來竟許連老爺都會被你放丟了的。

你難道我走了一點也不想我？現在弄到我和你在一起倒是例外，你一天就是吃，從起身到上床，到闔眼，就是吃。也許你想芒果或是想外國白果倒要比想老爺更親熱更急。老爺是一隻牛，他的唯一用處是做工賺錢，——也有些可憐。牛這兩星期不但要上課還得補課，夜晚又不得睡！心裡也不舒泰。天時再一壞，竟是一肚子的灰了！太太，你忍心字兒都不寄個來？大概你們到杭州去了，恕我不能奉陪，希望天時好，但終得早起一些才趕得上陽光。北京花事極闌珊，明後天許陪歆海他們去明陵長城，但也

許不去。娘身體可好？甚念！這回要等你來信再寫了。

照片一包，已找到，在小箱中。

摩　星四

五二（一九三一年五月十六日）

愛妻：

昨天大群人出城去玩。歆海一雙，奚若一雙，先到玉泉。泉水眞好，水底的草叫人愛死，那樣的翡翠才是無價之寶。還有的活的珍珠泉水，一顆顆從水底浮起，不由得看的人也覺得心泉裡有靈珠浮起。次到香山，看訪徽音，養了兩月，得了三磅，臉倒叫陽光逼黑不少，充印度美人可不喬裝。歸途上大家討論夫妻。人人說到你，你不覺得耳根紅熱嗎？他們都說我脾氣太好了，害得你如此這般。我口裡不說，心想我曼總有逞強的一天，他們是無家不冒煙，這一點我倆最沾光，也不安煙囪，更不說煙，這回我要正式請你陪我到北京來，至少過半個夏。但不知你肯不肯賞臉？景任十分疼你，因此格外怪我，說我老爺怎的不做主。話說回來，我家煙雖不外冒，恰反向裡咽，那不是更糟糕更纏牽？你這回西湖去，若再不帶回一些成績，我替你有些難乎爲顏，奮發點兒吧，我的小甜娘！也是可憐我們，怎好不順從一二？我方才看到一首勸孝，詞意十分懇切，我看了，有些眼酸，因此抄一份給你，相期彼此共

勉。

蔣家房子事，已向小蝶談過否？何無回音？我們此後用錢更應仔細。蔗青那裡我有些愁，過節時怕又得淹蹇，相差不過一月，及早打點爲是。

娘一人守家多可憐，但我希望你遊西湖心快活，身體強健。

你的摩　五月十六日

五三（一九三一年五月二十五日）

寶貝：

你自杭自滬來信均到，甚慰。我定星一（即二十五）下午離平，星三晚十時可到滬（或遲一班車到亦難說，叫阿根十時即去不誤）。次日星四（二十八）一早七時或遲至九時車去硤石，因爲即是老太爺壽辰。再隔兩天，即是開吊，你得預備累乏幾天。最好我到那晚，到即能睡，稍得憩息，也是好的。我這幾天累得不成話，一切面談！

請電話通知洵美，二十七晚我家有事交代，請別忘。

汝摩

五四（一九三一年五月二十九日）

眉愛：

昨晚到家中，設有暖壽素筵。外客極少，高炳文卻在

老房裡。老小男女全來拜壽。新屋客有蔣姑母及諸弟妹，何玉哥、辰叟、娟哥等。十一時起齋佛，伯父亦攙扶上樓（佛台設樓中間），頗熱鬧。我打了幾圈牌，三時後上床。我睡東廂自己床，有羅紗帳。一睡竟對時，此時（四時）方始下樓。你回家須買些送人食品，不須貴重。行前（後天即陰曆十四）先行電知。三時十五分車，我自會到站相候。侍兒帶誰？此間一切當可舒服。餘話用電時再說。

娘請安。

摩摩　十三日

五五（一九三一年六月十四日）

我至愛的老婆：

先說幾件事，再報告來平後行踪等情。第一、文伯怎麼樣了？我盼著你來信，他三弟想已見過，病情究有甚關係否？藥店裡有一種叫因陳，可煮當水喝，甚利於黃病。仲安確行，醫治不少黃病。他現在北平，伺候副帥。他回滬定爲他調理如何？只是他是無家之人，吃中藥極不便，夢綠家或我家能否代煎？盼即來信。

第二是錢的問題，我是焦急得睡不著。現在第一盼望節前發薪，但即節前有，寄到上海，定在節後。而二百六十元期轉眼即到，家用開出支票，連兩個月房錢亦在三百元以上，節還不算。我不知如何彌補得來？借錢又無處開

口。我這裡也有些書錢、車錢、賞錢，少不了一百元。眞的躊躇極了。本想有外快來幫助，不幸目前無一事成功，一切飄在雲中，如何是好。錢是眞可惡，來時不易，去時太易。我自陽曆三月起，自用不算，路費等等不算，單就付銀行及你的家用，已有二千零五十元。節上如再寄四百五十元，正合二千五百元，而到六月底還只有四個月，如連公債果能抵得四百元，那就有三千元光景，按五百元一月，應該盡有富餘，但內中不幸又夾有債項。你上節的三百元，我這節的二百六十元，就去了五百六十元，結果拮据得手足維艱。此後又已與老家說絕，緩急無可通融。我想想，我們夫妻倆眞是醒起才是！若再因循，眞不是道理。再說我原許你家用及特用每月以五百元爲度。我本意教書而外，另有翻譯方面二百可得，兩樣合起，平均相近六百，總還易於維持。不想此半年各事顚倒，母親去世，我奔波往返，如同風裡篷帆。身不定，心亦不定。莎士比亞更如何譯得？結果僅有學校方面五百多，而第一個月又被扣了半。眉眉親愛的，你想我在這情形下，張羅得苦不苦？同時你那裡又似乎連五百都還不夠用似的，那叫我怎麼辦？我想好好和你商量，想一長久辦法，省得拔腳窩腳，老是不得乾淨。家用方面，一是（屋子），二是（車子），三是（廚房）；這三樣都可以節省。照我想一切家用此後非節到每月四百，總是爲難。眉眉，你如能眞心幫

助我，應得替我想法子，我反正如果有餘錢，也絕不自存。我靠薪水度日，當然夢想不到積錢，唯一希冀即是少債，債是一件degrading and humiliating thing。（譯：使人侷促難堪的東西）眉，你得知道有時竟連最好朋友都會因此傷到感情的，我怕極了的。

寫至此，上沅夫婦來打了岔，一岔眞岔到下午六時。時間眞是不夠支配。你我是天成的一對，都是不懂得經濟，尤其是時間經濟。關於家務的節省，你得好好想一想，總得根本解決車屋廚房才是。我是星四午前到的，午後出門。第一看奚若，第二看麗琳、叔華。叔華長胖了好些，說是個有孩子的母親，可以相信了。孩子更胖，也好玩，不怕我，我抱她半天。我近來也頗愛孩子，有伶俐相的，我眞愛。我們自家不知到哪天有那福氣，做爸媽抱孩子的福氣。聽其自然是不成的，我們都得想法，我不知你肯不肯。我想你如果肯爲孩子犧牲一些，努力戒了煙，省得下來的是大煙裡。哪怕孩子長成到某種程度，你再吃。你想我們要有，也眞是時候了。現在阿歡已完全與我不相干的了。至少我們女兒也得有一個，不是？這你也得想想。

星四下午又見楊今甫，聽了不少關於俞珊的話。好一位小姐，差些一個大學都被她鬧散了。梁實秋也有不少醜態，想起來還算咱們露臉，至少不曾鬧什麼話柄。夫人！

你的大度是最可佩服的。北京最大的是清華問題，鬧得人人都頭昏。奚若今天走，做代表到南京，他許去上海來看你，你得約洵美請他玩玩。他太太也鬧著要離家獨立謀生去，你可以問問他。

星五午刻，我和羅隆基同出城。先在燕京，叔華亦在，從文（案：沈從文）亦在。我們同去香山看徽音，她還是不見好，新近又發了十天燒，人頗疲乏。孩子倒極俊，可愛得很，眼珠是林家的，臉盤是梁家的。昨在女大，中午叔華請吃鰣魚蜜酒，飯後談了不少話，吃茶。有不少客來，有Rose，熊（案：熊佛西）光著腳不穿襪子，海（案：張歆海）也不回來了，流浪在南方已有十個月，也不知怎麼回事。她亦似乎滿不在意，眞怪。昨晚與李大頭（案：李濟之）在公園，又去市場看王泊生戲，唱「逍遙津」，大氣磅礴，只是有氣少韻。座不甚佳，亦因配角太乏之故。今晚唱探母，公主爲一民國大學生，唱還對付，貌不佳。他想搭小翠花，如成，倒有希望叫座。此見下海亦不易。說起你們唱戲，現在我亦無所謂了。你高興，只有儔伴合式，你想唱無妨，但得顧住身體。此地也有捧雪艷琴的。有人要請你做文章。昨天我不好受，頭腹都不適；冰淇淋吃太多了。今天上午余家來，午刻在莎菲家，有叔華、冰心、今甫、性仁等，今晚上沅請客，應酬眞厭人，但又不能不去。

說你的畫，叔華說原卷太差，說你該看看好些的作品。老金、麗琳張大了眼，他們說孩子是眞聰明，這樣聰明是糟了可惜。他們總以爲在上海是極糟，以往確是糟，你得爭氣，打出一條路來，一鳴驚人才是。老鄧看了頗誇，他拿付裱，裱好他先給題，杏佛（案：楊杏佛）也答應題，你非得加倍用功小心，光娘的信到了，照辦就是。請知照一聲，虞裳一二五元送來否？也問一聲告我。我要走了，你得勤寫信。乖！

你的摩　十四日

五六（一九三一年六月十六日）

眉愛：

昨天在Rose家見三伯母，她又罵我不搬你來；罵得詞嚴義正，我簡直無言答對！離家已一星期，你還無信，你忙些什麼？文伯怎樣了？此地朋友都極關切，如能行動，趕快北來，根本調理爲是。奚若已到南京，或去上海看他。節前盼能得到薪水，一有即寄銀行。

我家眞算糊塗，我的衣服一共能有幾件？此來兩件單嗶嘰都不在箱內！天又熱，我只有一件白大褂，此地做又無錢，還有那件羽紗，你說染了再做的，做了沒有！

我要洵美（姜黃的）那樣的做一件。還有那匹夏布做兩件大褂，餘下有多，做衫褲，都得趕快做。你自己老爺

的衣服，勞駕得照管一下。我又無人可商量的。做好立即寄來等穿，你們想必又在忙唱，唱是也得到北京來的。昨晚我看幾家小姐演戲，北京是演戲的地方，上海不行的，那有什麼法子！

今晚在北海，有金甫、老鄧、叔華、性仁。風光的美不可言喻。星光下的樹你見過沒有？還有夜鶯。但此類話你是不要聽的，我說也徒然。硤石有無消息，前天那飛信是否隔一天到？你身體如何？在念。

摩　六月十六日

五七（一九三一年六月二十五日）

眉眉至愛：

第三函今晨送到。前信來後，頗愁你身體不好，怕又爲唱戲累壞。本想去電阻止你的，但日子已過。今見信，知道你居然硬撐了過去，可喜之至！好不好是不成問題，不出別的花樣已是萬幸。這回你知道了吧？每天貪吃楊梅荔枝，竟連嗓子都給吃扁了。一向擅場的戲也唱得不是味兒了。以後還不聽聽話？凡事總得有個節制，不可太任性。你年近三十，究已不是孩子。此後更當謹細爲是！目前你說你立志要學好一門畫，再見從前朋友。這是你的傲氣地方，我也懂得，而且同情。只是既然你專心而且誠意學畫，那就非得取法乎上（不可），第一得眼界高而寬。

上海地方氣魄終究有限。端〔瑞〕午老兄家的珍品恐怕靠不住的居多。我說了，他也許有氣。這回帶來的畫，我也不曾打開看。此地叔存他們看見，都打哈哈！笑得我臉紅。尤其他那別出心裁的裝潢，更教他們搖頭。你臨的那幅畫也不見得高明。不過此次自然是我說明是爲騙外國人的。也是我太託大。事實上，北京幾個外國朋友看中國東西就夠刁的。畫當然全部帶回。娘的東西如要全部收回，亦可請來信提及，當照辦！他們看來，就只一個玉瓶，一、兩件瓷還可以，別的都無多希望。少麻煩也好，我是不敢再瞎起勁的了！

再說到你學畫，你實在應得到北京來才是正理。一個故宮就夠你長年揣摹。眼界不高，腕下是不能有神的。憑你的聰明，絕不是臨摹就算完畢事。就說在上海，你也得想法去多看佳品。手固然要勤，腦子也得常轉動，能有趣味發生。說回來， 你戀土重遷是眞的。不過你一定要堅持的話，我當然也只能順從你；但我既然決在北大做教授，上海現時的排場我實在擔負不起。夏間一定得想法布置。你也得原諒我。我一人在此，亦未嘗不無聊，只是無從訴說。人家都是團圓的了。叔華已到〔得〕了通伯，徽音亦有了思成。別的人更不必說常年常日不分離的。就是你我，一南一北。你說是我甘願離南，我只說是你不肯隨我北來。結果大家都不得痛快。但要彼此遷就的話，我已

在上海遷就了這多年，再下去實在太危險，所以不得不猛省。我是無法勉強你的；我要你來，你不肯來，我有甚麼法想？明知勉強的事是不徹底的；所以看情形，恐怕只能各是其是。只是你不來，我全部收入，管上海家尙慮不足。自己一人在此，絕無希望獨立門戶。胡家雖然待我極好，我不能不感到寄人籬下，我眞也不知怎樣想才好！

我月內絕不能動身。說實話，來回票都賣了墊用。這一時借錢度日。我在託歆海替我設法飛回。不是我樂意冒險，實在是爲省錢。況且歐亞航空是極穩妥的，你不必過慮。

說到衣服，眞奇怪了。箱子是我隨身帶的。娘親手理的滿滿的，到北京才打開。大褂只有兩件：一件新的白羽紗；一件舊的厚藍嗶嘰。人和那件方格和析夾做單的那件條子都不在箱內，不在上海家裡在哪裡？準是荷貞糊塗，又不知亂塞到哪裡去了！

如果牯嶺已有房子，那我們準定去。你那裡著手準備，我一回上海就去。只是錢又怎麼辦？說起你那公債到底押得多少？何以始終不提？

你要東西，吃的用的，都得一一告知我。否則我怕我是笨得於此道一無主意！

你的畫已經裱好，很神氣的一大卷。方才在公園，王夢白、楊仲子諸法家見我挾著卷子，問是什麼精品？我先

請老鄉題，此外你要誰題，可點名，適之，要否？

我這人大約一生就爲朋友忙！來此兩星期，說也慚愧，除了考試改卷算是天大正事，此外都是朋友，永遠是朋友。楊振聲忙了我不少時間，淑〔叔〕華、從文又忙了我不少時間，通伯、思成又是，蔡先生、錢昌照（次長）來，又得忙配享，還有洋鬼子！說起我此來，舞不曾跳，窰子倒去過一次，是老鄧硬拉去的。再不去了，你放心！

杏子好吃，昨天自己爬樹，採了吃，樹頭鮮，才叫美！

你務必早些睡！我回來時再不想熬天亮！我今晚特別想你！孩子，你得保重才是。

你的親摩　六月二十五日

五八（一九三一年七月四日）

愛眉：

你昨天的信更見你的氣憤，結果你也把我氣病了。我愁得如同見鬼，昨晚整宵不得睡。乖！你再不能和我生氣，我近幾日來已爲家事氣得肝火常旺，一來就心煩意躁，這是我素來沒有的現象。在這大熱天，處境已然不順，彼此再要生氣，氣成了病，那有什麼趣味？去年夏天我病了有三星期，今年再不能病了。你第一不可生氣，你是更氣不動。我的愁大半是爲你在愁，只要你說一句達觀話，說不生我氣，我心裡就可舒服。

乖！至少讓我們倆心平意和的過日子，老話說得好，逆來要順受。我們今年運道似乎格外不佳。我們更當謹慎，別帶壞了感情和身體。我先幾信也無非說幾句牢騷話，你又何必認眞，我歷年來還不是處處依順著你的。我也只求你身體好，那是最要緊的。其次你能安心做些工作。現在好在你已在畫一門尋得門徑，我何嘗不願你竿頭日進。你能成名，不論那一項都是我的榮耀。即如此次我帶了你的卷子到處給人看，有人誇，我心裡就喜，還不是嗎？一切等我到上海再定奪。天無絕人之路，我也這麼想，我計算到上海怕得要七月十三、四，因爲亞東等我一篇醒世姻緣的序，有一百元酬報，我也已答應，不起不趕成，還有另一篇文章也得這幾天內趕好。

文伯事我有一函怪你，也錯怪了。慰慈去傳了話，嚇得文伯長篇累牘的來說你對他一番好意的感激話。適之請他來住。我現在住的西樓。

老金他們七月二十離北平，他們極抱憾，行前不能見你。小葉（案：葉公超）婚事才過，陳雪屛後天又要結婚，我得相當幫忙。上函問向少蝶幫借五百成否？

競處如何？至念。我要你這樣來電，好叫我安心。（北平電報掛號）「董胡摩慰即回眉」七個字，花大洋七毛耳。祝你好。

摩親吻　四日

五九（一九三一年七月八日）

愛妻小眉：

眞糟，你花三五角一分的飛快，走了整六天才到。想是航空鐵軌全叫大水沖昏了，別的倒不管，只是苦了我這幾天候信的著急！

我昨函已詳說一切，我眞的恨不得今天此時已到你的懷抱——說起咱們久別見面，也該有相當表示，你老是那坐著躺著不起身，我枉然每回想張開胳膊來抱你親你，一進家門，總是掃興。我這次回來，咱們來個洋腔，抱抱親親何如？這本是人情，你別老是說那是湘眉一種人才做得出，就算給我一點滿足，我先給你商量成不成？我到家時刻，你可以知道，我即不想你到站接我，至少我亦人情的希望，在你容顏表情上看得出對我一種相當的熱意。

更好是屋子裡沒有別人，彼此不致感受拘束。況且你又何嘗是沒有表情的人？你不記得我們的「翡冷翠的一夜」在松樹七號牆角裡親別悲候？我就不懂何以做了夫妻，形跡反而得往疏裡去！那是一個錯誤。我有相當情感的精力，你不全盤承受，難道叫我用涼水自澆身？我錢還不曾領到，我能如願的話，可以帶回近八百元，墊銀行空尙勉強，本月用費仍懸空，怎好？

我遵命不飛，已定十二快車，十四晚可到上海。記好了！連日大雨，全城變湖，大門都出不去。明日如晴，先發一電安慰你。乖！我只要你自珍自愛，我希望到家見到

你一些歡容，那別的困難就不難解決。請即電知文伯、慰慈，盼能見到！娘好否？至念！

你的鞋花已買，水果怕不成。我在狠命寫醒世姻緣序，但筆是禿定的了，怎樣好？

詩倒做了幾首，北大招考，尙得幫忙。

老金、麗琳想你送畫，他們二十走，即寄尙可及。

楊宗翰（字伯屛）也求你畫扇。

你的親摩　七月八日

六〇（一九三一年十月一日）

寶貝：

一轉眼又是三天。西林（案：丁西林）今日到滬，他說一到即去我家。水果恐已不成模樣，但也是一點意思。文伯去時你有石榴吃了。他在想帶些什麼別致東西給你。你如想什麼，快來信，尙來得及。你說要給適之寫信，他今日已南下，日內可到滬。他說一定去看你。你得客氣些，老朋友總是老朋友，感情總是值得保存的。你說對不？小〔少〕蝶處五百兩，再不可少，否則更僵。原來他信上也說兩，好在他不在這「兩」「元」的區別，而於我們卻有分寸：可老實對他說，但我盼望這信到時，他已爲我付銀行。請你寫個條子叫老何持去興業（靜安寺路）銀行，向錫璜，問他我們帳上欠多少？你再告訴我，已開出

節帳，到那天爲止，共多少？連同本月的房錢一共若干？還有少蝶那筆錢也得算上，如此連家用到十月底尙須歸清多少，我得有個數。帳再來沒法彌補。你知道我一連三月，共須扣去三百元。大雨那裡共三百元，現在也是無期擱淺。眞是不了。你愛我，在這窘迫時能替我省，我眞感謝。但我求立得直，以後即要借錢也沒有路了，千萬小心。我這幾天上課應酬頗忙。我來說給你聽：星一晚上有四個飯局之多。南城、北城、東城都有，奔煞人。星二徽音山上下來，同吃中飯，她已經胖到九十八磅。你說要不要靜養，我說你也得到山上去靜養，才能眞的走上健康的路。上海是沒辦法的。我看樣子，徽音又快有寶寶了。

星二晚，適之家餞西林行，我凍病了。昨天又是一早上課。飯後王叔魯約去看房子，在什方院。我和慰慈同去。房子倒是全地板，又有澡間；但院子太小，恐不適宜，我們想不要。並且你若一時不來，我這裡另開門戶，更增費用，也不是道理。關了房子，去協和，看奚若。他的腳病又發作了，不能動，又得住院兩星期，可憐！晚上，□□等在春華樓爲適之餞行。請了三、四個姑娘來，飯後被拉到胡同。對不住，好太太！我本想不去，但□□說有他不妨事。□□病後性慾大強，他在老相好鶼鶼處又和一個紅弟老七生了關係。昨晚見了，肉感頗富。她和老三是一個班子，兩雌爭□□，醋氣勃勃，甚爲好看。今天

又是一早上課，下午睡了一晌。五點送適之走。與楊亮功、慰慈去正陽樓吃蟹、吃烤羊肉。八時又去德國府吃飯。不想洋鬼子也會逛胡同，他們都說中國姑娘好。乖，你放心！我絕不拈花惹草。女人我也見得多，誰也沒有我的愛妻好。這叫做曾經滄海難爲水，除卻巫山不是雲。我每天每夜都想你。一晚我做夢，飛機回家，一直飛進你的房，一直飛上你的床，小鳥兒就進了窠也，美極！可惜是夢。想想我們少年夫妻分離兩地，實在是不對。但上海絕不是我們住的地方。我始終希望你能搬來共同享些閑福。北京眞是太美了，你何必沾戀上海呢？大雨的事弄得極糟。他到後，師大無薪可發，他就發脾氣，不上課，退還聘書。他可不知道這並非虧待他一人，除了北大基金教授每月領薪，此外人人都得耐心等。今天我勸了他半天，他才答應去上一星期的課；因爲他如其完全不上課，那他最初的二百元都得還，那不是更糟。他現在住歐美同學會，你來個信勸勸他，好不好？中國哪比得外國，萬事都得將就一些。你說是不是？奚若太太一件衣料，你得補來，託適之帶，不要忘了。她在盼望的。再有上月水電，我確是開了。老何上來，從筆筒下拿去了；我走的那天或是上一天，怎說沒有。老太爺有回信沒有？我明天去燕京看君勵。我要睡了。乖乖！我親吻你的香肌。

你的「愚夫」摩摩　十月一日

六一（一九三一年十月十日）

愛眉親親：

你果然不來信了！好厲害的孩子，這叫做言出法隨，一無通融！我拿信給文伯看了，他哈哈大笑；他說他見了你，自有話說。我只託他帶一匣信箋，水果不能帶，因爲他在天津還要住五天，南京還要耽擱。葡萄是擱不了三天的。石榴，我關照了義茂，但到現在還沒有你能吃的來。糊重的東西要帶，就得帶眞好的。乖！你候著吧，今年總叫你吃著就是。前晚，我和袁守和、溫源寧在北平圖書館大請客；我說給你聽聽，活像耍猴兒戲，主客是Laloy和Elie Faure兩個法國人，陪客有Reclus Monastiere、小葉夫婦、思成、玉海、守和、源寧夫婦、周名洗七小姐、蒯叔平女教授、大雨（見了Rose就張大嘴！）陳任先、梅蘭芳、程艷秋一大群人。Monastiere還叫照了相，後天寄給你看。我因爲做主人，又多喝了幾杯酒。你聽了或許可要罵，這日子還要吃喝作樂。但既在此，自有一種Social duty（譯：交際義務），人家未〔來〕請你加入，當然不便推辭，你說是不？

Elie Faure老頭不久到上海；洵美請客時，或許也要找到你。俞珊忽然來信了，她說到上海去看你，但怕你忘記了她，我眞不知道她倒底是怎麼回事，希望你見面時能問她一個明白。她原信附去你看。說起我有一晚鬧一個笑

話，我說給你聽過沒有？在西興安街我見一個車上人，活像俞珊。車已拉過頗遠，我叫了一聲，那車停了；等到拉攏一看，哪是什麼俞珊，卻是曾語兒。你說我這近視眼多可樂！

我連日早睡多睡，眼已漸好，勿念。我在家尚有一副眼鏡，請適之帶我為要。

娘好嗎？三伯母問候她。

摩吻　十月十日

六二（一九三一年十月二十二日）

昨天下午去麗琳處，晤奚若、小葉、端升，同去公園看牡丹。風雖暴，尚有可觀者。七時去車站，接歆海、湘玫〔眉〕。飯後又去公園，花畦有五色琉璃燈，倍增濃艷。芍藥尚未開放，然已苞綻盈盈，嬌紅欲吐。春明花事，眞大觀也。十時去北京飯店，無意中遇到一人。你道是誰？原來俞珊是也。病後大肥，肩膀奇闊，有如拳獅，脖子在有無之間。因彼有伴，未及交談，今日亦未通問，人是會變的。昨晚咳嗆，不能安睡，甚苦。今晨遲起。下午偕歆海去三殿，看字畫；滿目琳琅。下午又在麗琳處茶敘，又東興樓飯。十一時回寓，又與適之談。做此函，已及一時，要睡矣，明日再談。昨函諸事弗忘。

摩

六三（一九三一年十月二十二日）

愛眉：

我心已被說動，恨不得此刻已在家中！

但手頭無錢，要走可得負債。如其再來一次偷雞蝕米，簡直不得了。所以我再得問你，我回去是否確有把握？果然，請來電如下：

「董北平徐志摩，事成速回」

我就立刻走，日期遲至下星期四（二十九）不妨，最好。否則我星六（二十四）即後日下午五時車走亦可。但來電須得信即發，否則遲到星四矣。

摩　二十二日

六四（一九三一年十月二十三日）

今天正發出電報，等候回電，預備走。不想回電未來，百里（案：蔣百里）卻來了一信。事情倒是纏成個什麼樣子？是誰在說競武（案：何競武）肯出四萬買，那位「趙」先生肯出四萬二的又是誰？看情形，百里分明聽了日本太太（案：指左梅）及旁人的傳話，竟有反悔成交的意思。那不是開玩笑了嗎？爲今之計，第一先得競武說明，並無四萬等價格。事實上如果他轉買〔賣〕出三萬二以上，也只能算作佣金，或利息性質，並非少蝶一過手即有偌大利益。百里信上要去打聽市面，那倒無妨。我想市

面絕不會高到哪裡去。但這樣一岔，這樁生意經究竟落何處，還未得知。我目前貿然回去，恐無結果；徒勞旅費，不是道理。

我想百里既說要去打聽振飛（案：俞振飛），何妨請少蝶去見振飛，將經過情形說個明白。振飛的話，百里當然相信。並且我想事實上百里以三萬二千元出賣，絕不吃虧。他如問明市價，或可仍按原議進行手續，那是最好的事；否則就有些頭緒紛繁了。

至於我回去問題，我哪天都可以走，我也極想回去看看你。但問題在這筆旅費怎樣報銷，誰替我會鈔，我是窮得寸步難移；再要開窟窿，簡直不了。你是知道的（大雨擱淺，三百渺渺無期），所以只要生意確有希望，錢不愁落空，那我何樂不願意回家一次。但星六如不走，那就得星四（十月二十九）再走（功課關係）。你立即來信，我候著！

摩摩　星五

注：「大雨擱淺」，指借給孫大雨的三百元尚無歸還的希望。

六五（一九三一年十月二十九日）

至愛妻眉：

今天是九月十九，你二十八年前出世的日子。我不在

家中，不能與你對飲一杯蜜酒，爲你慶祝安康。這幾日秋風淒冷，秋月光明，更使遊子思念家庭。又因爲歸思已動，更覺百無聊賴，獨自惆悵。遙想閨中，當亦同此情景。今天洵美等來否？也許他們不知道，還是每天似的，只有瑞午一人陪著你吞吐煙霞。

眉愛，你知我是怎樣的想念你！你信上什麼「恐怕成病」的話，說得閃爍，使我不安。終究你這一月來身體有否見佳？如果我在家你不得休養，我出外仍不得休養，那不是難了嗎？前天和奚若談起生活，爲之相對生愁。但他與我同意，現在只有再談談，你從我來北平住一時，看是如何。你的身體當然宜北不宜南！

愛，你何以如此固執，忍心與我分離兩地？上半年來去頻頻，又遭大故，倒還不覺得如何。這次可不同，如果我現在不回，到年假尚有兩個多月。雖然光陰易逝，但我們恩愛夫婦，是否有此分離之必要？眉，你到哪天才肯聽從我的主張？我一人在此，處處覺得不合式；你又不肯來，我又爲責任所羈，眞是難死人也！

百里那裡，我未回信，因爲等少蝶來信，再做計較。競武如果虛張聲勢，結果反使我們原有交易不得著落，他們兩造，都無所謂；我這千載難逢的一次外快又遭打擊，這我可不能甘休！競武現在何處，你得把這情形老實告訴他才是。

你送興業五百元是哪一天？請即告我。因為我二十以前共送六百元付帳，銀行二十三來信，尚欠四百元，連本月房租共欠五百有餘。如果你那五百元是在二十三以後，那便還好，否則我又該著急得不了了！請速告我。

車怎樣了？絕對不能再養的了！（案：指不能再包養黃包車及車夫了。）

大雨家貝當路那塊地立即要出賣，他要我們給他想法。他想要五萬兩，此事瑞午有去路否？請立即回信，如瑞午無甚把握，我即另函別人設法。事成我要二厘五的一半。如有人要，最高出價多少，立即來信，賣否由大雨決定。

明日我叫圖南匯給你二百元家用（十一月份），但千萬不可到手就寬，我們的窮運還沒有到底；自己再不小心，更不堪設想。我如有不花錢飛機坐，立即回去，不管生意成否。我眞想你，想極了！

摩吻　十月二十九日

六六（《翡冷翠的一夜》序）

小曼：

如其送禮不妨過期到一年的話，小曼，請你收受這一集詩，算是紀念我倆結婚的一份小禮。秀才人情當然是見笑的，但好在你的思想，眉，本不在金珠寶石間！這些不

完全的詩句，原是不值半文錢，但在我這窮酸，說也臉紅，已算是這三年來唯一的積蓄。我不是詩人，我自己一天明白似一天，更不需隱諱；狂妄的虛潮早經消退，餘剩的只一片粗確的不生產的砂田，在海天的荒涼中自艾。「志摩感情之浮，使他不能爲詩人，思想之雜，使他不能爲文人。」這是一個朋友給我的評語。煞風景，當然，但我的幽默不容我不承認他這來眞的辣入骨髓的看透了我。煞風景，當然，但同時我卻感到一種解放的快樂：——

我不想成仙，蓬萊不是我的分
我只要地面，情願安分的做人……

本來是！「如其詩句的來」，詩人濟慈說：「不像是葉子那麼長上樹枝，那還不如不來的好。」我如其曾經有一個星星詩的本能，這幾年都市的生活早就把它壓死，這一年間我只淘成了一首詩，前途更是渺茫，唉，不來也吧，只是我怕辜負你的期望，眉，我如何能不感到惆悵！因此這一卷詩，大約是末一卷吧，我不能並鄭重地獻致給你，我愛，請你留了它，只當它是一件不稀希的古董，一點不成品的紀念。……

志摩　一九二七年八月二十三日花園別墅

附誌：本書的封面圖案，翡冷翠的維基烏大橋的即景，是江小鶼先生的匠心，我得好好地道謝！我也感謝聞一多先生，他給過我不少的幫助，又為我特製《巴黎的鱗爪》的封面圖案。

志摩

注：《翡冷翠的一夜》於一九二七年九月由上海新月書店出版，本信寫作年份，據信中口氣為結婚周年時，係一九二七年。

附錄一

志摩日記的一頁

（一九二五年十二月的日記）

耶穌誕日，蟄居終日，屋爐火熱，坐久便惛惛欲睡。月色昏懞，如嫠婦披紗，態色至慘。每一坐靜，即馳神郊外，衰草上有風動焉。

詩意亦偶有來者，然恍惚即逝，不可捕捉。要亦少暇，心不靜，如水常擾，景不留也。

勤食亦一墮志事。習成，少間即感不懌，非手有所拈，口有所嚙，即不能安坐。眉害我也。

榴子漸籤，色亦漸衰。眉持刀奮切，無當意者，則棄置弗食。然此時令爲之，榴實無咎。

雪裡紅燒細花生，眞耐啖。爐邊白薯亦焦焠透味。糖葫蘆色艷艷迎人。蜜汁櫻桃一瓶，僅存底漿。然眉兒猶嘵嘵苦口不嘗新味，嬌哉！

臘梅當已吐黃，紅梅亦蛋結蕊。眉亦自道好花，尤媚梅，奈何屋具太俗艷，即邀冷香客來，慮不俳適。想想一枝疏影，一彎寒月，一領清谿，一條板櫈，意境何嘗不遠妙？然眉兒怕冷，寧躲在繡花被中熏蘇入夢也！

竝坐壁爐前，火光照面，談去春顏色，來春消息。戶外有木葉飛脫作響。坐墊殊軟細，肌息尤醉人。眉不願

此否？

快樂時辰容易過，是眞的。容易過故痕跡不深，追憶時亦只一片春光爛漫，不辨枝條。苦痛正是反面，故爾容易記認。

眉，你我幾時到山中做神仙去？

關在籠子裡的仙鶴，與家雞有多少分別？

臭紳士！有架子就該罵，管他紳士不紳士！

朋友交情有時像是糕上的糖衣，天氣一燥，就裂紋路。你要聯住它，除非再勻上一層糖去。

只有戀愛專制，從沒有戀愛自由。專制不一定是壞事。自由像是一件腰身做太肥了的大褂。我願意穿瘦的，不問時宜。

翊唐開口便問文章做得怎樣了。文音原不必用字來砌，一凝睇，一含瞋，一紅臉，一滚淚，一親吻，一相偎，有眞和諧，就有眞文章。不必貪多，做得這一篇文章，就有交代。

今年北京火氣太旺了，天空中的雪都叫烘化了。

總得接近泥土。將來即不能抗著鋤頭耕田，至少也得拿一把鐵鍬試種白薯芋艿荸薺之類。眉，我替你訂做一把分量輕，把手便的，何如？

志摩的日記殘稿，是他和眉結婚前在北京的日記，文字最可愛，所以我抄了一份。《獨立評論》出版後，有些讀者嫌我們登的文字太專門了，太單調了，所以我們從這一期起添一點文藝作品，就用志摩的遺文來開始。

適之

（原載《獨立評論》第三號，一九三二年六月五日出版）

附錄二

愛眉小札·序

⊙陸小曼

今天是志摩四十歲的紀念日子，雖然什麼朋友親戚都不見一個，但是我們兩個人合寫的日記卻已送了最後的校樣來了。為了紀念這部日記的出版，我想趁今天寫一篇序文；因為把我們兩個嘔血寫成的日記在這個日子出版，也許是比一切世俗的儀式要有價值有意義得多。

提起這二部日記，就不由得想起當時摩對我說的幾句話；他叫我「不要輕看了這兩本小小的書，其中哪一字哪一句不是從我們熱血裡流出來的。將來我們年紀老了，可以把它放在一起發表，你不要怕羞，這種愛的吐露是人生不易輕得的！」為了尊重他生前的意見，終於在他去世後五年的今天，大膽的將它印在白紙上，要不是他生前說過這種話，為了要消滅我自己的痛苦，我也許會永遠不讓它出版的。其實關於這本日記也有些天意在裡邊。說也奇怪，這兩本日記本來是隨時隨刻他都帶在身旁的，每次出門，都是先把它們放在小提包裡帶了走，唯有這一次他匆促間把它忘掉了。看起來不該消滅的東西是永遠不會消滅的，冥冥中也自有人在支配著。

關於我和他認識的經過，我覺得有在這裡簡單述說的

必要，因爲一則可以幫助讀者在這二部日記和十數封通信中，獲得一些故事上的連貫性；二則也可以解除外界對我們結合之前和結合之後的種種誤會。

在我們初次見面的時候（說來也十年多了），我是早已奉了父母之命媒妁之言同別人結婚了，雖然當時也癡長了十幾歲的年齡，可是性靈的迷糊竟和稚童一般。婚後一年多才稍懂人事，明白兩性的結合不是可以隨便聽憑別人安排的，在性情與思想上不能相謀而勉強結合是人世間最痛苦的一件事。當時因爲家庭間不能得著安慰，我就改變了常態，埋沒了自己的意志，葬身在熱鬧生活中去忘記我內心的痛苦。又因爲我嬌慢的天性不允許我吐露眞情，於是直著脖子在人面前唱戲似的唱著，絕對不肯讓一個人知道我是一個失意者，是一個不快樂的人。這樣的生活一直到無意間認識了志摩，叫他那雙放射神輝的眼睛照徹了我的內心的肺腑，認明了我的隱痛，更用眞摯的感動勸我不要再在騙人欺己中偷活，不要自己毀滅前程，他那種傾心相向的眞情，才使我的生活轉換了方向，而同時也就跌入了戀愛了。於是煩惱與痛苦，也跟著一起來。

爲了家庭和社會都不諒解我和志摩的愛，經過幾度的商酌，便決定讓摩離開我到歐洲去做一個短時間的旅行；希望在這分離的期間，從此忘卻我——這一段因緣暫時的告一個段落。這一種辦法，當然是不得已的；所以我們雖

然大家分別時講好不通音信，終於我們都沒有實行（他到歐洲去後寄來的信，一部分收在這部書裡）。他臨去時又要求我寫一本當信寫的日記，讓他回國後看看我生活和思想的經過情形，我送了他上車後回到家裡，我就遵命的開始寫作了。這幾個月裡的離情是痛在心頭，恨在腦底的。竟然血肉之體敵不過日夜的摧殘，所以不久我就病倒了。在我的日記的最後幾天裡，我是自認失敗了，預備跟著命運去飄流，隨著別人去支配；可是一到他回來，他偉大的人格又把我逃避的計劃全部打破。

於是我們發現「幸福還不是不可能的」。可是那時的環境，還不容許我們隨便的談話，所以摩就開始寫他的《愛眉小札》，每天寫好了就當信般的拿給我看，但是沒有幾天，爲了母親的關係，我又不得不到南方來了。在上海的幾天我也碰過摩幾次，可惜連一次暢談的機會都沒有。這時期摩的苦悶是在意料之中的，讀者看到愛眉小札的末幾頁，也要和他同感吧？

我在上海住了不久，我的計劃居然在一個很好的機會中完全實現了，我離了婚就到北京來尋摩，但是一時竟找不到他。直到有一天在《晨報副鐫》上看到他發表的〈迎上前去〉的文章，我才知道他做事的地方；而這篇文章中的憂鬱悲憤，更使我看了急不及待的去找他，要告訴他我恢復自由的好消息。那時他才明白了我，我也明白了他，

我們不禁相視而笑了。

以後日子中我們的快樂就別提了；我們從此走入了天國，踏進了樂園。一年後在北京結婚，一同回到家鄉，度了幾個月神仙般的生活。過了不久因為兵災搬到上海來，在上海受了幾月的煎熬我就染上一身病；後來的幾年中就無日不同藥爐作伴；連摩也得不著半點的安慰，至今想來我是最對他不起的。好容易經過各種的醫治，我才有了復原的希望，正預備全家再搬回北平重新造起一座樂園時，他就不幸出了意外的遭劫，乘著清風飛到雲霧裡去了。這一下完了他——也完了我。

寫到這兒，我不覺要向上天質問為什麼我這一生是應該受這樣的處罰的？是我犯了罪麼？何以老天只薄我一個人呢？我們既然在那樣困苦中爭鬥了出來，又為什麼半途裡轉入了這樣悲慘的結果呢？生離死別，幸喜我都嘗著了。在日記中我嘗過了生離的況味，那時我就疑惑死別不知更苦不？好！現在算是完備了。甜，酸，苦，辣，我都嘗全了，也可算不枉這一世了。到如今我還有什麼可留戀的呢？不死還等什麼？這話是我現在常在我心頭轉的；不過有時我偏不信，我不信一死就能解除一切，我倒要等著再看老天還有什麼更慘的事來加罰在我的身上？

完了，完了，一切都完了，現在還說什麼？還想什麼？要是事情轉了方面，我變他，他變了我，那時也許讀

者能多讀得些好的文章，多看幾首美麗的詩，我相信他的筆一定能寫得比他心裡所受的更沉痛些。只可惜現在偏留下了我，雖然手裡一樣拿著一支筆，它卻再也寫不出我回腸裡是怎樣的慘痛，心坎裡是怎樣的裂。空拿著它落淚，也急不出半分的話來；只覺得心裡隱隱的生痛，手裡陣陣的發顫。反正我現在所受的，只有我自己知道就是了。

最後幾句話我要說的，就是要請讀者原諒我那一本不成器的日記，實在是難以同摩放在一起出版的（因為我寫的時候是絕對不預備出版的）。可是因為遵守他的遺志起見，也不能再顧到我的出醜了。好在人人知道我是不會寫文章的，所留下的那幾個字，也無非是我一時的感想而已，想著什麼就寫什麼，大半都是事實，就這一點也許還可以換得一點原諒；不然我簡直要羞死了。

小曼

（一九三六年三月上海良友初版）

徐志摩遺像

國家圖書館出版品預行編目

徐志摩情書集 / 徐志摩著 ; 蔡登山輯注. --
一版. -- 臺北市 : 秀威資訊科技, 2006[民 95]
面 ; 公分. (語言文學類 ; PG0097)
ISBN 978-986-7080-53-0(平裝)

856.284 95009706

語言文學類 PG0097

徐志摩情書集

作　　者 / 徐志摩
輯 注 著 / 蔡登山
發 行 人 / 宋政坤
執行編輯 / 林秉慧
圖文排版 / 莊芯媚
封面設計 / 羅季芬
數位轉譯 / 徐真玉　沈裕閔
圖書銷售 / 林怡君
法律顧問 / 毛國樑　律師
出版印製 / 秀威資訊科技股份有限公司
台北市內湖區瑞光路 583 巷 25 號 1 樓
電話：02-2657-9211　傳真：02-2657-9106
E-mail：service@showwe.com.tw
經 銷 商 / 紅螞蟻圖書有限公司
台北市內湖區舊宗路二段 121 巷 28、32 號 4 樓
電話：02-2795-3656　傳真：02-2795-4100
http://www.e-redant.com

2006 年 5 月 BOD 一版
定價：320 元

讀者回函卡

感謝您購買本書，為提升服務品質，請填妥以下資料，將讀者回函卡直接寄回或傳真本公司，收到您的寶貴意見後，我們會收藏記錄及檢討，謝謝！

如您需要了解本公司最新出版書目、購書優惠或企劃活動，歡迎您上網查詢或下載相關資料：http:// www.showwe.com.tw

您購買的書名：________________________________

出生日期：________年________月________日

學歷：□高中(含)以下　□大專　□研究所(含)以上

職業：□製造業　□金融業　□資訊業　□軍警　□傳播業　□自由業
　　　□服務業　□公務員　□教職　□學生　□家管　□其它____

購書地點：□網路書店　□實體書店　□書展　□郵購　□贈閱　□其他

您從何得知本書的消息？

□網路書店　□實體書店　□網路搜尋　□電子報　□書訊　□雜誌
□傳播媒體　□親友推薦　□網站推薦　□部落格　□其他________

您對本書的評價：(請填代號　1.非常滿意　2.滿意　3.尚可　4.再改進)

封面設計____　版面編排____　內容____　文／譯筆____　價格____

讀完書後您覺得：

□很有收穫　□有收穫　□收穫不多　□沒收穫

對我們的建議：________________________________

____

____

____

請貼
郵票

11466
台北市內湖區瑞光路 76 巷 65 號 1 樓
秀威資訊科技股份有限公司 收
BOD 數位出版事業部

（請沿線對折寄回，謝謝！）

姓　　名：＿＿＿＿＿＿＿＿＿＿ 年齡：＿＿＿＿ 性別：□女　□男

郵遞區號：□□□□□

地　　址：＿＿＿＿＿＿＿＿＿＿＿＿＿＿＿＿＿＿＿＿

聯絡電話：(日) ＿＿＿＿＿＿＿＿＿＿ (夜) ＿＿＿＿＿＿＿＿＿＿

E-mail：＿＿＿＿＿＿＿＿＿＿＿＿＿＿＿＿＿＿＿＿